내 아이를
성장시키는

엄마
자존감의
힘

엄마 자존감의 힘

초판인쇄	2018년 04월 25일
초판발행	2018년 04월 30일
지은이	임인경
발행인	조현수
펴낸곳	도서출판 프로방스
마케팅	최관호 최문섭
IT 마케팅	신성웅
편집교열	맹인남
디자인 디렉터	오종국 Design CREO
ADD	경기도 고양시 일산동구 백석2동 1301-2
	넥스빌오피스텔 704호
전화	031-925-5366~7
팩스	031-925-5368
이메일	provence70@naver.com
등록번호	제2016-000126호
등록	2016년 06월 23일
ISBN	979-11-88204-37-3 03810

정가 15,800원

파본은 구입처나 본사에서 교환해드립니다.

내 아이를 성장시키는

엄마
자존감의
힘

임인경 지음

프로방스

"성장하는 엄마가 성장하는 아이를 만든다"

마흔은 자신이 지나 온 삶을 반추해 보는 나이라고 한다. 나도 딱 마흔으로 넘어오니 몸이 먼저 말을 걸었다. 여기저기 아픈 이유가 무엇인지. 왜 마흔의 시작이 육체의 아픔이어야 하는지. 나는 경제적인 이유로 신혼의 꿈도 즐거운 삼십대도 접어야 했다. 그리 꿈 많던 이십대는 삼십대에서 맥이 끊긴 채 불안감 가득한 엄마로 10년여를 살아야 했다. 그 엄마 품에서 아이들의 마음도 아팠다. 이 사실을 마흔이 되기까지 몰랐다. 그 동안 내가 부정으로 살아왔기에 아픈 거였고 그 동안 꿈이 없었기에 마흔이 허무했다는 것을. 그래서 다시 일어서기를 다짐했다.

독서를 통해, 그리고 '감사함'을 통해 자존감 있는 엄마로 다시 일어서기를 시도했다. 책들은 나에게 꿈을 찾으라고 강력한 메시지를 던졌다. 모든 것들은 생각하기에 달렸다고. 네가 가슴 뛰어 하는 것이 그게 바로 네가 되고자 하는 꿈이라고. 된다고 생각하면 되는 것이고 안 된다고 생각하면 되지 않는 것이 꿈이다. 그래서 내가 가슴 뛰어 하는 것이 무엇인지 본격적으로 생각하기 시작했다. '생각하기'는 곧 '관심'을 불러 왔다. 생각하는 순간 나의 관심사가 부각 되었고 그것은 곧 '선택'으로 이어졌다. '작가와 강연가', 시도 하느냐 마느냐는 나의 선택이었지만 선택을 하는 순간 길이 열렸다.

특별한 이력도 경력도 없는 두 아이의 엄마가 몇 달 만에 작가와 강연가, 1인 기업가의 타이틀을 달기까지 피나는 노력이 있었다. 낮에는 일을 하고 밤이 되면 개구쟁이 두 아들을 돌봤다. 늦은 밤과 이른 새벽, 나는 꿈을 상상하며 졸음과 싸워 나갔다. 이 고비만 넘기면 나의 이런 노력에 분명히 가치 있는 보상이 있을 거라는 믿음이 나를 버텨 내게 했다. 때론 예기치 않은 일로 좌절 할 때도 있었고 이런 믿음에 의심이 들 때도 있었다. 하지만 그때마다 나를 다시 세워 준 것은 긍정의 의식을 심어주는 여러 지혜서들이었고 같은 길을 가는 꿈친구들이었다.

10년 동안 겪었던 내 치부를 꺼내는 일은 쉽지 않은 일이다. 아무렇지 않은 척 숨기고 싶었고 여전히 멋진 척 웃고 있고 싶었다. 하지만, 그 동안 아이들에게 줬던 상처들을 반성하기 위해서라도 뱉어내야 했다. 고해성사하는 기분이었다. 타닥타닥 키보드 하나하나를 두드릴 때마다 마음이 아파 눈물을 흘렸다. 엄마로서 그리고 한 인간으로서 자존감 낮았던 지난 날을 떠올리는 것도 눈물 없인 힘든 일이었다.

　하지만, 글로 표현하는 일은 마음으로만 되지 않던 부족한 엄마의 자격을 좀 더 끌어주는 역할을 했다. 내가 호언장담한 육아대로 나는 더 멋지고 성장한 엄마임을 독자에게 증명해야 한다는 의무감이 있었다. 그렇게 많은 육아서들을 읽어대도 바로 잡아지지 않던 자존감 낮은 엄마가 내 책을 쓰느라 고군분투하는 사이 나는 당당하게 말할 수 있는 자존감 높은 엄마가 돼 있었다. 그리고 나의 아이들도 마음에 평안을 얻고 꿈에 도전장을 낸 엄마를 응원하며 더욱 큰 자신감을 되찾았다.

　지금에 와서 다시 한 번 느낀다. 아이는 엄마가 옆에서 충분히 챙겨줘야만 행복한 게 아니라는 것을. 그 동안 돈이 없다는 이유로, 일하느라, 마음이 심난하여 못 해주던 엄마의 역할을 아쉬워만 할 게 아니다. 적극적으로 나 자신의 역할을 찾아 나설 때, 당당한 엄마의 역할을 할 수 있다는 것을 도전의 한 고비를 넘기면서 깨닫게 되었다. 다 해 주려고 안간힘을 쓰는 수퍼마미가 아니라 당당하고 행복하게 사는 해피마미의 모습이 아이들의 자존감을 찾아 주는 데 더욱 큰 역할을 했다.

나는 평범한 엄마들이 육아와 경제적 문제로 자신의 가치를 묻어버리고 살지 않기를 바란다. 나의 고군분투한 육아와 삶의 이야기를 통해, 꿈을 찾기를 바란다. 작은 도전이라도 시도하다보면 어느새 도전의 크기가 점점 커져 있을 것이다. 그러다보면 결국엔 자존감이 가득 들어찬 엄마가 돼 있을 것이다. 아이의 자존감은 엄마의 자존감을 닮아간다.

덧붙여, 이 책이 나오기까지 도움을 주신 많은 분들께 감사함을 전한다. 아내가 책을 쓰는 동안 적극 아이들을 돌보고 물질적 정신적 지원을 아끼지 않은 남편에게 감사하다. 엄마가 바빠서 제대로 챙겨주지 못 해도 스스로 알아서 잘 지내 온 두 아들, 환철이와 민석이에게도 고마움을 전한다. 엄마의 자기주도학습의 교육신념대로 잘 따라와 준 이

두 아들이 지금의 자존감 있는 엄마를 만들었다. 그리고 작가가 되고 강연가가 되기까지는 아낌없이 응원해 준 훌륭한 멘토와 꿈친구들이 있었기에 가능한 일이다. 이 책의 빠른 출간을 위해 적극 지원해 주신 출판사 대표님과 편집자님, 그리고 관계자 분들에게도 감사함을 전한다.

나는 이제 '한국자존감육아연구소'의 대표코치이다. 나와 같이 육아와 여러 어려운 환경으로 힘들어 하는 엄마들에게 그리고 꿈을 찾고자 하는 많은 사람들에게 새로운 기회와 방향을 보여주며 자존감 있는 사람으로 함께 성장해 갈 것이다. 성장하는 엄마가 성장하는 아이를 만든다.

2018년 4월 14일,
한국자존감육아연구소 대표코치 임인경

Letter of love | 사랑의 편지

〈사랑하는 환철이에게〉

그동안 엄마한테서 편지를 세 번 받았지? 이게 네 번째네. 매일매일 편지를 기다리는 아들은 어제도 엄마 보자마자 이렇게 물었지.

"엄마, 오늘 편지는요?"

학원에서 다른 일 하려다가 지금 너에게 편지를 쓰지 않으면 오늘 중으로는 쓰기 어려울 것 같아 이렇게 적고 있다.

저번 주 금요일에 6세 산들반 수료했고 오늘부터 일주일 동안은 자유등원이지? 오늘 어땠니? 예은이랑 실컷 놀아서 즐거웠니? 이 자유등원 기간이 환철이한테는 행복한 시간일 것 같아.

엄마도 환철랑 민석이 원에 보내 놓고서 밀린 일을 처리하거나 조용히 책을 읽는 시간이 마냥 즐겁단다. 엄마는 우리 아들들이 책을 사랑했으면 좋겠다. 책 속에 많은 지혜가 있어서 너희들을 지혜로운 사람으로 자라게 해 줄 거야. 엄마는 책의 힘을 믿어. 다행히도 우리 환철이가 독서를 좋아해서 아주 기특하고 멋져 보인단다. 엄마도 지금부터 책을 더 많이 읽을게.

사랑해 아들~♥

2014년 2월 24일 월요일

〈사랑하는 아들 민석아〉

어젯밤에 집에 와서 해야 할 일들을 척척 알아서 해내는 네 모습에 엄마는 감동 받았다. 《조선 왕조 실록》 그 어려운 책을 낭독 하겠다며 책을 꺼내 들었지. 왜 하필 이 책이냐고 물었더니, "어려운 책을 읽고 많은 것을 배워서 훌륭한 사람이 되려고요." 엄마는 네 대답에 놀라지 않을 수 없었다. 어떻게 이런 생각을 했을까? 낭독이 끝나고서는 영어 집중듣기 (Clifford 시리즈)용 책 6권을 혼자서 마치고 바로 이어서 한글 동화책 쓰기까지 척척 해내니 우리 민석이는 커서 분명히 훌륭한 사람이 될 거야. 세상 사람들을 위해 일하고 그리고 우리 민석이의 행복을 위해 일하는 그런 훌륭한 사람이 되길 바래.

오늘도 행복한 하루 보내자.

사랑해 아들~♥

2016년 2월 16일 화요일 새벽 2시 39분에 (잠이 안온다. 잠아, 잠아, 나를 안아다오~)

〈사랑하는 아들 환철아〉

환철이가 여섯 살 때였나? 엄마가 매일 편지를 쓰다가 네가 안 읽어 보길래 편지 쓰는 걸 중단했지. 기억나니? 그 편지 꾸러미가 어디 있더라...? 찾아 봐야겠구나. 오늘부터 다시 써 볼까 하는데 매일 쓸 거라고 장담은 할 수 없어. 하지만 노력해 볼게.

어젯밤에 집에 오자마자 스스로 알아서 씻고 옷 갈아입고 예쁘게 옷도 개 놓았지. 게다가 현관에 신발까지 정리 해 놓은 걸 보고서 어찌나 예쁘던지. 신문기사 낭독에 그 긴 '제로니모의 환성 모험' 한 권 읽기까지 끝내고 잠자리에 눕는 모습도 기특해 보였단다. 어제 엄마가 약속한대로 하루에 3권을 읽었으니(제로니모 시리즈는 워낙 두꺼운 책이라 2권 읽은 걸로 인정) 200원을 주도록 하마. 3권 이상부터는 권 당 100원으로 할까? 이것은 어디까지나 너의 독서 습관을 놓치지 않길 바라는 마음에서 마련한 이벤트인 걸 잊지 말기를.

앞으로, 엄마도 너희들의 모범이 되기 위해 책을 더 많이 읽어야겠다는 다짐을 해 본다.

오늘 하루도 즐겁게 보내자.

사랑해~.

2016년 2월 16일 화요일 새벽 2시 28분에 잠이 안 와서...ㅠ.ㅠ

●

〈귀염둥이 민석이에게〉

오늘부터 의젓한 7살 형님반에 가게 되네.

무슨 반일까? 환철이 형과 같은 무지개반일까?

유치원에 잘 다녀오고 갔다와서 알려줘.

행복한 하루 보내자. ^^

민석이를 사랑하는 엄마가.

2016년 3월 2일 수요일 새벽 12시 39분에.

●

〈2학년을 맞이하는 환철이에게〉

오늘이 2016년, 환철이가 초등학교 2학년을 맞이하는 첫 날이구나.

2학년 4반 몇 번일까? 짝꿍은 어떤 여자 친구일까?

선생님은 어떤 분이시고? 궁금하고 설레지?

즐거운 기분으로 오늘 학교 잘 갔다오고 갔다와서 많은 이야기기 해 줘~.

어제 북한산의 힘을 받고 왔으니 우리 환철이 오늘 더욱 씩씩하고 활기찬 하루를 보낼 거야. 파이팅!

환철이를 사랑하는 엄마가.

2016년 3월 2일 새벽 12시 35분에.

✱ 저자 임인경이 엄마로서 두 아들에게 보냈던 편지들 중 일부를 싣는다.

Contents | **차 례**

 **PART_05**

자존감 있는 엄마가 아이를 당당하게 키운다 _231

PART
01

내 아이, 어떻게
키워야 할까?

박스 공작놀이,
그날 배달된 택배 상자가 해체 되었다.

내 아이, 어떻게 키워야 할까?

여고생 시절, 나는 밤이 무서웠다. 이불 속에서 조용히 책을 보다 보면, 대문 없는 마당가에 누군가의 발자국 소리가 들렸다. "누구야!?" 겁에 질려 내지른 소리에 그 정체 모를 발자국 소리가 멈춰 섰다. 순간의 정적에 심장이 쪼그라들었다. 다행이도 곧 발자국 소리가 멀어져 갔다. 안도의 한숨이 나왔다. 하지만 그 이후로 나는 문풍지 방문에 달린 쇠고리를 걸어 놓고서, 밤을 혼자 떨며 지내야 했다. 밤이면 두려움을 떨치려 음악 테이프를 틀어놓고서 졸다가 깨기를 몇 번. 자정이 넘어서야 숯불갈비 집에서 일하신 엄마가 돌아오셨고, 그때야 안심을 하고 잠을 잘 수 있었다.

아버지가 돌아가신 후로 가족다운 가족의 모습을 유지하기 힘들었다. 나이 터울이 많이 나는 언니, 오빠들은 이미 도시로 떠난 후이고,

4 살차 나는 막내 오빠는 학교에서 기숙사 생활을 했다. 그래서 엄마와 나 단둘이만 호젓한 시골집에서 지냈다. 그것도 자정 무렵부터 등교하기 전까지만. 나머지 시간은 오롯이 나 혼자였다. 형제애를 돈독히 다질 시간도 없이 모두들 일찍이 흩어진 그 당시, 나는 완전한 가정에 대한 아쉬움이 컸다. 무서움에 떨던 밤에는, 외로움과 아버지에 대한 그리움으로 일기장을 채워 나갔다. 늦은 나이에 얻은 딸을 애지중지 아끼셨던 아버지. 그 아버지에 대한 그리움이 밤마다 일기장을 적셨다. 꿈에서라도 만나기를 간절히 기도했다. 그러면 정말 꿈속에 아버지가 찾아오셨다. 그리고 만남도 잠시, 하늘에서 다른 가정을 이루고 잘 살고 있다는 말씀을 남기고 등을 돌려 멀어져 가셨다.

그 시절, 학교 공부보다 '완전한 가정'의 모습에 대한 관심이 더 컸다. 내가 갖지 못한 가정의 이상적인 형태.

'아이들이 상처받지 않고 외롭지 않으며 올바르게 자랄 수 있는 가정은 어떤 것일까?'

꾸준히 고민해 왔고, 답이라고 생각하는 것들을 지속적으로 내 관념 안에 모아왔다.

'나에게 가정은 소중히 지켜야 하는 것이며, 그 올바른 형태의 가정 안에서 아이의 올바른 인성이 자라난다. 가정형편이 어렵거나 싸우는 일이 잦을지라도, 아이는 부모가 모두 있는 가정의 테두리 안에서 성장해야 한다. 자연 속에서 감성을 키우며 자라는 것이 영혼을 온화하

고 강하게 하는 일이다'

이러한 생각들은 내가 가정에 대해, 그리고 아이 교육에 대해 밑그림으로 그려왔던 것들이다. 그것도 고등학교 시절에 말이다. 이렇듯 가정과 아이 교육에 대한 관심은 성인이 되어서도 꾸준히 이어져왔다.

고등학교를 졸업하고 형제들이 있는 도시로 올라와 한 지붕 안에서 살게 되었다. 하지만 이미 모두 나이가 들어, 내가 꿈꾸는 가정을 기대하는 건 나나 형제들이나 어려웠다. 그리고 모두 다 완전한 가족이라는 테두리 안에서 함께 자라지 못한 것 때문에, 암암리의 상처들이 존재하는 것 같았다. 각자 자신의 처지에 대한 불만을 가족에 대한 원망으로 쏟아 내고 있었기 때문이다. 가난했기에 모두가 힘들었고 모두가 외로웠다. 그 상황에서 각자 상처치유법을 몰라 헤매고 있었다. 이때 나는 가정의 소중함과 자녀 교육의 중요함에 대해 더욱 절실하게 느낄 수 있었다.

'내 아이, 어떻게 키워야 할까?'

내 어린 시절을 뒤돌아보며 다시 한 번 고민해 본다. 아이는 온화한 가정에서 자라야 한다. 아이는 부모의 배려와 사랑을 받고 자라야 한다. 설령, 온전한 가정이 되지 못하더라도 아빠, 또는 엄마가 쏟는 충분한 이해와 애정은 아이 마음의 상처에 새살이 돋게 한다. 성인이 되었을 때 스스로 일어설 수 있는 힘을 비축하게 해준다.

자연에서 노는 아이들이 건강하고 긍정적이다.

아이들이 커 가면서 부딪히는 난관들을 지혜롭게 이겨낼 수 있는 힘은 어디에서 나올까? 성적? 좋은 대학? 지위? 돈? 물론 이 모든 것들이 도움이 될 수도 있다는 것에 이의는 없다. 하지만 부모의 사랑을 받고서 세상을 긍정으로 바라보는 사람들의 시각은, 그렇지 않은 사람들의 시각과는 분명한 차이가 있다. 내가 그러했다. 나는 세상을 긍정적으로 바라보기가 힘들었다. 난관에 부닥쳤을 때도 해결책을 찾기보다는 원망할 것부터 찾아냈다. 같은 시골마을에서 자라고 생활수준이 비슷했어도, 온전한 가정 안에서 부모의 사랑을 듬뿍 받고 자란 친구는 성인이 됐을 때도 세상을 바라보는 시각이 분명히 나와는 달랐다. 그들은 때로 대범했고 자유로웠으며, 희망을 이야기하고 있었다.

나는 골방에 틀어박혀 일기장에 온통 우울함만을 쏟아냈다. 그것조차 아름다움이라고 우울한 음악만 들었다. 해결해야 할 문제가 앞에 놓이면 안 되는 이유부터 찾았다. 도전이라는 것에 그렇게도 가슴 뛰어하면서, 불안함에 시도조차 하지 못했다. 사랑받고 자라 온 친구와 나와의 시각의 차이가, 성인이 되었을 때는 삶의 질까지 벌려 놓았다. 우울한 생각은 우울한 일들만 만들었다. 내가 이 사실을 알았을 때는 나는 이미 많은 시련을 겪은 뒤였다.

이제 더 이상 우울함은 나만의 문제가 아니다. 결혼을 하니 남편과 아이가 나의 삶 안으로 깊숙이 들어와 앉았다. 저 구석진 골방에 쪼그려 앉아 울고 있던 내게 그들이 다가온 것이다. 그리고 정신 차리기 전까지 나의 상처가 그들에게 전이되고 있었다. 나의 부정적인 말과 행동들이, 아직 순수한 그들에게 상처를 내고 있었다. 이 사실을 알아챘을 때에도 나의 행동은 쉽게 고쳐지질 않았다. 쉬운 일이 아니다. 30여 년을 그렇게 살아온 내 성격을 고치는 것은 쉬운 일이 아니었다. 하지만, 나의 이 부정적인 시각은 아이에게 절대 물려주고 싶지 않았다.

그래서 책을 들었다. 책에서 현명한 사람들이 말해주는 말에 귀담아들으며 나를 긍정적으로 바꿔가기 위해 노력했다. 부정적인 생각을 하지 않으려 노력하고, 그 자리를 '감사'라는 단어로 채워나갔다. 크게 감사할 일이 떠오르지 않을 때에도 그저 '감사합니다. 감사합니다.' 하면 되는 일. 이 말을 내뱉을 때 나의 입꼬리가 올라갔다. 우울했던 감정들이 순간 감사함으로 변한다.

그렇다. 내가 부정으로 낭비했던 시간과 아이들의 상처 입은 마음을 생각해서라도, 나는 행복한 가정을 만들기 위해 노력해야 한다. 이제 나라는 존재는 나만의 것이 아니며 아내와 엄마의 자리로 나눠 쓰고 있는 중이다. 하지만 명심해야 할 것은, 행복한 가정은 아내와 엄마의 자리로만 채워지지 않는다는 것이다. '나'의 자리도 확실히 지켜질 때, 나머지의 자리를 지킬 수 있는 힘이 생긴다. 그렇지 않으면 나를 희생하고 있다는 생각에 또 억울한 생각이 들지도 모른다. 그러므로 이 세 개의 자리가 조화로울 때 우리 아이들도 행복할 수 있을 것이다.

보통 사람들은 아이의 행복이 저 멀리에 있다고 생각한다. 좋은 대학에 들어가면, 좋은 직장에 취직하면, 결혼 잘하면 그리고 돈 많이 벌면. 그래서 지금의 수고스러움을 감내해야 한다고 말한다. 가족이 오순도순 앉아서 얘기 나눌 시간 대신에 학원에 가서 하나라도 더 배워야 한다고. 독서를 할 시간에 시험에 나올 문제 하나라도 더 외워야 한다고.

하지만 가정의 따뜻한 사랑 없이 성적만으로 행복할 수 있을까? 좋은 대학, 좋은 직장, 돈, 이것들은 서비스이다. 부모의 사랑에 덤으로 있으면 좋을, 필수불가결하지 않은 선물이다. 부모의 사랑이 충만한 아이들은 마음이 단단하게 자란다. 지나치지 않고 모자라지도 않는 부모의 든든한 사랑. 그 사랑은 못 미더워 다 해줘 버릇 하지 않고, 믿어주고 기다려줄 수 있는 사랑이어야 한다. 이 힘만 있으면 아이 스스로가 미래의 행복도 만들어 갈 수 있을 것이다.

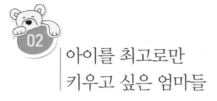

02 아이를 최고로만
키우고 싶은 엄마들

"인경아, 너의 아버지 참 훌륭한 분이시더라. 너는 자부심을 가져야 해."

내가 초등학교에 다니던 시절, 그때는 담임선생님께서 집집마다 가정방문으로 상담을 다니셨다. 차도 다니지 않는 시골마을. 우리 학교에 배정받은 마을 개수만 해도 10개가 넘었다. 지금 생각해 보면 그 시절 선생님들은 얼마나 힘드셨을지 감사한 마음이 든다. 한 반에 스무 명이 넘는 학생의 집들을 모두 걸어서 다니시려면 많이도 피곤하셨을 텐데... 우리 집을 방문하신 선생님은 여유의 미소를 잃지 않으셨다.

초등학교 6년 동안의 가정방문 상담 중에, 기억에 남는 건 4학년 때, 딱 한 번뿐이다. 내가 무척 좋아했던 은미숙 선생님. 부임하신 첫 날, 선생님은 극장에서 인상 깊게 보셨다는 '인디아나 존스' 영화를 칠판에 그림까지 그려가며 실감 나게 들려주셨다. 나중에 영화를 봤을 때, 상상했던 것과 너무도 일치하는 장면들에 깜짝 놀랐던 기억이 난 다.

그리고 물감을 처음으로 사용해서 그린 그림이 아직도 내 기억 속에 생생하게 남아있다. 초록 들판에서 잠자리를 잡고 시냇가에서 물고기를 잡던 그림. 그런데 나는 왜 그리도 삐뚤삐뚤 삐져나가게 그리는 지. '나는 그림에 소질이 없나 봐.' 속으로 이렇게 실망하고 있었다. 그런데 깜짝 놀랄 일이 일어났다. 교실 뒤쪽 환경 판에 내 그림이 붙어 있던 것이다. '아주 멋진 그림이에요.' 하고 칭찬의 메모까지 붙어있는 걸 보고 의아 하긴 했지만, 기분이 엄청 좋았다. 나는 선생님의 이런 칭찬 덕분에, 그 이후로 그림에 소질 없는 아이에서 소질 있는 아이로 바뀌었다. 정말 나는 내 예술적 감각을 철석같이 믿고서 평생을 살아 왔다.

그렇게 아이 하나하나를 배려로 챙겨주시는 선생님께서 우리 집에 상담을 오셨다. 어머니께서는 선생님께 커피와 찐 고구마를 대접하셨 다. 조금은 어두운 방안을 주황색 백열전구 불빛이 비치었고, 그 아래 에서 선생님과 부모님은 말씀을 나누셨다. 선생님은 진지하게 아버지 의 말씀을 듣고 계셨고, 아버지는 우리 집 사정들을 얘기하고 계셨다.

아주 어렸을 적이라 자세한 얘기는 생각이 나질 않는다. 하지만 대충 이러한 내용이었다.

"아이들 하고 싶은 것 마음껏 시키며 키우고 싶은데, 가정 형편이 그게 안 돼 속상합니다." 이러한 말씀 뒤로, 아버지의 교육 철학 등에 대해 말씀을 나누셨던 기억이 있다. 하지만 너무 오래전 일이라 선생님께서 아버지의 말씀을 진지하게 귀담아듣고 계셨던 기억만이 어렴풋이 떠오른다. 이렇게 상담이 끝난 후로 선생님은 내게 더욱 잘 해주셨다. 내가 하는 것은 뭐든지 믿고 칭찬해주셨다. 그 당시 우리 아버지가 그러셨던 것처럼 예나 지금이나, 그리고 가정형편이 좋으나 나쁘나 부모들이 아이들을 최고로 키우고 싶은 마음은 언제나 한결같다.

예전과 다르게, 요즘 부모들의 아이 사랑은 대단하다. 대부분이 하나 둘이거나 늦둥이인 경우가 많아 더욱 특별히 키우고 싶은 엄마들. 학원을 운영하다 보니 다양한 엄마들을 만난다. 특히 외동이나 늦둥이 같은 경우에는 엄마의 아이 사랑이 특별하다는 것을 느낄 수 있다.

누나들과 터울이 많이 나는 아이가 있었다. 늦둥이인데다가 생긴 것도 귀티 나게 잘 생기고 똑똑하고 예의까지 바르다. 어디 하나 모자란 데 없는 정말 부모의 자랑스러운 아들이었다. 그런 아이를 나도 예뻐하지 않을 수가 없었다. 그 아이의 어머니께도 입에 침이 마르도록 칭찬을 해드렸다. 아이가 3학년이 되더니 회장이 되었다. 그 어머니는 일을 하면서도 아들과 관련된 일이라면 열일 제쳐놓고 나서셨다. 학교 대표 활동도 열심이었고, 반 친구들을 고급 레스토랑에 데려가서 파티도 열어주는 등 정성이 대단하셨다. 심지어는 아르바이트로 일하는 떡볶이 집에 아이 친구들이 찾아오면, 자기가 없더라도 계산하지 말고 맘껏 먹고 가라고 하실 정도였다. 학년이 높아질수록 아이는 이 학원 저 학원 다니느라 더욱 바빠졌다. 어느 날 그 아이의 어머니께서 전화를 주셨다.

"아이가 회장이 되다 보니 선생님이 시키시는 게 많네요. 그래서 영어학원 차량 시간이랑 맞질 않아요. 기다려 줄 수가 없대요. 저기, 아이 학교 끝나면 영어학원에 좀 데려다주면 안 되나요? 어차피 영어학원 끝나고서 바둑학원으로 걸어서 갈 건데?"

나는 당황스러웠다. 영어학원은 제시간에 안 나오면 기다려주지 않는데 왜 나는 기다려 줄 거라고 생각하는 건지. 어차피 학원마다 수업 시작하는 시간은 매시간 정시로 비슷한데 말이다. 하지만, 우리 학원에 7살 때부터 4년 동안 다니고 있는 아이라 고민이 좀 되었다.

"아, 그 시간이 저희도 아이들 학원에 데려다줄 시간이긴 하지만 아이가 좀 더 늦게 나온다면 저희 학원 아이들 먼저 데려다주고서 해 드리겠습니다."

그런데, 아이의 하교 시간은 점점 빨라졌고, 급기야 우리 학원에 등원하는 친구들과 시간이 겹치게 되었다. 그러면 아이는 차에 타고서

"영어 학원에 먼저 데려다주면 안 돼요? 영어선생님이 매일 늦는다고 빨리 오라고 하셨어요."라고 불만스러워했다.

"응, 그건 좀 곤란한데. 난 바둑학원 차를 운전하고 있고, 여기 탄 아이들도 바둑을 배우기 위해서 제시간에 들어가야 해." 아이가 불만 스러운 얼굴로 난감해 하고 있었다. 그러기를 몇 번 더 반복했다. "선 생님, 저 영어학원에 빨리 가야 해요. 영어 먼저 데려다주세요." 그래 서 나는 "직진 신호가 뜨면 영어 먼저 데려다주고 빨간불이면 바둑 먼 저 갈게." 했다. 하지만 아이가 바라는 대로 직진 신호와 맞는 때가 별 로 없었다. 아이가 불만이 가득해도 어쩔 수 없는 일이다. 그런데 며칠 후 그 아이 어머니가 전화를 하셨다.

"내가 진작 말하려고 했는데 영어선생님이 매일 늦는다고 하시더군 요. 우리 아이 먼저 데려다주면 안 되나요?"

"아, 저희는 바둑학원을 운영하고 있고 저희 아이들도 제시간에 들 어가서 수업해야 하기에 그건 어렵습니다. 그리고 다른 아이들 부모님 께서도, 저희 학원의 등원 안내 문자메시지가 제시간에 오지 않으면 걱정하십니다."

정말, 엄마의 사리분별을 막는 귀한 아들이다. 항상 내 아이가 먼저 이고 최고여야 한다는 생각이 다른 사람들을 불편하게 만든다는 것을 잊게 한다. 그렇게 자란 아이는 매 학년 반회장이었고 심지어는 전교 회장까지 되었다. 같은 반에 일명 전교 왕따라는 아이가 있었다고 한

화산폭발하는 실험, 플라스틱 우유병 주위를 밀가루 반죽으로 감싸고 안에
베이킹 소다와 식용색소를 넣는다. 그러고서 식초를 부으면 부글부글 끓어
오르며 용암이 분출하는 효과를 낸다.

다. 의기소침해하는 왕따 아이가 어떤 친구의 물건을 실수로 건들고 지나갔는데, 그 회장 아이가 "얘들아, 왕따가 이 물건 만졌다!"하고 다른 친구들까지 선동했단다. 그 아이의 리더십이 안 좋은 쪽으로 흘러간 것 같아 씁쓸했다. 항상 반회장이자 전교 회장까지 최고로 달리고 있지만 내 아이만 아는 엄마, 나만 아는 아이, 요즘 흔히 보이는 모습이라 앞으로 우리 아이들이 살아갈 미래에 잘 난 사람들만 살아 피곤하지 않을까 걱정된다.

초등학교 3학년이던 또 다른 아이의 엄마는 아이를 최고로 만들기 위해서 하루 종일 여러 학원에 아이를 보냈다. 아침 7시 반부터 운영하는 피아노 학원이 있어, 아이의 하루가 피아노로 시작되었다. 9시 전에 학원차량으로 등교를 하고, 학교가 끝나면 이 학원 저 학원으로 밤늦게까지 돌아다녀야 했다. 심지어는 실력이 좋다는 학원을 찾아 옆 동네까지 걸어가기도 했다. 그렇게 학원을 다 마치고 오면 밤 9시가 되기도 했다. 하지만 그 아이의 하루는 거기서 끝이 아니었다. 자정까지 학원 숙제들을 해야 잠을 잘 수 있기 때문이다. 어느 일요일에 도서관에서 그 엄마와 그 집 두 아들을 만났다. 우리 아이들은 열심히 만화책을 보고 있는데 그 집 아이들은 수학과 한자 학습지 숙제를 하느라 바빴다. 엄마가 옆에 붙어서 옴짝달싹 못하는 아이들. 주말까지 도서관에 와서 학원과 학습지 숙제를 해야 하는 아이들이 참 안쓰러웠다.

참, 최고가 뭔지? 한 아이는 자기만 아는 귀한 대접을 받으며 자라고, 한 아이는 최고가 되어야 한다는 강박관념으로 자라고. 내 아이가 최고가 되어야 한다는 엄마의 생각은 이기적인 아이를 만들거나 의기소침한 아이를 만든다. 너무 귀한 대접을 받고 자란 아이는 약자라고 생각하는 사람의 마음을 이해하기 어렵다. 그러니 요즘 우리는, 의대생들이 여학생을 성추행 하고서도 뉘우칠 줄 모르고, 오히려 부모까지 나서서 비방하는 소문을 퍼뜨리는 세상에 살고 있다. 여학생의 피해는 가볍게 생각하면서, 자기 아들 앞길 망칠 일만 걱정하고 있다. 그런 사람이 의사가 되면 환자의 고통을 생각할 줄이나 알겠는가. 환자나 환자 가족의 절박함을 동정이나 할 수 있겠는가.

학원이 내 아이를 최고로 만들어 줄 거라는 맹신도 내 아이를 최고로 힘들게 하고 있지는 않은지 생각해 봐야 하지 않을까? 엄마가 짜준 스케줄에 맞춰 하루에 여러 학원을 옮겨 다니며 자란 아이가 나중에 어른이 돼서 스스로 할 수 있는 것은 무엇일까? 평일이건 주말이건 학원 다니고 숙제하느라 바빠 친구들과 어울릴 시간도 없는 아이가 어른이 돼서 다른 사람들과 온전한 인간관계를 유지할 수 있을까? 주변의 모든 사람들이 경쟁자로 밖에 인식되지 않아 솔직한 마음 하나 나눌 수 없는 외로운 사람으로 살진 않을까?

내 아이가 최고여야 한다는 엄마의 생각은 삭막한 경쟁의 레이스에 아이를 던져 놓는 거나 다름없다. 한 아이는 엄마가 아니면 뛸 수 없고, 한 아이는 선생님이 아니면 완주할 수 없다. 엄마나 선생님이 언제까지 같이 뛰어 줄 수 없는데 그 이후는 누가 책임져 줄까? 변명만 하거나 책임을 떠넘기며 비겁하게 살아갈지도 모른다. 또는 최고가 되지 못한 자신을 비관하며 삶을 포기할 수도 있는 일이다.

다른 사람을 무시하며 사는 최고의 삶도, 주변 모두가 경쟁자로 밖에 안 보이는 눈치 보는 삶도 내 아이를 행복하게 해줄 수 없다. 마주한 시련 앞에서 그들 대신 극복해 줄 대상이 없다는 생각이 들 때면, 그 아이들은 시련을 실패로 밖에 받아들이지 못 할 것이다. 세상은 때로 혼자서 극복해야 할 시련의 대상이기도 하며, 서로 같이 도와 이겨내야 할 의지의 대상이기도 하다. 우리 어른들은 아이들을, 경쟁이 아닌 나다움의 가치를 찾으며 자라는 아이로 키워야 한다. 나다움의 가치와 너다움의 가치도 인정하며, 서로 어우러지는 삶을 살 수 있도록 지도해야 한다.

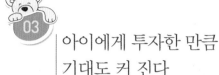

아이에게 투자한 만큼
기대도 커 진다

"전집 괜히 샀나 봐. 아이가 한두 권만 빼 보고 나머지는 전혀 손을 대지 않아. 아이, 돈 아까워!"

엄마들은 종종 사다 놓은 책들을 보며 이런 푸념을 하곤 한다. 몇십만 원씩 하는 비싼 돈을 주고 샀는데 아이가 한두 권만 보고 말면, 정말 본전 생각을 안 할 수가 없다. 요즘 책값들은 왜 그리도 비싼지. 백만 원을 훌쩍 넘기기도 하니, 아이 키우다가 등골이 휘게 생겼다. 전집 영업사원을 만나고 나서 그 책들을 안 읽히면 우리 아이가 뒤처질 것 같고, 천재인 아이를 바로로 만드는 못난 엄마가 될 것 같다. 그러니 빚을 내서라도 안 사줄 수가 없다. 나도 그랬었다. 12개월, 24개월 카드 할부로 참 많은 책들을 질렀었다. 아이가 돌도 지나기 전부터 영업사원들의 말에 정말 초등학교나 들어가야 이해할 법한 책들을 쟁여

났었다. 사 놓고서도 카드 값 갚을 부담에 찜찜한 마음 반, 책장에 가득 진열된 책을 보며 뿌듯한 마음 반.

큰 아이가 생후 6개월쯤 되었을 때, 처음으로 세 질 정도의 그림책을 구매했다. 다행히도 그 책들이 아이의 관심을 듬뿍 받았다. 그랬기 때문에 책값이 아깝지 않았다. 하지만 그 인기에 감동한 나머지 그 이후로 한 질씩 들이는 책들이 늘어났다. 그중에서는 아이의 관심을 끄는 것보다 그렇지 못한 책들이 더 많았다. 처음엔 나도 돈이 아깝다는 생각이 들었다. 하지만 아이를 잘 관찰해 보니, 인기가 있는 책은, 분명 전에는 관심 없던 분야의 호기심을 자극하고 있었다. 아이는 한 분야에 집착하듯이 오랫동안 몇 권의 책을 끼고 살았다.

'아! 이거구나. 어른들도 세상의 모든 것에 관심이 있진 않아. 모든 책을 다 봐야 한다는 것은 엄마의 욕심이지!'

이렇게 쉽게 생각하고 나니, 그 많은 시리즈에서 소외당하는 책들에 대한 본전 생각에 서운하지는 않았다. 어떤 책들은 5,6년이 지나서 아이의 관심을 받기도 하고 10년이 지나도 여전히 관심 밖에 있는 것들도 있다. 하지만 그 이후로 나는 아이가 관심 가질지도 모른다고 생각되는 책을 사 놓기도 한다. 물론, 아이에게 직접 고를 기회를 주기도 하지만 말이다. 그러다 보면 어느 순간 아이의 호기심을 깨워주는 효자 역할을 하는 책이 나온다.

책이 아니더라도 엄마들은 아이에게서 본전 생각을 할 때가 많다. 지인의 친구는 아이의 교육에 관심이 무척 많았다. 그래서 아이가 중학교 입학을 앞두었을 때, 교육열의 중심지인 대치동 으로 이사를 했다. 국내 내로라하는 강사가 있는 비싼 학원에 보내고서도 과목마다 개인과외를 시켰고, 엄마도 공부하며 밀착 뒷바라지를 했다. 그러고서는 한국 대학 입학시험 전에 해외로 유학을 보냈다. 하지만 다녀와서 대학 입시를 치른 아이의 성적은 엄마를 실망시켰다. 국내 최고의 의대에 보내고자 하는 엄마의 욕심이 재수를 선택하게 했다. 하지만 그 욕심은 삼수에서 무너졌다. 의대에 대한 타협점으로 지방의 한의대를 택한 것이다. 아이는 미안해서 엄마를 피해 다녔고, 엄마는 그동안 투자한 자신의 열정과 돈이 아까워 아이를 차갑게 대했다.

실망감이 큰 엄마는, 그동안 기대에 부흥하기 위해 부담에 짓눌렸을 아이의 고통은 보지 못했다. 엄마의 기대에는 아이의 실패를 용납할 수 없다는 마음이 강했기 때문이다. 아이는 엄마의 그런 뜻에 더 큰 부담을 가졌을 것이다. 그 부담이 실패를 만들지 않았을까?

요즘, 인기 있는 학원들은 들어가고 싶다고 해서 마음대로 들어갈 수 있는 곳이 아니다. 테스트를 거쳐서 일정 실력이 되어야만 등록할 수 있는 기회가 주어진다. 그 학원에 들어간다는 것은 주변 사람들에게까지 아이의 실력을 인정받는 것이다. 그래서 엄마들은 큰돈이 들더라도 그 학원에 어떻게든 보내려고 한다. 우리 아이도 우수한 성적을

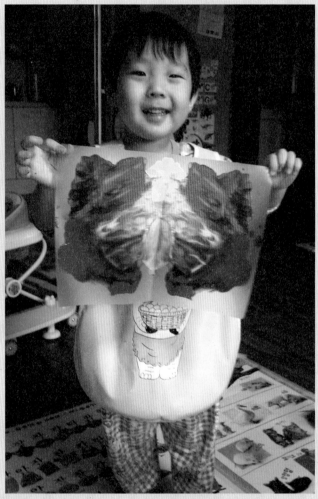

데칼코마니, 몇날며칠을 데칼코마니만 만들어댔어요. "엄마와 함께하는 미술놀이"

낼 수 있을 거라는 기대감으로 말이다. 그래서 아이들은 그 학원에 들어가기 위한 과외를 따로 받는 웃지 못 할 일까지 생기고 있다.

정말일까? 모두가 최고의 학원에서 우수한 성적을 보장받을 수 있을까? 엄마의 기대에 못 이겨 학원을 꾸역꾸역 다니는 아이의 기분은 어떨까? 생각해 본 적이 있는가? 학원 다니는 거 재미있느냐고 물으면 많은 아이들이 이렇게 말을 한다.

"몰라요. 엄마가 다니라고 해서 다녀요. 난 싫은데 학교 수업에 도움이 된대요."

한창 자기가 무엇을 좋아하고 무엇을 하고 싶은지 찾아야 할 시기에, 엄마의 큰 기대를 안고 성적 올리기에만 올인 하고 있는 아이들. '나'는 없고 '엄마'만 있는 시간을 보낸 아이들은 나중에 어떤 어른으로 자랄까?

나의 지인인 P 씨는 어렸을 때부터 부모님께 큰 기대를 받는 아들이었다. 넉넉하지 않은 집안이었지만 부모님이 성실하셔서 자식 둘 정도는 아쉽지 않게 키울 수 있었다. 아들이 수학경시대회에 나가서 상을 타오자 학교에 치킨을 쫙 돌리셨다고 한다. 그 정도로 공부 잘하는 아들에 대한 기쁨과 기대가 크셨다. 본인은 가난해서 제대로 배우지 못하셨기에 아이들만은 좋은 대학에 들어가기를 원하셨다. 그리고 모두가 부러워하는 직장을 얻어 부유하게 살기를 바라셨다. 그래서 농사

일도 안 시키고 오직 공부만 하라고 하셨다.

기말고사를 보고 온 날이었다. 아들은 그동안의 스트레스를 풀고자 만화책을 보면서 쉬고 있었다. 하지만 일하다 돌아오신 아버지는 그 모습을 보고서 순간 욱하셨다. 몽둥이를 들고 계셨고 아들은 깜짝 놀라 만화책을 내려놔야 했다. 그 이후로 P 씨의 목표는 집으로부터 멀리 떨어진 서울에 있는 대학에 입학하는 것이었다. 자신에게 기대가 크신 아버지의 소원을 들어주고자 하는 것도 있었지만, 일단은 아버지의 관심으로부터 멀어질 수 있다는 생각에 더욱 열심히 공부했다. 그러고서 결국엔 in 서울에 성공했다.

하지만 P 씨에게는 in서울 이후에 또 다른 목표가 없었다. 아버지 바람대로 좋은 직장에 들어가야겠다거나 어떤 삶을 살겠다는 미래에 대한 비전이 없었다. 부모님이 꼬박꼬박 보내주시는 하숙비와 용돈으로 대학생활에 불만이 없을 뿐이었다. 부모님은 그 시골에서 서울로 대학을 간 아들을 자랑스럽게 생각했고 여전히 기대는 크셨다. 좋은 직장에 들어가고 좋은 여자를 만나 빨리 결혼도 하기를 바라셨다. 그래서 대학 졸업이 가까워지면서부터는 또 다른 기대로 아들을 다그치셨다. 그런데 아들은 부모님의 기대에 차지 않는 곳에 취직을 했다. 그리고 서른 중반이 되도록 결혼을 못해서 부모님의 걱정은 떠날 날이 없었다. P 씨는 대학을 졸업하고 나서야 목표 없이 살아온 날들이 후회가 되었다. 그리고 부모님의 결혼 성화에 자살 충동까지 느꼈다고 한다. 부모님은 부모님대로 서로 자식 잘못 키웠다며 싸우셨고, P 씨는 아버지께 죄송해서 피해 살았다고 한다.

다행히 P 씨는 지금 결혼을 해서 잘 살고 있다. 그리고 자신의 삶을 통해, 부모의 지나친 기대가 자식의 목적 없는 삶을 이끈다는 것을 절실하게 느꼈다고 한다. 그러하기에 이제 P 씨는 자녀 스스로가 원하는 삶을 선택해서 살 수 있도록 도울 것이라고 말했다.

나는 이 이야기를 듣고서 우리 아이들에게 어떤 부모가 되어야 하는지를 다시 생각하게 되었다. 아이를 배려하지 않는 부모의 기대는, 아이를 부모로부터 멀어지게 만든다. 부모가 선택한 책, 부모가 선택한 입시, 부모가 선택한 미래, 부모가 선택한 목표와 투자에 아이 자신의 기대는 없다. 부모의 기대만 있는 것이다. 하지만 그 기대감이 무너졌을 때 원망은 고스란히 아이에게로 향한다. 아이는 부모의 소유가 아니다. 아이가 무엇을 원하는지, 무엇을 잘 할 수 있는지를 고려하지 않고서 일반적인 성공의 잣대에 아이를 끼워 맞추려 한다면 투자하고 기대한 만큼 실망도 클 것이다.

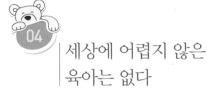

04 | 세상에 어렵지 않은
육아는 없다

임신 34주차에 자궁수축이 일어났다. 전날 너무 열심히 화장실 청소를 했나 보다. 화장실을 깨끗이 하면 예쁜 아기를 낳는다는 어르신들의 말에 화장실 타일 바닥을 열심히도 문질러 댔다. 많이 걸으면 아기가 수월하게 나온다 하기에, 체육관 트랙을 하루에도 여러 바퀴를 돌았다. 장 보고 돌아오는 길에 지쳐 있었는데도, 택시 타자는 남편의 말을 거절하고 만삭에 무작정 걸었다. 출산 요가 수업을 다녀와서는, 수업에서 들은 대로 자기 전까지 열심히도 해댔다. 아이와 출산에 좋다는 것은 무조건 참고했었다.

너무 많이 움직였나 보다. 아기를 너무 힘들게 했나 보다. 더 이상은 엄마 뱃속이 힘들어서 못 있겠다고 녀석이 나오려고 했다. 지금 출산하면 아기에게 위험할 수도 있다는 의사의 말에 결국 자궁수축 억제

제를 맞으며 입원을 했다. 이제는 아이의 마음을 알았으니 조심해야지. 일주일을 병원에서 주는 밥 먹고 침대에서 뒹굴뒹굴하며 잘 보냈다. 아기는 이제 지낼 만 했을 것이다. '진작 좀 이렇게 해 주시지.'

그렇게 편히 보내다가 정확히 37주차 안정권에 접어드니 다시 진통이 왔다. 다행히 짐을 미리 싸뒀기에 바로 가방을 챙겨서 병원으로 갈 수 있었다. 주차장에 도착하니 이미 자정. 타이밍이 절묘하다. 나는 곱게 포장한 선물을 꺼내 남편에게 건넸다. "자, 받아. 오늘이 밸런타인데이잖아, 사랑해." 그날은 결혼하고서 처음 맞는 밸런타인데이였다. 하지만 그저 미소만 지으며 건네받는 남편. 병원으로 가서 접수를 하고 분만 대기실에 가 누웠다. 여기저기서 비명소리가 들린다. 하지만 워낙 참는 건 자신 있는 나라, 생각보다 수월하게 첫째 아이를 출산했다.

출산까지는 순탄하니 좋았다. 산후조리원에서 쉬는 데 퇴근하고 들어온 남편의 안색이 어둡다. 까칠하다. 으슬으슬 춥다며 거의 쓰러질 것처럼 드러눕는다. 몸살이 걱정되었다. 자초지종을 들어보니 학원차 운전 선생님이 접촉사고를 냈단다. 마무리를 잘 해야 하는데 선생님과의 사이에서 문제까지 발생했고, 게다가 요즘 학원 운영이 어렵다는 말까지 털어놨다. 남편이 안쓰러워 보였다. 밤새 끙끙 앓는 남편을 걱정하며, 처음이라 잘 나오지 않는 모유 수유 촉진에도 애를 썼다. 2시간에 한 번씩 아기를 데려다가 젖을 물리고 또 유축기를 이용해 젖을 짜내느라 잘 틈이 없었다. 이건 몸조리를 하러 온 건지 병간호와 모유 수유 훈련을 하러 온 건지 분간하기가 힘들었다.

하지만 참는 거 하나는 끝내주는 나. 그래서 하늘이 나를 더욱 시험 하는지도 모르겠다. 오직 아기를 위해서라면 뭐든지 참을 수 있었다. 그래서 남편을 위로하며 육아에 전념했다. 한 육아서적에서는, 외계에 서 온 불안한 아기에게 지구는 살만한 곳이라는 긍정적인 마음을 심어 줘야 한다고 했다. 그래야 긍정적인 어른으로 자랄 수 있다고. 그래서 모든 요구를 즉각적으로 들어주기 위해 민감하게 아이의 반응을 살폈 다. 조금만 찡얼거릴라치면 몸을 날려 안아줬다. 밤에 잘 때도 마찬가 지였다. 수시로 깨어 대는 아기에게 무조건 젖을 물려 재웠다. 그게 옳 은 육아인 줄만 알고 돌 지나 젖을 뗄 때까지 잠을 꾹 참으며 아이를 돌보았다. 그랬더니 아기에게는 치아우식증이 생겼고, 나는 너무 민감 해진 나머지 수면의 질이 형편없었다.

몇 년을 더 버텨야 이 생활이 끝날까 했더니, 뱃속에 둘째가 들어앉 았다. 이제는 끝날 날이 까마득하게 느껴졌다. 첫째와는 달리 둘째 때 는 입덧이 심했다. 게다가 낮에는 남편 일을 돕기 위해 한 차례 차량 운전까지 맡게 되었다. 점심밥을 소화시키며 낮잠이 들려는 18개월 된 큰 아이를 데리고 나가는 일은, 보통 힘들고 안쓰러운 게 아니었다. 군 고구마를 손에 쥐여 주고 나가기를 몇 번, 그다음에는 안 가겠다고 떼 를 쓰는 아이를 집에 혼자 놔두고 나가야 했다. 문을 닫고 나가는 마음

삶은 국수도 놀잇감이 될 수 있다.

나는 멋진 화가, 붓보다 손이 편해요.

이 불안함으로 가득했다. 하지만 어쩔 수가 없었다. 먹고사는 일도 중요하기에. 부리나케 액셀을 밟아 아이들을 픽업해주고 돌아오는 길이 무척이나 멀게 느껴졌다. 집을 나선지 25분쯤 지나 집에 도착해 보면 고맙게도 아이는 혼자서 잘 놀고 있었다.

드디어 둘째가 태어났다. 둘째도 3주를 다 못 채우고 급하게 태어났다. 이미 첫째를 낳은 경험이 있기에 둘째를 키우는 것은 그리 힘들지 않을 줄 알았다. 하지만 큰 아이도 어리기에 힘에 부쳤다. 여전히 잠 못 자는 밤이 계속되었고, 이제는 새벽에 질 좋은 수면을 기대하는 건 포기해야 했다. 이미 몸도 그리 반응하고 있었다. 조그만 소리에도 민감하게 눈이 떠졌기에, 내가 자고 있는 건지 아닌지 구분할 수가 없었다. 낮에는 아이들과 놀아주고 살림하느라 바쁘고, 밤에는 모유 수유하고 돌봐주느라 바빴다.

아이들이 어느 정도 크자 이제는 외출도 하고 여행도 가능해졌다. 그래서 작은 아이가 4살 때 등산을 시도했다. 힘들면 안고 올라갈 생각이었다. 예상과는 달리 4시간에 달하는 산행을 둘째 아이는 작은 두 발로 무리 없이 해냈다. 힘이 대단했다. 그래서 그다음부터는 주말마다 본격적인 등산을 시작했다. 김밥도 싸고 맛있는 간식도 챙겨, 가족이 함께 하는 즐거운 산행이었다. 아빠 엄마 보다 힘이 남아도는 녀석들의 발걸음은 산에 사는 사람으로 착각할 정도였다. 나는 주말에 집에서 편히 뒹굴 거리지 못하는 아쉬움을, 아이들이 발산하는 건강한 미소로 보상받곤 했다.

집에서 주말을 보내도 무거운 몸을 이끌고 나가 산행을 해도 육아가 힘들기는 마찬가지이다. 집에 있으면 TV와 게임으로 아이와 실랑이를 해야 하고, 밖으로 나가면 육체적으로 고된 육아를 해야 한다. 나는 워낙 뒹굴뒹굴하는 걸 시간 낭비라고 생각하는 사람이라 항상 사서 고생하기를 선택하게 된다. 집에 있는 아이들의 심심하다는 소리는 못 들어주겠고, 그래서 TV나 게임에 눈 박고 있는 거는 더 못 봐주겠다. 자꾸만 드러눕는 남편을 끌고 나와 산과 들로 나가는 것을 반복하다 보니 어느새 남편도 즐기게 되었다. 이제는 주말에 무엇을 할지, 어디를 갈지를 스스로 계획하고 데리고 다니는 남편이 고맙다. 아이들이 커 가면서, 힘든 육아 뒤에 큰 보람이 온다는 것을 나는 스스로 몸을 고단하게 하면서 배웠다.

세상에 어렵지 않은 육아는 없다. 여느 엄마들도 나름대로의 이유로 육아를 힘들어할 것이다. 직장에 다니는 부모들에게 쉬는 날 아이를 보게 하면, 대부분이 회사에서 일하는 게 낫다고들 하지 않는가. 내 뜻대로 되는 게 거의 없다. 있다 치더라도 그것은 아이에게 윽박지르고서 얻은 명령복종의 권한이랄까. 하지만 소리를 질러서 아이를 움직이게 했다면 거기에 육아의 뿌듯함이라는 게 존재하겠는가. 그러지 않으려고 노력하지만 그게 안 되니 육아가 어렵게 느껴진다. 그러니 직장을 다니며 동시에 육아를 하는 엄마들의 스트레스는 상상 이상일 것이다. 그녀들은 슈퍼우먼이다.

나에게 매해의 육아는 어려운 수학 문제를 푸는 것과 같다. 아이들이 학년이 올라갈 때마다 다음 레벨의 수학 문제집을 풀어야 하는 것처럼 나도 매년 기초가 어설프게 다져진 채 레벨만 올린 수학 문제집을 푸는 기분으로 육아를 이어나간다. 수학을 포기하면 대학 가기 힘들다고 하지 않는가. 그래서 나도 육아를 포기할 수가 없다. 힘들어도 어떻게든 풀어나가야 하는 것이 육아이다. 나는 학원에 의지하는 걸 좋아하지 않기에, 죽이 되든 밥이 되든 내 의지로 풀어가려 한다. 누구나 아는 공식도 좋지만, 내 아이들에게 맞는 내가 찾아낸 공식으로 말이다.

백 점 육아까지는 바라지도 않는다. 그렇다고 하위권의 점수를 줄 정도로 그렇게 못난 엄마도 아니다. 적어도 내 스스로 한 문제라도 이해해서 풀고 뿌듯함을 느끼면 나는 만족할 수 있다. 그러면 다음 문제도 도전할 수 있는 힘이 생기겠지. 어차피 나는 육아의 달인이 아니다. 그저 시끌벅적한 두 아들의 평범한 엄마일 뿐이다. 그러므로 백 점을 받기 위해 욕심내지 않겠다. 그저 고민하며 내 공식을 찾아 육아의 문제를 풀어 가면 되지 않을까.

05 완벽한 육아법은 없다

　　'난 나쁜 엄마인가? 왜 이렇게 안 되는 거지?'

　육아서적을 보며 많이도 자책했었다.

　'그렇잖아도 안 좋은 성질 더 나빠지겠네. 이러다가 나 미치는 거아냐?'

　아들 둘 키우며 한두 번 나온 넋두리가 아니다. 손이 수시로 올라가고 부드럽던 목소리가 쇳소리 가득 터져 나오곤 했다. 자책하고 눈물짓고, 머리를 쥐어뜯어도 보았다. 그렇게 깊은 수렁에 빠져 앓아누운 적도 있었다. 한 번 화내고 나면 습관이 돼버려 내가 내 성질에 못 이기는 괴로운 날들이 연속되었다. 그러다가도 온전한 정신이 돌아오는 때가 있다. '그래도 육아서적의 효능이 며칠은 갔잖아. 다시 잡아보자.' 육아도서에 나오는 엄마처럼 안돼서 괴롭기는 마찬가지이다. 하지만 내 성질을 아무 처방 없이 내려놓을 수도 없고, 다는 못 따라가도 열에 하나라도 얻어 보자는 심정으로 매달렸었다.

세상 다 준다 해도 바꿀 수 없는 소중한 아들들. 하지만 부산하기 그지없어 엄마 기운 빼게 하는 호기심 많고 개구 진 아들을 나는 둘이나 가졌다. 첫째는 엄마 얼굴 쏙 빼닮았는데 성격은 아빠를 닮아 온순한 편이고, 둘째는 아빠 얼굴 쏙 빼닮았는데 성질은 불같은 엄마를 닮았다. 둘째는 그래도 막내라고, 애교 한 방에 쓰러지는 아빠 엄마를 두고두고 골려먹는 머리 좋은 녀석이다. 아무리 온순하다 하더라도 호기심과 사고는 쌍으로 가지고 다니는 첫째 녀석과, 엄마 성질 닮아 나를 부끄럽게 하는 둘째 녀석이 뭉치면, 하루에도 여러 번 내 안에 있는 악마가 불쑥불쑥 튀어나온다. 창문을 열어 놓는 따뜻한 날에, 내가 내지른 소리에 평화가 깨진 집이 한 둘이 아닐 것이다.

양문형 냉장고 손잡이를 잡고 꼭대기까지 올라타기를 좋아하고, 식탁에 밥을 차려 놓으면 젓가락으로 이 그릇 저 그릇 두드려 대기를 좋아하는 큰 아들. 그 아이가 4살 때 블록놀이용 나무망치를 들고서 집 안 물건 이것저것을 두드려 대고 있었다. 그러다가 두드리지 말아야 할 물건을 두드려버렸다. 바로 텔레비전 브라운관. 막으려고 소리를 질렀지만 이미 때는 늦었다. 금이 간 걸 확인하는 순간 더 큰 소리가 터져 나왔다.

"헉. 이게 뭐야? 녀석아! 왜 망치로 텔레비전을 쳐! 어떡할 거야?"

결국엔 엉덩이 몇 대 때려주고 애를 울렸다. 욱하는 성질을 자제할 수가 없었다. 4살 애가 깨질 걸 알고 깼겠나? 그저 브라운관의 소리가 궁금해서 두드렸겠지. 그래도 너무 고가의 제품을 실험용으로 삼았구나. 남의 애가 그랬다면 '미친 듯이 혼내는 저 엄마 무식하다. 못 됐다.' 그랬을 것이다. 내가 그런 엄마였다. 미친 듯이 혼내는 무식한 엄마.

이사 가기 삼일 전이었다. 일하고서 집에 가 봤더니 변기의 한쪽이 깨져 있다. 3학년이던 큰 아이가 잔뜩 겁을 먹고서 자초지종을 말했다.

"아빠 아령을 가지고 놀고 있었는데 급히 소변이 마려워서 변기 위에 떨어뜨려 버렸어요." 이런 경우에 제정신인 엄마는 아마도 아이의 발을 먼저 살폈을 것이다. 하지만 나는 그렇지 못했다.

"아니, 아빠 아령은 위험하게 왜 가지고 놀아. 그리고 소변이 마려우면 화장실 문 앞에 놓고 들어갔어야지 그걸 왜 가지고 들어가니? 어이구, 낼모레 이산데 이게 뭐야? 물어주고 가야 하잖아?"

그놈의 성질, 악마가 혹하고 튀어나왔다. 남편은 허허 웃지만 성질 조절장애가 있는 나는 그게 안 됐다. 새로 공사해서 이사 갈 집에 마침 뜯어낸 변기가 있어 철물점 사장님께 25만원을 주고 급 교체 공사를

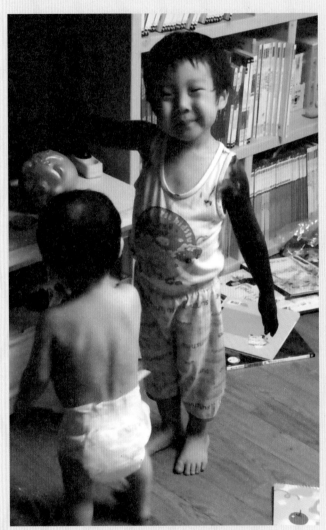

붓과 도화지는 필요 없답니다. 저의 손이 붓이고 도화지이지요.

했다. 쌩 돈이 들어가니 속이 쓰렸다.

아들이 하나 일 때는 그래도 키울 만 했는데 하나 더 생기니 그야말로 매일 매일이 전쟁이다. 위험하다고 하지 말라면 고분고분 말도 잘 듣는 딸아이와는 기본적으로 다른 아들들. 하지 말라는 건 기어코 해봐야 다치는지 안 다치는지 알 수 있고, 망가지는지 안 망가지는지 알 수 있는, 그래야 직성이 풀리는 게 남자들이다. 여자인 엄마가 모르는 남자들의 정신세계에서 결국엔 득음을 경험한다. 눈으로만은 안 되고 몸으로 부딪혀 봐야 확인이 되는 아들들을 보며 소리부터 내질렀으니, 육아도서에 나오는 육아의 신들과 비교하면 나는 몹쓸 엄마였다.

그래도 잘 키워보고자 일찍부터 노력한 열혈 육아 맘인 것은 부정하고 싶지 않다. 그거라도 인정해줘야 내가 초라해지지 않기 때문이다. 아이가 기어 다닐 때부터 육아도서를 읽기 시작한 것부터 따지면, 지금까지 사 본 책만 40여 권이고, 도서관에서 빌려 본 것만도 40여권은 되지 않을까. 그만큼 많이 고민했고 노력했다. 옆집 엄마들과 고민을 주고받는 것 대신에 내가 육아 정보를 얻을 수 있는 곳은 책과 관련 사이트였다.

육아 초기에는, 영재 아이로 키워낸 육아도서의 부모들을 맹신했었다. 그들의 지침대로 수다쟁이 엄마가 되어 하루 종일 일거수일투족을 아이에게 보고한 적도 있었다. 독서의 중요성을 강조하는 부분에서는 졸린 눈을 비벼가며 밤새 책을 읽어주었다. 한참 말을 배울 땐, 유아어 대신에 표준어를 사용해서 정확한 표현을 가르쳤다. 아이가 묻고 답하는 올바른 문장을 익힐 수 있도록 내가 먼저 묻고 답하는 식의 대화를 하기도 했다. 다양한 표현 놀이를 하고 자연과 친숙할 수 있는 시간을 많이 갖도록 노력했다. 이때까지만 해도 나는 괜찮은 엄마였다.

하지만 둘째가 생기면서부터 친절한 엄마, 감정 조절하는 엄마는 극복의 대상이 되었다. 내가 이미 그리 안 살아왔으니 쉽게 될 리가 없었다. 그러니 늘 여기에서 한계를 느꼈다. 게다가 경제적 난고까지 겪고 있었으니 이건 정말 하나님이 주신 엄마 자격 테스트 같았다. 머리로는 끄덕끄덕하고 밑줄 그으면서도, 욱하는 날이면 책 내용을 배반이라도 하듯 육아도서를 내팽개쳤다. 그래서 한동안 안 보다가, 그래도 이대로는 안 되겠다 싶으면 다시 잡아들었다. 그러면 단 한 달만이라도 좀 더 나은 엄마로 살 수 있었다. 그 맛을 인정하고 나니 그다음부터는 크게 우울해지지는 않았다. 엄마로서 실망스러울 때는 잠시 접어두고 그 마음이 좀 가라앉기를 기다렸다. 그러고 나서 마음의 처방전을 찾아 육아도서를 다시 잡기를 반복했다.

지금도 우리 아이들의 연령에 맞게 꾸준히 육아도서를 읽고 있다. 아이들이 초등학교에 들어와서는 선생님이 학생들을 관찰하며 쓴 책들도 참 도움이 되었다. 또는 나와 같은 자존감 낮고 욱하는 엄마들의 경험담을 읽는 것으로 위안을 받기도 했다. 그로부터 안 사실은 육아도서마다, 아이들을 이해하거나 문제를 해결하는 방식이 다르다는 것이다. 이 사실을 이해한 다음부터는 내 나름대로의 방법으로 그들의 육아법을 해석한다.

오래전에 읽은 책 중에 따스함으로 기억되는 책이 하나 있다. 삼 남매를 키운 저자 조양희의 《엄마의 쪽지 편지》라는 책은, 엄마의 진정한 사랑이 담긴 쪽지의 내용을 담고 있다. 학교 점심 도시락을 싸주던 시절, 삼 남매 엄마는 매일 새벽 일찍 일어나 정성 들여 도시락을 쌌다. 그리고 꼭 빼지 않고 세 아이들의 도시락에 쪽지를 써서 넣어주었다. '뭘 어떻게 해라. 공부를 열심히 해라' 라는 말 대신에 그날 어떤 마음으로 아이의 반찬을 만들었는지, 요즘 엄마 마음이 어떠한지 그리고 아이의 마음을 어떻게 공감하고 있는지 등 긴 말을 하지 않더라도 엄마의 마음을 충분히 느낄 수 있게 해주는 쪽지들이었다. 매일 이 엄마의 쪽지를 읽는 아이들은 얼마나 행복할까 하는 생각이 들었다.

그래서 나도 매일 편지를 써서 우리 집 예쁜 우편함에 넣어주곤 했다. 하지만 초등학교를 갓 입학하거나 유치원생인 아들들에게는 무리였던 것 같다. 답장 한 통 받고서 그 이후로는 큰 감동의 표현도 없었으니 시기를 탓해 볼 수밖에. 이제 둘 다 초등학생이 되었고 글로 자기 표현 정도는 할 수 있으니 다시 시도해 볼 때가 된 것도 같다. 아직은 자기가 아기라고 어리광을 부리는 큰 아들. 언젠가는 찾아올 사춘기를 준비해 말로 하면 욱할 표현들을 꾹꾹 누르고 따스한 글로 다듬어 엄마의 마음을 전해 봐야겠다.

적어도 내가 두 개구쟁이 아들들과 고군분투하며 깨달은 것은, 완벽한 육아법은 없다는 것이다. 바둑에서도 돌 하나하나 놓을 때마다 새로운 그림이 그려지고 판세가 매번 변하듯이, 대국을 할 때마다 똑같은 스토리는 하나도 없다. 육아법도 마찬가지이다. 수백 개의 돌처럼 각 가정마다 부모의 성향과 환경과 조건은 모두 다르다. 그런데 책 한 권에 그 모든 경우의 수를 다루는 육아법을 싣는다는 건 불가능한 일이다. 실을 수도 없거니와 실을 필요도 없다. 단지 그들의 이야기를 조언 삼아 내 환경과 내 성격에 맞는 이야기를 만들어 가면 되는 것이다. 내가 그린 이상적인 육아를 만들어 가면 되는 것이다.

　내가 그랬듯이, 육아의 신처럼 안 되는 것에 자책할 필요도 없고 그렇다고 조언을 무시할 이유도 없다. 세상에 좋고 나쁜 어떤 이야기이든 분명히 내게 도움이 되는 부분이 있다는 것을 안다면, 내 아이를 위한, 또는 엄마인 나 자신을 위한 좋은 해법을 찾을 수 있을 것이다. 완벽한 육아법을 찾는 대신에, 따를 건 따르고 바꿀 건 바꾸는 현명한 육아법을 찾아보자.

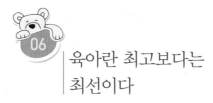

육아란 최고보다는 최선이다

대부분의 엄마들이 아이를 가지면 태몽이라고 짐작되는 꿈을 꾼다. 아이를 갖거나 가지기 전에, 평소에 꾸는 꿈과 구분되는 신비한 꿈. 꿈속에 나온 소재나 사물의 개수에 따라 아들과 딸을 구분하기도 하고, 아이의 장래를 예측하기도 하니 태몽이라는 거 참 신기하다.

우리 아이들의 태몽은 내가 꾸기도 했지만 양가 어머니께서 꿔 주시기도 했다. 산부인과에서 임신을 확인 한 후부터 나도 태몽 꾸기만을 기다렸다. 남편에게도 "뭐 신비한 거 꾼 거 없어요?" 하고 수시로 물어보곤 했는데 한 번 잠들면 업어 가도 모를 정도로 곯아떨어지는 남편에게선 기대하기 어려웠다. 대신에 임신 소식을 접한 양가 어머니들한테서 전화가 왔다. 잔뜩 기대를 하고서 수화기 너머의 목소리에 귀를 기울였다. 그러면 고구마를 캐서 파는 꿈을 꾸셨다느니 옥수수를 따셨다느니 하는 별 특별한 거 없는 꿈 소식에 김이 샜었다. 하지만 역시 엄마는 다르다고, 나는 큰 아이와 작은 아이 둘 다 '이건 정말 특별해. 역시, 내 아들은 특별하구나!' 스스로 자축하는 태몽을 꿨다. 사실, 태몽이라는 거 일반 꿈을 멋지게 해석해 '태몽'이라고 이름만 붙여주면 태몽이 되지 않겠나. 나도 그랬었다. 내 자식 최고이지 않을까 하는 마음에 최고의 해석을 붙여줬다.

큰 아이 때는 태몽이라고 할 수 있는 꿈, 두 개를 꿨었다. 하나는 하얀 옷을 입은 산신령 같은 분이 오셔서, 정말 하얗고 깨끗한 통마늘을 건네주셨다. 그것을 조카와 함께 받아들고서 땅 위로 튀어나온 큰 고목나무뿌리들 사이에 심었다. 두 번째는, 비가 오는 한밤중이었고 전쟁 같은 난리가 난 상황이었다. 모두들 겁에 질려 도망을 가고 있었고 나도 바구니가 달린 자전거를 타고서 피난을 가고 있었다. 그 와중에 지나가는 사람들이 "잘 될 거야. 다 잘 될 거야!" 하며 축복의 선물들을 바구니에 넣어주고 있었다. 그러고서 계속 길을 달리고 있는데, 빗물이 고인 웅덩이에서 반짝 빛나는 돌 반지를 발견했다. '잃어버릴 수 있으니 내 손가락에 끼고 가야지.' 하고서 손가락으로 가져갔다. 그런데 그 반지가 팔목으로 가 팔찌로 변해 있었다.

작은 아이 때는 나만 태몽을 꿨다. 하늘에 집채만 한 두 개의 구름이 떠 있었는데, 하나는 황소 구름이고 하나는 가재 구름이었다. 그중에 가재 구름이 하늘에서 내려와 나에게 꼭 안겼다. 그 느낌이 너무 좋고 신기했다. 정말 둘째 아이는 황소보다는 가재가 어울리는 상이다. 어찌 꿈까지 이렇게 이미지를 잘 선택해 나오는지. 나는 또 집채만 한 구름을 봤으니 대단한 꿈이고 큰 사람이 될 거라는 희망을 가졌었다.

이렇게 훌륭한 예지몽으로 얻은 아들들이니 좀 더 특별하게 키워야 할 것 같았다. 하지만 남들은 쉽게 보내는 어린이집과 유치원을 못 보낼 때는 한동안 많이 속상했었다. 우리 아이들 부모 잘못 만나 낙오자가 되는 건 아닌지 걱정을 많이 했다. 그때, 비 오는 난리 통에 다른 사람들로부터 축복받던 큰 아이의 태몽이 생각났다. 지금은 이렇게 어려워도 언젠가는 우리 아이들이 많은 사람들의 축복을 받으며 성공할 거라는 긍정적인 해석이 들었다. 그러자 엄마로서 최고로 해 줄 수 없다는 죄책감이, 최선을 다 해 보자는 희망으로 바뀌었다. 기관에서 배우는 것과 내가 집에서 해 줄 수 있는 것을 비교해 보고, 가정 보육의 이점을 찾으려 애썼다. 그러니 현재의 나의 환경에서 사랑을 기반으로 지혜롭게 몸으로 때우는 게 최선의 선택이라는 결론이 나왔다.

독서와 감각을 살려주는 놀이로 기관에 못 가는 아이들의 시간을 채워주려 애썼다. 슈퍼에서 가장 싼 두부 한 모를 사와 냄비에 담아 줬다. 아이들은 냄비를 끼고서 신나게 으깼다. 마침 집에 주황색 식용색소가 있어 그것까지 뿌려주니 더 신이 났다. 또 어느 날은 화산 폭발에 대한 실험을 했다. 접시 위에 용암을 분출할 플라스틱 우유병을 꽂고, 그 주위를 밀가루 반죽을 둘러 산을 표현했다. 그리고 우유병 안에 베이킹 소다와 식용색소를 넣고서 식초를 부어주니 부글부글 끓으면서 용암이 분출했다. 아이들은 마냥 신기해서 손뼉을 쳤다. 카페에서 얻어 온 커피 찌꺼기로 채를 치기도 하고 손으로 다양한 그림도 그리며 놀았다. 이처럼 어린이집이나 유치원에서 시간에 쫓기며 하는 다양한 경험들을 집에서 느긋하게 맘껏 할 수 있으니 나는 확실히 가정 보육의 이점을 찾아가고 있었다.

에어컨이 없는 우리 집은 여름이면 선풍기 두 대로 더위를 견뎠다. 지금은 학원과 집이 가까워 낮 동안에는 집에 있을 일이 없지만, 아이들이 어린이집 다닐 나이에는 학원에 방해도 되고 가깝지도 않아서 종일 집에서 더위와 싸워야 했다. 그러면 앞 베란다에 매트를 깔아주고서 그 위에서 신나게 물놀이를 즐기게 했다.

어린이집에서 하는 자연놀이도 직접 자연 속으로 데리고 가면 문제가 없었다. 다행히 차가 있어 될 수 있으면 매일 산으로 공원으로 데리고 나갔다. 나비공원에 가서 곤충과 동식물을 관찰하고 먹이도 주었다. 산속에 설치된 악기도 두드려 보면서 놀다 보니 어린이집에 안 다니더라도 아쉬울 게 없다는 생각이 들었다. 대신, 엄마인 내가 힘들다는 것 빼고는 말이다. 어느 날은 산책코스인 나지막한 산을 네 살, 두 살인 아이들을 데리고 산행을 했다. 아직은 어리기 때문에 걱정이 되

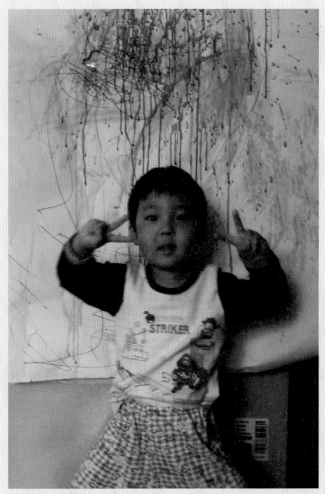

항상 집 안 곳곳에 큰 전지를 붙여놓고서 다양한 미술재료로 활동을 했다.
엄마표 미술놀이는 시간 제약도 규정도 없이 자유롭고 과감하게 표현할 수
있는 장점이 있다.

었지만 지루한 하루를 보내는 것 대신에 한 번은 극기하는 마음으로 보내는 것도 나쁘지 않을 것 같았다.

학습 면에서도 어린이집 못 따라갈 것 없었다. 영어든 한글이든 CD 하나 틀어주면 즐거운 학습 시간이 되었다. 동화를 읽어 줄 땐 알아서 책을 가져다가 눈으로 따라 읽었고, 노래가 나올 땐 신나게 춤을 추며 따라 불렀다. 흥미를 잃지 않는 학습이니 이보다 더 좋을 순 없었다. 게다가 형제가 함께하니 친구 같아 외롭지 않았다.

경제적 여건이 안 돼 남들 해주는 거 못 한다는 생각을 접으니 몸은 힘들어도 이렇게 아이들에게 더 좋은 기회를 줄 수 있었다. 때론, 같이 지내며 엄마로서 화낼 일도 많았고 아이들 입장에선 혼도 많이 났다. 하지만 달리 생각해 보면, 서로 부딪히기도 하고 비비기도 하며 애정을 쌓는 것이, 떨어져 지내거나 어린이집에 보내는 것만으로 양육을 대신하는 육아보다는 훨씬 낫다는 생각을 한다. 서로의 갈등 속에서도 마지막에는 서로 안아주고 용서해주고 나면, 큰 상처도 쉬이 치유가 된다는 것을 경험으로 알았다. 엄마가 아이들을 사랑하는 마음을 말로 표현하지 않아도 아이들은 그 마음을 놓치지 않는다.

내가 살면서 더욱 확실하게 깨닫고 있는 것 하나는 어떤 어려움이나 근심 걱정도 생각만 바꾸면 신이 내게 주신 기회라는 것이다. 분명히 무엇인가 내게 깨닫게 하려는 메시지가 있다는 생각으로 문제를 접근하면, 유레카 하고 외칠 만 한 답이 나온다는 것을 나는 이제 알고 있다. 내가 돈이 없어 어린이집에 못 보낸다는 생각으로만 아이들을 보육했다면, 아이도 나도 정말 지옥 같은 시간을 보냈을 것이다. 하지만 내가 그것을 도전이라고 생각했고 기회라고 생각했기에 즐거운 육아를 할 수 있지 않았을까.

지금도 그렇다. 일하느라 바빠 아이들의 공부를 많이 챙겨주지 못할 땐, 혼자 터득해 가는 시간이라고, 혹시 신이 주신 기회일지도 모르니 믿고 기다려 보자는 생각으로 보내고 있다. 어차피 현재로서는 아무도 아이들의 미래를 정확히 예측할 수가 없다. 하지만 나는 내가 해석한 잘 될 거라는 태몽을 믿어본다. 그러면 못 해주는 현재보다 잘 될 거라는 축복이 깃든 미래를 볼 수 있게 된다.

'믿는 만큼 이루어진다. 상상하면 꿈이 현실이 된다.' 등 찾아보면 우리가 우리 스스로에게 희망을 줄 수 있는 명언들이 참 많다. 그것들을 그저 하나의 문구로만 생각하지 말고 내 것으로 깊이 새긴다면 분명 좋은 기회가 올 것이다. 나는 그렇게 믿는다. 우리 아이들에게 최고로 해 줄 수 없다는 생각이 들 때, 명언들로부터 최선의 방법을 찾고 기회를 얻으려 애쓴다. 사실 최고의 기준은 고정적이지도 절대적이지도 않다. 최고는 누가 결정해주는 기준이 아니다. 최고에 대해 각자가 느끼는 정도가 다르고 기준이 다른데 무엇을 최고라고 부를 수 있겠는가. 엄마들이 아이들에게 최고로 해 주지 못해 죄책감에 빠지거나, 또는 경제적으로 무리를 하고 시간을 내어 희생하는 육아는 남들과 비교에 의한 것일 뿐. 우리 집 가정환경에 맞추고 우리 아이만의 장점을 살려 사랑하는 마음으로 최선을 다 하는 것, 그것이 우리 가정만의 최고의 육아가 아닐까.

나는 엄마표로
키우기로 했다

　　　　　　　귀뚜라미 우는 어느 여름날 저녁, 나는
태어 난지 6개월 된 큰 아이를 아기 띠로 안고서 한가로이 산책을 하
고 있었다. 여느 날처럼 주변에서 자라고 있는 나무들과 예쁘게 핀 꽃
들, 그리고 주변 상가들의 이야기까지 미주알고주알 들려주며 걸었다.
그러다가 귀뚜라미 소리에 발을 멈췄다. 아이가 잠시 들을 수 있게 조
용히 있어 준 다음 작은 소리로 속삭였다.

　"어때? 귀뚤귀뚤 귀뚜르르, 소리 들리지? 이건 귀뚜라미가 내는 소
리야" 그때 아이가 '아! 들려요!' 하는 표정으로 신기한 듯 나를 올려
다봤다. 나 또한 그 표정이 너무도 신기했다. 아직은 6개월 밖에 안 된
아기인데 엄마가 하고 있는 이야기를 알아듣고 있다는 생각에 무척 흥
분이 되었다.

그 이후로 나는 아이와 더욱 많은 교감을 시도했다. 집에 있을 때는 엄마가 지금 무엇을 하고 있는지, 이 도구들은 어디에 쓰는 물건인지 등 아이의 호기심을 자극할만한 것은 무엇이든 설명하고 느끼게 했다. 아래쪽 싱크대 안에 맘껏 만질 수 있는 주방기구들을 넣어 놓으면 기어 다니거나 걸어서 냄비, 바구니 등을 꺼내었다. 그러고서는 두드리고 머리에 쓰고 굴리고 하며 그것들을 탐색했다. 할머니께서 보내주신 쌀 튀밥을 큰 통에 담아놓았다. 그러면 아이는 먹기도 하고 마구 휘젓고 던지며 즐겁게 가지고 놀았다.

돌이 지난 지 얼마 안 된 큰 아이를 어린이집에 시간제로 보내던 때가 있었다. 옆 동네로 다녔기에 매번 차를 가지고 아이를 데리러 가야 했다. 선생님과 인사를 하고서 어린이집을 나오면 아이는 차에 오자마자 운전석부터 찾았다. 핸들을 돌리고 차를 만지기를 한참, 어린이집에서 나오신 원장님이 우리를 보고서 깜짝 놀라셨다.

"아! 어머니, 여태 안 가셨어요? 대체 차 안에서 뭐 하세요?"

"환철이가 차를 좋아해서요. 충분히 만질 때까지 기다려 주고 있어요."

"더울 텐데. 대단하세요. 그렇잖아도 환철이가 호기심이 많아요."

그때는 동생이 태어나기 전이었기에 나는 아이가 원하는 일이라면 무조건 기다려줬다. 그날은 더운 날이었음에도 아이의 즐거운 탐색을 위해 1시간 내내 그대로 지켜봐 주었다.

아이는 멍 때리는 날도 많았다. 가던 길을 멈춰 서서 관심 있는 무언가를 한참이나 응시하기도 했다. "환철아!"하고 부르면 못 듣는 때도 많았다. 나는 이런 아이의 호기심을 방해하지 않으려고 했다. 맘껏 충족시켜 주고 싶었다. 그래서인지 아이는 자라면서 더욱 왕성한 호기심을 보였다. 이때 아이의 성향을 파악하고 이끌어주는 것이 엄마의 역할임을 이 아이를 키우면서 알게 되었다.

이 세상에서 내 아이를 가장 많이 아는 사람, 엄마. 옆집 아이와 비교할 눈을 내 아이에게만 쏟는다면 내 아이만의 특별한 면을 발견할 수 있는 게 엄마이다. 비교하거나 욕심부릴 필요가 없다. 믿음과 사랑으로 지켜봐 주기만 한다면 내 아이만의 특별함을 발견할 수 있을 것이다. 그래서 나는 옆집을 기웃거리지 않고 내 아이만 보았다. 내 아이의 성향을 무시한 채 같은 학습지, 같은 선생님, 같은 방식으로 공부만 시키고 싶지 않아서이다. 누가 학습지로 몇 개월에 한글을 뗐다느니, 더하기 빼기를 한다느니 와 같은 말은 내 아이의 발전에 하나도 도움이 되지 않는다. 내 아이는 내 아이만의 속도로 나아가면 된다. 한글이건 수학이건, 미술, 음악 등도 엄마와 책을 읽고 대화를 하고 같이 그렇게 하다 보면 자연스럽게 감각이 살아난다. 게다가 엄마와의 사랑도 덤으로 자라난다.

결혼하면서 혼수용으로 사온 TV는 우리 집 장식품이었다. 월드컵

아빠가 책 읽어주는 모습, 아빠도 같이 하는 육아는 엄마도 편하지만 아이들의 정서에도 좋다. 우리 아이들은 책 좋아하는 아이로 자라고 있다.

축구 경기를 너무도 보고 싶어 하는 남편의 요구로 경기 기간 동안 잠시 켰을 뿐, 그 이후로 아이는 TV가 고장 난 줄만 알고 살았다. 아이와 더 많은 교감을 하고 자극에 서서히 노출시키기 위한 계획이 있었기 때문이다. 대신에 책과 친하게 해 주었다. 그리고 듣는 감각을 예민하게 하기 위해 CD를 통한 동화 이야기며 영어 노래를 자주 틀어 주었다. 지금은 한 달에 한두 번 정도 TV 프로그램을 보고, 나머지는 DVD로 원어 영화 시청을 하기 위해 TV를 사용한다.

미술 놀이도 다양하게 엄마표로 진행할 수 있었다. 넓은 전지를 바닥에 깔아 놓고 붓과 물감을 주면 아이는 붓보다는 먼저 손바닥으로 촉감을 느꼈다. 그다음에는 팔과 다리에 바르며 온몸으로 물감을 즐겼다. 삶기 전 국수들도 부러뜨려보고 삶아 식혀 낸 가닥들을 한 움큼 잡고 털어도 보고 먹어도 보며 놀았다. 큰 전지를 냉장고 한쪽 면에 붙여 놓고 언제든 다양한 미술용품으로 맘껏 표현하게 했다. 붓에 묽은 물감을 찍어 전지에 뿌려도 보고, 풀에 색색이 물감을 섞어 풀 그림을 그리게도 했다. 그리고 몇 날 며칠을 질리도록 데칼코마니만 그린 적도 있었다. 심지어는 똑같은 몬스터 그림을 몇 달 동안 하루에도 십여 장씩 그려댔다. 이 모든 건 아이만의 세계를 표현하는 것이었고, 아이는 그 속에서 행복감을 느끼는 것 같았다.

조기교육 열풍에서 빼놓을 수 없는 영어. 요즘, 초등학교 1학년생들에게 영어에 대한 흥미도를 물어보면 거의 대부분이 "영어, 정말 싫어요! 영어 학원 안 다녔으면 좋겠어요!"라고 말을 한다. 안타깝다. 나는 영어를 통해 세상과 자유롭게 만나는 일을 상상하면 가슴이 설렌다. 그러하기에 우리 아이들이 만날 세상도 호기심 가득 자유로웠으면 좋겠다. 이 좋은 게 말로만 쉽지 잘 안 돼 나도 수없이 좌절했지만 지금도 영어를 너무도 잘하고 싶은 사람 중에 하나이다.

그러므로 영어교육은 엄마표로 재미있게 진행 되어야 한다. 시기는 동요 리듬에 흥미를 보이는 나이가 적당하다. 참고로 나는 아기일 때부터 우리나라 동요며 영어 노래 등을 틀어 놓고 같이 노래 부르고 춤을 추었다. 그렇게 아이의 흥을 맞추어 주니 아이는 영어를 놀이로 생각하게 되었다.

책상 앞에 앉아 알파벳과 파닉스부터 배우는 영어로는 아이의 흥미를 끌어낼 수가 없다. 내 아이가 파닉스를 익혀 단어를 읽고 문장을 읽는 것으로 외국인과 대화가 가능하리라고 생각되지는 않는다. 영어학습 초기에 하는 책상 앞 영어는 죽어 있는 영어이다. 지금 당장은 영어책을 못 읽더라도 몸에 내재된 흥으로 학습한 아이는 일단 흥미라는 게 유지가 된다. 그리고 관심이 가는 시기가 오면 책 읽기나 말하기도 금방 익힐 거라고 생각한다. 초등학생인 나의 두 아이는 모두 외국인 앞에서 주눅 들지 않는다. 단어를 외우거나 시험을 본 적이 없다. 매일 좋아하는 영화 한 편을 원어로 보고, 원어민이 읽어주는 CD를 틀어 놓고 동화책을 읽는다. 시험에서 틀릴 것을 걱정하지 않고 해외여행을 가서 외국인과 친구가 되는 상상을 하며 즐거워한다.

학원이든 학교든 요즘 교육은 너무 획일적이다. 공장에서 찍어내듯 같은 생각, 같은 행동을 주입시킨다. 정해진 시간 안에 하던 일을 끝내야 하고 정해진 기준에 따라 아이들을 평가한다. 아이들은 정해진 틀 안에서 경쟁을 통해 순위가 매겨진다. 그 순위에 따라 아이들의 자존감도 오르고 내리기를 반복한다. 상위 1% 안에 들면 위너, 그 밖의 아이들은 루저로 취급받는다. 그리고 그 루저 들은 위너를 위한 들러리 삶을 살아가야 한다.

학원에 다니면 아이나 엄마는 점수와 순위로부터 자유로울 수가 없다. 학원은 부모의 기대에 따라 단기간에 학업 성취도를 수치로 보여 줘야 한다. 내 아이의 수준에 맞춘 개별 지도라는 것도 쉽지 않은 일이다. 아이는 자기가 어느 부분에 취약한지, 어떻게 해결해 나가야 하는지 알 필요도 없다. 선생님이 모든 걸 파악하고 해결법까지 제시해 주기 때문이다. 〈사교육 걱정 없는 세상〉의 대표 송인수는 이렇게 말했다. "학원에 의지했던 아이들은 고등학교 2학년이 되면 성적이 오히려 그대로이거나 떨어집니다. 스스로 해결하고자 하는 근성이 길들여지지 않았기 때문이지요."

하지만 어렸을 때 엄마표로 자라왔고 초등학생이 되어 서서히 자기 주도 학습으로 공부해 온 아이들은 다르다. 엄마가 비교하지만 않는다면 아이들은 순위에 연연해하지 않는다. 그리고 자기의 관심 분야를 스스로 찾아서 열정을 쏟는다. 내 아이가 그렇다. 나는 아이에게 순위를 묻지 않았다. 좋아하는 걸 찾아서 하도록 도왔을 뿐이다. 아이가 원해서 배운 피아노나 수영, 방과 후 바이올린, 미술 등을 제외하고선 따로 선생님의 가르침을 받는 사교육을 시킨 적이 없다. 4학년이 된 아이는 지금 학교에서 운영하는 영재 반에 다니고 있다. 영재반이라 우쭐하는 것도 아니다. 단지, 획일적인 교육이 아닌 좀 더 탐구하고 토론하는 수업을 받을 수 있다는 것에 감사하게 생각한다. 그리고 사교육 없이 아이를 이만큼 키워 온 내 교육 신념에 뿌듯함을 느낀다.

곧 엄마 표와 자기 주도 학습이 사교육을 이긴다는 것을 모든 사람들이 알게 될 날이 분명 올 것이다. 나는 모든 엄마들이, 그때 가서 후회하기 전에 지금, 아이들을 사교육으로부터 자유롭게 했으면 좋겠다. 그리고 스스로 해결할 수 있는 근성을 키워주기를 바란다.

PART
02

화내고 소리 지르고
후회하기를
반복하는 육아

비닐로 망토를
만들어 두르고서
애꾸 눈의 멋진 무사가 됐다.
"나의 칼을 받아라!"

01 | 엄마 노릇 참 힘들다

서른 넘어 결혼을 했고 이듬해 아이를 낳았다. 젖을 먹이고 사랑을 느끼면서도 몇 년 동안 내가 진짜 엄마라는 사실이 가끔씩 낯설게 느껴졌다. 아직은 혼자일 때의 아쉬움이 남아서일까? 매일 비비고 안고, 첫아이는 첫사랑이라는 생각이 들면서도 참 이상한 일이었다. 한창 반항하던 사춘기 때는 엄마의 자격을 두고 많이도 싸웠었는데. 내가 엄마가 되고 나니, 이제는 자신에게 엄마의 자격을 따지고 있었는지도 모르겠다. 그렇게 10년이 다 되어 갈 무렵, 어느새 나는 진짜 엄마가 돼 가고 있었다.

우리 엄마도 나 키우면서 "엄마 노릇 참 힘들다"라고 많이도 한탄하셨을 것이다. 고분고분하지도 않고 버럭 소리나 질러대는 딸내미였으니 얼마나 힘드셨을까. 서로가 외로웠을 것이다. 엄마는 남편을 잃고서 없는 살림에 다섯 아이를 혼자 먹여 살려야 했다. 그러니 막막하고 외로우셨을 것이다. 반면에 사춘기에 접어든 나는 마음 이해해주는 사람이 없다며 많이도 외로워했다. 그 감정들을 서로 표현할 줄 몰랐고 보듬어 줄줄도 몰랐다. 서로가 외로운 삶을 억지로 떠받은 것 마냥 억울하고 서럽기만 했다.

엄마도 엄마의 엄마로부터 많은 사랑을 못 받고 자라셨을 것이다. 4명의 딸 부잣집에 장녀로 태어나셨고, 외할아버지는 딸만 낳았다고 집을 나가버리셨다고 했다. 전쟁 통에 초등학교를 보내셨고 얼굴 한 번 안 보고 결혼을 하던 그 시절에, 우리 엄마도 그렇게 한 남자를 만나 결혼을 하셨다. 흑백 사진 속에 서 있는 신랑신부는 설렘이라고는 찾아 볼 수 없는 무표정한 얼굴을 하고 있었다. 없는 살림에 종갓집 며느리 역할과 갖은 시집살이를 하고 살았으니 엄마는 억울한 게 많다며 내가 어렸을 때에도 자주 울먹이셨다.

하지만, 다행히도 엄마에게는 말년 복이라는 게 있었다. 늘그막에 더 이상 일할 힘이 없어 손을 놓으니 그제서야 인생을 즐길 여유가 생기셨다. 친구들과 서로 의지하며 십 원짜리 화투를 치시고, 맛난 음식들을 만들어 서로 나누어 드신다. 무릎이 아파 돌아다니기 힘들었는데, 수술을 하시고선 노인대학 관광에 빠지시는 법이 없다. 이제는 자식 일 말고 본인 일만 신경 쓰시니 전화드릴 때마다 '행복하다' 는 말로 말년 복을 표현하셨다. 이제는 엄마 노릇을 내려놓고 내 노릇만 하면 되는 것이다. 그게 또 자식 입장에서는 너무도 고마운 일이 아닐 수 없다.

막내딸로서 엄마의 고단했던 인생을 가장 많이 지켜본 나는 엄마 노릇에 대한 긴장감이 늘 있어 왔다. 집안 사정이 안 좋을 때는 나도 엄마 같은 인생을 살까 봐 두려웠었다. 남편이 밤늦게 들어오면 불안감에 잠을 이루지 못했다. 아이들이 말을 안 듣는다고 생각할 때는 나 같은 사춘기를 보낼까 봐 미리부터 걱정을 했다. 내가 엄마가 되고 나니 친정엄마의 고통이 그대로 전해져 왔다.

가끔씩 '내가 진짜 엄마 맞나?' 하는 생각이 들어도, 억척 순이 친정엄마를 보고 배운 대로 나도 의식적으로 엄마 노릇에 적응할 필요가 있었다. 아니, 적응이라기보다는 모성애의 본능으로 나도 영락없는 억척 순이 엄마였다.

내가 영어학습지 교사로 근무할 때, 큰 아이는 유치원, 작은 아이는 어린이집에 다니고 있었다. 첫 직장에서는 인천 사무실에 출근 후 본격적인 일이 시작되었다. 인천 청라로 갔다가 검단 들러 일산으로 가고 파주를 끝으로 부천으로 돌아오는 코스가 하루 스케줄인 경우가 대부분이었다. 몇 집 들르지 못하고 돌아오는 장거리 레이스가 고역이었다. 차 안에서 김밥을 먹으며 하루에 4, 5개 도시를 아우르고 다녔다.

그런데 골칫거리는 작은 아이가 있는 어린이집이 너무 일찍 문을 닫는다는 것이었다. 6시 20분까지는 작은 아이를 데리러 어린이집에 도착해야 했고, 마지막 수업을 마치고 출발하면 항상 빠듯했다. 조금만 늦으면 퇴근해야 한다는 선생님의 독촉 전화에, 퇴근길로 인해 막히는 고속도로에서 안절부절 했었다. 늦는 날이 잦았고 그러면 매번 혼자 남은 작은 아이를 데려오면서 선생님께 여러 번 고개를 조아렸다.

그래서 집 근처 부천에서만 일을 하는 영어학습지 회사로 직장을 옮겼다. 차가 있다는 이유로 집에서 멀고도 가장 외진 동네의 골목골목을 누비는 지역이 할당되었다. 수업 스케줄은 점점 늦은 시각으로 연장되었다. 밤이 되면 어둠을 울려대는 내 구두 굽 소리에 겁을 먹고 발걸음을 재촉하곤 했다. 여기에서도 둘째 아이를 데리러 가는 일은 곤욕이었다. 수업 도중 어린이집이 끝날 때를 맞춰 지하철역 주변 퇴근길을 또 뚫고 가야 했다. 30여 분을 달려 어린이집에서 아이를 만나면 다시 남편이 일하는 학원에 데려다 놓았다. 그러고서 왔던 길을 돌아가 밤늦게까지 일을 했다. 그렇게 9시가 넘어서 집에 돌아오면 아이들은 엄마가 밥 주기만을 기다리고 있었다. 그러면 몸이 힘든 건 둘째치고 어린 자식들이 굶고 있다는 생각에 마음이 아팠다. 엄마 노릇 참 힘들다.

영어학습지 교사 노릇도 못 해 먹을 일이었다. 내 자식 굶겨가면서 돈 벌어 뭣하겠는가 하는 회의감이 들었다. 아무래도 남편의 학원에서 내 할 일을 찾아야겠다고 생각했다. 그래야 아이들을 가까이에서 돌볼 수 있었다. 어느 정도 클 때까지는 엄마가 필요한 아이들이었다. 수입은 줄어도 우선은 학원에서 초보 아이들을 가르쳤다. 그러다가 경제적 사정이 더욱 여의치 않자 내가 직접 운전대를 잡기로 했다. 15인승 노란 승합차에서 11인승 카니발로 차를 바꾸고서 학원 아이들 픽업해주는 차량 운행 일을 시작했다. 마티즈를 몰다가 그 큰 차를 잡으니, 운전 기술은 금방 적응하더라도 내 몸이 적응을 못했다. 어깨와 목이며 허리까지 끊어질 듯 아팠다. 종일, 그리고 매일 목덜미를 잡고 주물러대며 운전을 했다.

퇴근을 하고 나면 밥해줄 힘도 없었다. 배도 고팠고 몸도 천근만근이었다. 하지만 엄마는 힘들지언정 아이들은 천진난만하다. 그늘 없이 놀고 있는 아이들을 보면 나는 멀쩡한 엄마여야 한다. 따뜻한 밥과 국 그리고 보잘 것 없을지언정 반찬 몇 가지를 얹은 밥상을 차려 내야 한다. 우선, 나는 싱크대 아래 쪼그려 앉아서 잠시 쉬거나 남은 찬밥이라도 뜨거운 물에 말아 먹고서야 밥을 할 수 있었다.

그렇게 몇 달을 보내고 나니 설움이 목을 치고 올라왔다. 밥하는 것을 미루고서 침대에 엎드려 엉엉 울었다. 아이들 들을까 걱정이 되어 때론 이불을 입에 물고 울었다. 어디서 돈이라도 생겼으면 하는 마음이 너무도 간절했다. 내 인생 어디로 흘러가고 있나, 잘못된 길로 가고 있는 것 같아 억울하고 분통이 터졌다. 결혼하기 전 내가 꿈꾸던 미래는 이게 아니었는데. 내가 없고 돈이 없고 서러운 엄마로만 존재하고 있었다.

모성애로 버텨내는 삶 말고 내가 좋아하는 일을 하며 사는 삶은 없는 걸까? 엄마의 여유 있는 보살핌을 못 받고 있는 아이들도 힘들겠지만 나도 정말 힘들다. 친정엄마도 이렇게 힘드셨을 텐데. 아니 나보다 훨씬 더 힘들었을 테지. 그래도 힘들다. 정말 나라는 존재를 아이들을 통해서만 인정해야 하는 현실의 끝은 어디일까? 시원하게 울 시간도 없었지만 그때는 누가 옆에서 툭 건들기만 해도 눈물이 터져 나왔다. 그리고 항상 화가 가슴에 쌓여 있었다. 그러니 몸이 많이 망가져서 이 때부터 무기력증이 생겼다. 아침 미팅을 위해 출근을 하면 몸이 자꾸만 처졌다. 그래도 외근을 위해 밖으로 나가면 또 언제 그랬냐는 듯 일만 생각하며 하루를 버텨냈다. 친정엄마의 모진 삶을 닮을까 봐 두려웠던 그 삶을 내가 살아가고 있었다.

하지만, 하루하루 버티며 살다 보니 빚을 갚고 내 삶에도 볕드는 날이 찾아왔다. 책을 쓰고 강연을 하며 이제는 나라는 존재를 아이들이 아닌 나에게서 찾고 있다. 그리고 내 존재 속에서 아이들 스스로가 자신의 존재를 긍정적으로 바라보고 있음을 그들의 표정을 보면서 읽을 수 있다. 힘들었던 날들은 이제는 소중한 추억이 되었고, 현재 책을 쓰는 글감이 되어 주고 있다. 그리고 살면서 어떠한 시련이 와도 버텨내면 결국엔 양지에 도달하게 된다는 교훈도 얻게 되었다.

나는 그 시련을 같이 겪어온 우리 아이들에게서 동지애를 느낀다. 그 시간을 같이 견뎌 온 우리 아이들이 더욱 소중하고 예쁘다. 이제는 바쁜 엄마 노릇, 아픈 엄마 노릇은 더 이상 하고 싶지 않다. 그저 아이들 미소를 여유롭게 바라보는 행복한 엄마 노릇이 하고 싶다. 그리고 그렇게 하고 있는 오늘이 감사하다.

아이들은 여유로워진 엄마의 표정을 보며 더 발랄한 미소를 짓는다. 엄마를 무서워했던 큰 아이는 이제 더 장난스러운 표정을 하고 엄마에게 자꾸만 안겨온다. 예민한 작은 아이는 소리치는 것 대신에 애교 섞인 목소리로 "엄마, 사랑해"를 연발한다. 그리고 자신에 대한 사랑이 깊어 "나는 멋져. 나는 귀여워. 나는 잘생겼어!"를 유행가처럼 읊어댄다. 아이들이 내게서 여유를 발견했듯이, 나는 아이들에게서 오랜만에 찾은 평화를 발견한다. 인생은 아무리 어려워도 버텨 낼 이유가 있다. 시련은 끝이 안 보여도 끝이 날 때까지 걸어볼 필요가 있다. 장담한다. 그 시련들이 모두 소중한 교훈을 주고 성장의 씨앗이 된다는 것을. 그러므로 엄마 노릇 참 힘들어도 성장의 씨앗을 키우고 있다고 생각하며 버텨 내보자.

02 | 삶이 힘들고 자존감이
바닥을 쳤다

'이 어려움은 무슨 깨달음을 주시려는 신의 메시지일까?'

나는 어느 순간부터 좋지 않은 일이 생길 때마다 스스로에게 이런 질문을 던졌다. 어려움이 계속되고 신의 의도는 정확히 느껴지지 않을 때, '분명히 좋은 메시지가 있을 거야.'라며 불안한 마음을 다독였다. 아이가 이불에 지도를 그렸을 때 처음엔 당황했지만 금세 깨달았다. 이불 빨 때가 됐는데 그동안 미루고 있었다는 것을. 어느새 빠져 사라진 구두 굽 하나를 찾고 있을 때 길 가던 학생 하나가 빙판길에 넘어졌다. 그때 아차, 하고 '감사 합니다'가 튀어나왔다. 그동안 나는 닳아빠진 구두 밑창의 수선을 미룬 채 빙판길을 아슬아슬하게 걸어 다녔기 때문이다. 언제라도 넘어져 부상을 당할 수도 있는 일이었다. 게다가 운동화가 아닌 높은 굽이니 만약 넘어진다면 부상이 더욱 클 거라는 생각에 곧바로 구두 수선집으로 향했다. 이렇게 작은 사건 하나조차도 언제나 신의 뜻이 있다는 것을 느끼고 나니 내 존재가 특별해 보였다.

어렸을 적 내가 살던 동네는 버스 한 대 안 들어오는 시골 마을이었다. 고등학교에 들어가고서야 겨우 하루 3대 들어오는 버스를 타고 읍내에 나갈 수 있었다. 그런 시골 생활은 호기심 많은 내게 큰 세계를 그려주기에는 너무도 비좁았다. 그래서 고등학교 졸업과 동시에 도시로 올라왔다. 대학생활은 중 고등학교 때 보다 인간관계가 자유로웠다. 6년 동안 여중, 여고를 다녔지만 나는 여자친구들보다는 남자친구들이 더욱 편하게 느껴졌다. 같이 도서관에 가고 실험 도구들을 사러 용산전자상가를 누비는 것도 즐거웠다. 같이 볼링을 치고 술을 마실 때도 시원시원한 그들이 참 편했다.

대학 생활의 즐거움도 잠시, 졸업을 했으니 직장을 구해야 했다. 수십 군데에 이력서를 내도 연락 오는 데가 없었다. 포기를 할 즈음, 꾀가 생겼다. 작지만 관련 분야 회사의 아무 부서에나 넣어보자는 생각으로 이력서를 내밀었다. 그렇지 않으면 내 전공과는 영영 멀어질지도 모른다는 생각에서 결정한 마지막 수단이었다. 이러한 생각이 운을 끌어당겼는지 내 계획보다 더 좋은 자리가 선물로 주어졌다. 사장님은 이제 막 사업을 시작한 관련 부서에 자리가 하나 있다며 연구원으로 채용해 주신 것이다. 살다 보면, 잡으려고 욕심부릴 땐 안 되던 것이 욕심을 내려놓는 순간 이루어지는 경우가 참 많다. 나는 이 삶의 지혜를 그때 처음으로 깨달았다.

그렇게 내 전공을 살려 직장 생활이 시작되었다. 기술을 익히며 즐겁게 일해 갈 때쯤 IMF를 맞았다. 대한민국의 직장인들이 우후죽순으로 잘려나갔고 나도 그중에 하나가 되었다. 가족을 부양해야 하는 가장들의 처진 어깨들이 연일 방송을 타고 나왔다. 하지만 나는 젊으니 다른 직장을 구하면 되었다. 그래서 크게 상심하지는 않았다. 다행히도 경력을 인정받으며 전보다 좀 더 나은 직장을 구할 수 있었다. 그렇게 경력에 경력이 쌓이면서 내가 구하는 직장은 진화를 거듭했다. 결혼 전 마지막 직장에서는 후미진 시골 소녀의 세상이 무척 커져있었다. 직무에서 나만의 고유 영역이 생기고 실력을 인정받았다. 그리고 일본, 중국, 프랑스 등지로의 출장은 나의 가능성을 크게 열어주는 계기를 만들어 주었다.

그러던 늦은 나이에 한 남자를 만나 사랑에 빠졌다. 자동차를 몰고 출근하던 중이었다. 삼거리에서 다른 차와 1차 충돌하고서 튕겨 나오던 차가 다시 내 차로 돌진했다. 순간, 브레이크를 서서히 밟았지만 나와 부딪히겠구나 하는 생각에 의심의 여지가 없어 보였다. 예상대로 내 차를 들이 받고 또 옆 차를 치며 인도로 튕겨나가고서야 멈춰 설 수 있었다. 큰 부상자는 없었지만 목과 어깨에 무리가 간 나는 병원에 입원을 해야 했다. 그곳에서 교통사고로 입원한지 오래된 터줏대감 아주머니를 만났다. 그리고 그 분으로 부터 한 남자를 소개받았다. 만나고 보니 둘 다 짝을 찾아 헤매던 노총각 노처녀였다. 그리고 둘 다 지쳐가던 참이었다. 무엇인가를 애써 잡으려고 발버둥 치다가 놓는 순간의 만남이었다. 그리고 그 순간이 원하는 것을 얻는 운명의 순간이었다. 일 년 이상 후유증으로 고생을 하긴 했지만 신이 우연을 가장한 필연의 사건을 주셨다는 생각에 오히려 감사한 마음이 들었다.

그렇게 직장생활에서 상승 곡선을 타던 내가 한 남자를 만나 짧은 시간에 불같은 연애를 했다. 그러고서 결혼을 했고 허니문 베이비로 첫 아들을 낳고서도 2, 3년간은 신혼이었다. 하지만 경제적 문제가 지속되었을 때 더 이상은 사랑으로 버틸 수가 없었다. 내 인생에 하향곡선이 그려지고 있었다. 추락이었다. 월급을 몇 달씩 못 갖다 주는 때도 있었고 받아도 애 키우며 살기에는 빠듯한 생활비였다. 어릴 적 친정엄마의 억척같은 생활을 떠 올리며 나도 그 힘을 끌어올려야 하는 삶이 연속되었다. 아이들을 위해서 살아내야 했던 친정엄마의 그 삶을 내가 다시 살고 있는 느낌이었다.

그 억척같은 삶이 나를 더욱 깊은 굴속으로 밀어 넣는 것 같았다. 남편이 몰래 진 빚이 그렇잖아도 무너질 것 같은 내 삶 속으로 파고 들어와 조금씩 금을 내고 있었다. 아이들이 있기에 용기를 내어 다시 일어서 보려고 희망을 가지면, 남편은 또 다른 빚으로 나를 내리 눌렀다.

정말 나는 점점 벌어져가는 금을 막을 힘이 없었다. 밑 빠진 독에 물 붓기를 하고 있는 심정이었다. 희망이 보이질 않았다.

남편에 대한 신뢰가 깨지고 빚이라는 부담이 가슴을 바윗덩어리처럼 내리 눌렀다. 일하는 순간에도 울컥울컥했다. 끊어질 것 같은 목, 어깨를 주무르면서 '내가 지금 뭐하고 있나, 이러려고 결혼했나?' 하는 억울함만 가득했다. 아이들 친구의 엄마들이 수입차를 끌고 다닐 때, 나는 학원차를 운전했다. 그들이 카페에서 여유롭게 수다를 떨고 있을 때 나는 그 앞에 학원 차를 정차하고서 아이들 승하차를 도왔다. 또 그녀들이 못다 한 수다를 나누며 여유 있게 귀가할 때, 나는 원생들 집 앞에 차를 정차하고 아이들 승하차를 지도하고 있었다. 내 자존심이 자꾸만 다른 사람과 나를 비교하며 더욱 나를 초라하게 만들었다. 이러한 스트레스와 육체적 피로는 결국 몸을 망가뜨렸다.

하지만 언제까지 남들 눈치 보는 일로 스트레스받으며 일을 할 순 없었다. 그래서 주어진 조건에서 나의 가치를 끌어올릴 일을 생각해 내기로 했다. 나는 평소에 독서를 즐기고 자신이 좋아하는 일을 도전하며 사는 사람들을 존경했다. 나도 책은 간간이 읽고는 있었지만 더욱 파고들 필요가 있었다. 하고 싶고 좋아하는 일은 무척 많았지만 그 중에서도 내가 운전 일을 하면서 할 수 있는 일은 영어 공부였다. 영어를 무척 잘 하고 싶다는 생각은 고등학교 때부터 꾸준히 있어왔다. 하지만 지금까지 배워 온 틀에 박힌 영어공부법에서 벗어나는 것이 쉽지는 않았다. 엄마 표를 외치며 아이들을 가르쳤듯이, 운전하면서 내 방식으로 꾸준히 듣고 말하기를 연습했다. 직장 다닐 때 출장으로 인한 해외 운이 있다고 생각했듯이 다시 '언젠가는' 또 그 운이 내게 올 거라는 믿음을 가졌다.

나의 지긋지긋한 고통스러운 삶은 그 순간부터 조금씩 벗겨지고 있었던 것 같다. 책이 긍정의 삶을 일깨워주었고, 올라간 자존감이 묻혀 있던 오랜 꿈들을 하나씩 꺼내주었다. 빚은 내가 처해 있는 현실 그 자체이지 나의 미래까지 지배할 순 없다고 단정 지었다. 그 진리가 내가 힘든 현실을 부정할 수 있는 힘이 되었던 것이다. 힘든 현실을 입 밖으로 내뱉기만 하면 항상 눈물이 툭하고 쏟아져 나왔었는데, 그 자체를 인정하고서 비슷한 시련을 겪은 사람들과 경험을 공유하고 글을 쓰면서 응어리가 풀어졌다. 그리고 내가 쓰고 있는 이 경험들이 나와 같이 현실의 아픔으로 괴로워하는 이들에게 다시 일어설 수 있는 희망의 이야기가 되리라고 믿는다.

그동안 작은 어려움에 신의 뜻이 있었듯이 큰 시련에도 분명한 뜻이 있다고 믿는다. 시련은 누구에게나 찾아올 수 있다. 그 시련으로 누구나 자존감을 잃고 방황할 수 있다. 하지만 그 방황의 끝에서 신의 메시지를 분명히 읽을 수 있는 사람만이 삶에 대한 부정적인 태도를 긍정적으로 전환할 수 있다고 생각한다.

03 아이를 키우면서
가장 힘들고 어려운 것

요즘, 출산율의 감소는 대한민국의 심각한 문제 중 하나이다. 2017년도 통계에 따르면 신생아 수가 전년대비 12%나 감소했다고 한다. 이유는 왜일까? 결혼하는 사람의 수도 줄었지만 경제적인 이유로 아이를 하나나 둘만 낳거나, 아예 아이 없이 편하게 살고자 하는 부부가 많이 늘었기 때문이다. 이 이유에서 알 수 있듯이, 예전과 다르게 요즘은 아이를 키우는데 무시할 수 없는 것 중에 하나가 돈 문제이다. 치솟는 물가와 불안한 미래를 생각하면 지금도 절박한 돈을, 거의 쥐어 짜내듯이 쓰며 버티고 있다. 보내야 할 학원은 너무 많고 교육적 경험을 이유로 다녀야 할 곳도 많다. 모든 것이 교육을 위해 또는 눈에 보이는 생활수준의 비교를 위해 돈은 절박하게 필요하다.

그렇다면 엄마들이 아이를 키우면서 가장 힘들고 어려워하는 것에는 경제적인 이유 말고 또 무엇이 있을까? 대한민국의 교육 환경 또한 엄마들의 큰 고민거리가 아닐 수 없다. 입시경쟁에 치우친 교육에 안 따라가자니 내 아이가 뒤처질까 봐 두렵다. 그리고 따라가자니 들어가는 돈이 너무도 많다. 아이들의 미래를 생각해서 비싼 사교육을 시키며 엄마도 아이들도 힘들어한다. 그러면 엄마가 해 줄 수 있는 말은 이것뿐이다. "너의 미래를 위해서야." 하지만 아이들은 아직 미래가 안 보인다. 그저 바쁜 학원 스케줄을 피해서 놀고 싶을 뿐이다. 그런 아이들은 공부의 스트레스를 게임과 영상물 또는 일탈로 표현하려고 하니, 아이도 엄마도 모두가 힘들다.

첫아이를 낳으면 엄마들은 아이에게 기대하는 것도 많고 궁금한 것도 많다. 우리 아이가 잘 크고 있는지, 옆집 아이는 어떤지 등 온통 관심이 내 아이와 옆집에 쏠리게 된다. 그때 엄마의 결정권은 대부분 맘카페나 옆집 엄마에 있곤 하다. 옆집 엄마들은 어찌 그리 아는 것도 많은지. 입담이 좋고 정보가 많은 엄마는 엄마들 사이에서 인기도 많다.

초등학교에 들어가도 유대가 좋았던 엄마들끼리는 여전히 돈독하다. 학원정보를 서로 공유하고 같이 계획을 짠다. "민수 엄마, 우리 애 태권도 보내려고 하는데 민수랑 같이 보내자." 엄마들의 유대는 아이들의 유대로까지 이어진다. 하지만 직장 맘들의 아이들은 나름대로 엄

아이들을 혼 내고서 등교 시킨 아침, 베란다에서 아이들 가는 모습을 내려
다 본다. 내려다보면서 미안한 마음도 들고 해결책을 찾기 위한 고민도 하
게 된다.

마의 퇴근을 기다리며, 바깥바람 쐴 새도 없이 여러 학원을 순회하고 있어야 한다.

어차피 학원에 보낼 경제적, 시간적 여유가 있는 엄마들은 문제가 되지 않을 것이다. 하지만 나 같이 일을 하고 있고 원비 걱정을 해야 하는 엄마들은 같이 있어주지 못한 것에 대해, 또는 원하는 학원에 보내지 못하는 경제적 문제로 죄책감을 갖게 된다. 나도 한때는 많이 괴로워했다. 아이가 주요 과목 학원을 보내달라고 하진 않았지만 예체능 계열에 대해서는 가고 싶어 한 적도 있었다. 하지만 나는 그것마저도 고민을 해야 했다. '꼭 보내야만 하는 걸까? 다른 대체 방법은 없는 걸까?'

몇 번의 고민 끝에 나는 이런 걱정하는 마음을 과감하게 정리하기로 했다. '돈이 없어서 못 보낸다는 생각으로 죄책감을 느끼고 미안해하느니 그저 학원을 안 보내는 게 내 신념이라고 생각하자.' 이렇게 쉽게 생각하기로 했다. 시간이 지나고 보니 해주지 못 한 것들에 대한 고민이 다른 것들로 채워지고 있었다. 태권도나 축구교실에 다니고 싶어 하던 아이는 밖에서 친구들과 다양한 놀이와 축구를 하면서 하루 중에 운동과 놀이 시간을 확보한다. 친구들이 학원으로 흩어지면 그때는 집에 들어와 그날 해야 할 학습을 스스로 한다. 딱 내가 바라는 아이의 생활패턴이 만들어 지고 있다.

하지만, 사실 '스스로 학습'이 말로만 쉽지 집에서 저학년인 아이들이 혼자서 또는 둘이 학습한다는 게 어떤 때는 방치에 가까웠다. 때로는, 동생과 싸울 때도 있었고 둘이 쿵작이 맞아 즐겁게 노느라 숙제를 잊는 날이 더 많았다. 나는 항상 일을 하는 중이었고 대신에 전화로 집안의 분위기를 파악하고 학습 상황을 점검하곤 했다. 이렇게 집에서 학습이 안 될 때는 학원 한 귀퉁이에서 숙제를 하게 하기도 했고, 도서관에 가서 실컷 책을 보게도 했다.

지금도 자기 주도 학습이 제대로 되고 있는 건 아니다. 마음속에서는 '내가 낮에 두어 시간만이라도 앉아서 공부를 봐 준다면 나머지 시간은 나가서 더 놀거나 도서관에 갈 수 있을 텐데.' 하는 아쉬움이 없잖아 있다. 하지만 현실 불가능한 일을 가지고 고민하는 건 에너지 낭비이다. 아직까지 많은 걸 하지는 못하지만 아이들이 스스로 하려고 노력하고 있고, 나름대로 모든 과목에 흥미를 잃지 않고 있다. 그러므로 지금 상황에서는 진전이 좀 느리더라도, 나와 우리 아이들의 고군분투하는 자기 주도 학습이 언젠가는 자리를 잡을 거라고 믿는다.

사실 자기 주도 학습은 요즘 교육의 화두이다. 그리고 긍정적인 효과가 굉장히 크다는 것쯤은 이미 학원 홍보나 교육전문가를 통해 익히 들어왔다. 그래서 엄마들도 이상적인 교육 방법으로 알고 있다. 하지만 당장 눈에 보이는 결과가 없으면 엄마들은 불안해한다. 수학 학원에서는 이미 한두 학기쯤은 앞서서 선행학습을 하고 있다. 대부분의 영어학원도 더 많은 단어를 암기하고 문법을 가르치는 커리큘럼으로 짜여있는 것 같다. 그러니 엄마들은 지금 당장 진도를 앞서 결과를 보여주는 학원에 의지할 수밖에 없게 된다. 지금의 성적이 엄마의 불안감을 해소시켜 주기 때문이다.

바둑학원을 운영하는 나는 요즘 아이들이 무엇을 좋아하는지, 어떤 것을 어려워하는지, 무슨 문제들 안고 있는지를 종종 듣게 된다. 예나 지금이나 아이들이 좋아하는 건 당연히 노는 것이다. 단지 내가 자라던 때와 다른 건 친구들과 놀 시간이 부족하다는 것이다. 대신에 아이들은 게임에 집착한다. 자투리 시간을 활용해 할 수 있는 놀이가 핸드폰 게임이기 때문이다. 그리고 노력에 따라 레벨이 착착 올라가니 도전할 맛이 난다. 그 어려운 수학 문제와 영어 단어 외우는 것보다 훨씬 성취감도 있고 재미있다.

하지만 엄마 마음에 걱정하지 않을 수가 없다. 게임하면 '중독'이 먼저 떠오르기 때문이다. 나도 그렇다. 게임 세계에 발을 한 번 들여놓으면 거기에서 헤어 나오기가 어려울 거라고 생각한다. 그래서 우리 아이들이 최대한 늦게 시작하기를 바란다. 그래서 될 수 있으면 밖에 나가 뛰어놀게 한다. 다행히 나와 같은 생각을 하고 있는 엄마들이 많은 건지 놀이터에 나가면 같이 놀 친구들이 항상 있는 편이다. 하지만 하교 후 학원으로 시작해서 하루를 학원으로 끝내는 아이들에게는, 이 놀이터에서 노는 아이들이 이상하게 보인다. 우리 아이들은 학원에 다니고 있지 않다고 말하면, "왜 학원에 안다녀요?"라고 신기하다는 듯

묻는다. 때론, 우리 아이와 같은 아이를 무시하듯 말하는 엄마들도 봤다.

아이들은 놀 시간이 없이 공부를 위한 학원에 쫓겨 다니고 있다. 어쩌면 친구들을 만날 수 있는 학원에 간다는 걸 조그만 위안으로 삼으며 울며 겨자 먹기로 다니고 있을지도 모른다. 그렇다면 아이들이 이렇게 다니기 싫어하는 학원을 엄마들은 왜 보내야 하는 것일까. 엄마들도 나름대로 고충이 많을 것이다. 대한민국의 입시정보는 수시로 바뀌고, 취업난은 갈수록 힘들어지고 있다. 빈부의 격차는 너무 커져있고 대학을 나와야만 성공한다는 공식이 진리인 것처럼 인식돼 있다. '개천에서 용 난다' 는 말은 옛말이 됐고 이제는 금 수저만이 잘 나가는 세상이라고들 한다. 그러니 엄마들은 이러한 세상에 살고 있는 내 아이가 불안하지 않을 수가 없다. 우리 아이들은 나처럼 고생하지 않길 바라는 마음이 있다. 대한민국의 심각한 경제난에서 우리 아이가 살아남아야 한다는 절박함이 있다.

이러한 고민들로 아이 키우기가 힘들다면, 잠시 시간을 내어 생각해 보자. 좋은 대학과 좋은 직장에 취직한 사람들의 이야기는 이미 신물이 나게 들었다. 생각해보면 이제는 좋은 직장에 취직하는 것도 쉬운 일이 아니다. 그래야만 행복한 삶을 사는 것도 아니다. 그러므로 다른 방향에서 우리 아이들의 행복한 미래를 찾아 볼 필요가 있다. 이제는 도전하고 실패하며 다시 또 도전하기를 반복하는 사람들의 이야기에서 내게 맞는 교훈을 찾아보자. 책이어도 좋고 성공한 사람들의 강연에 참석해서 들어보는 것도 좋겠다. 진정한 행복이 무엇이고 진정으로 성공한 삶이 무엇인지 그리고 부모로서 우리 아이들에게 가르쳐 줘야 할 가치가 무엇인지를 찾을 수 있을 것이다. 삶의 올바른 방향과 그 방향으로 나아가고자 하는 동기를 부여 받게 될 것이다.

나는 대한민국의 부모들이 아이들을 키우는데 있어 행복감을 느끼고 아이들도 행복한 성장을 하는 그런 사회가 됐으면 좋겠다. 그리고 내가 그 일에 일조할 수 있다면 나의 삶의 가치 또한 성장하는 일이 될 것이다.

04 기분 좋을 땐 천사 엄마,
기분 나쁠 땐 악마 엄마

아이들을 혼내고 재운 날 밤이면 언제나 자고 있는 아이들의 이마를 쓰다듬으며 죄책감에 괴로워했다. '내가 왜 그때 참지 못하고 그렇게 화를 냈을까. 아이들은 내 모습을 보며 얼마나 무서웠을까.' 엄마로서 감정을 조절하지 못하고 욱하는 모습을 보여줬다는 생각에 자신에게 또다시 화가 난다. 이렇게 면목 없어야 할 엄마는 아이들이 싸울 때면 서로 이해하지 못한다고 또 혼을 내니, 자꾸만 부끄러워지는 자신의 모습을 보게 된다. 하지만, 나를 닮아가는 아이들의 모습을 보면서 이제는 이 습관을 고쳐야 함을 다짐하게 되었다.

종일 운전을 하고 돌아오면 몸이 많이 지쳐있다. 스트레스를 안고서 하루를 보낸 날은 더욱 그러하다. 하지만 엄마는 강하다. 내 몸이 어찌 됐건 저녁이 되면 아이 둘을 씻기고 밥을 차리게 된다. 하루 동안의 숙제를 점검하고 다 하지 못한 숙제는 지도도 해 줘야 한다. 한쪽에서는 세탁기가 돌아가고 아이들 잠자리에서 동화책 하나 읽어주다 보면 나도 모르게 스르르 잠이 든다. 하지만 해야 할 일이 남았다는 생각에 다시 정신 차리고 일어나 다 된 빨래를 꺼내 널게 된다. 그러고 나면 어느새 밤 11시가 다 돼 있다. 이러한 일상이 쌓이고 쌓여 지칠 때면 신경에 날이 서게 된다.

큰 아이가 초등학교 2학년 때 무척 혼을 낸 날 밤의 일이다. 아이는 자기 방 한쪽에서 뭔가를 적고 있었다. 얼른 자라는 엄마의 잔소리에 "잠깐만요!"라고 외치고서 끄적이기를 계속했다. 며칠 후 책상 위를 정리하다가 아이의 수첩이 눈에 들어왔다. 그날 밤의 아이의 메모가 궁금해서 수첩을 펼쳤다.

〈제목: 엄마가 오늘따라 이상하게 좀 과격하다〉
엄마가 오늘따라 이상하게 무섭다. 엄마는 설마 원래 이렇게 무서운 사람이었을까? 엄마에게 좀 실망이다. 내 조그만 버릇을 다른 방법으로 고쳤으면 좋겠다. 엄마가 좀 과격하다.

어두운 방, 램프 아래에서 아이는 자신에게 엄마의 존재에 대해 묻

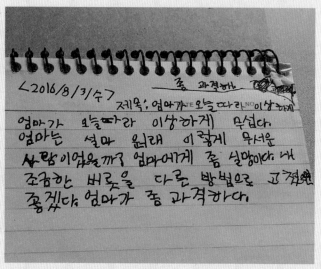

<2016/8/31 수>

좋 과격해

제목: 엄마가 오늘 따라 이상하게

엄마가 오늘따라 이상하게 무섭다.
엄마는 설마 원래 이렇게 무서운
사람이었을까? 엄마에게 좀 실망이다. 내
조급한 버릇을 다른 방법으로 교정했
좋겠다. 엄마가 좀 과격하다.

퇴근 후, 몸과 마음이 지쳐있는 상태에서 아이를 많이 나무랐다. 그날 밤,
아이 눈에 비친 나는 악마엄마였다.

고 실망스러워 하고 있었던 것이다. 전날 밤엔 악마와도 같았던 나, 하룻밤 자고서 피로가 풀렸는지 다시 천사 엄마로 바뀔 기운이 났다. 아이에겐 패배와도 같았던 일방적인 전쟁을 치른 다음 날 아침이다. 이제 엄마의 모습이 악마일지 천사일지 긴장하고 있지 않을까. 전날 밤 일은 마음이 아프지만 아무 일 없었던 듯이 아침을 준비해야 한다. 밥을 하고 아이들을 깨우고 학교에 보내야 한다. 아이들도 아무렇지 않은 듯 일어나 평상시와 같이 밥을 먹고 학교를 갔다. 어차피 수차례 겪어 본 아이들이니 의기소침 해 있을 것도 없다는 듯이 씩씩하게 집을 나섰다.

정말 아무 일도 없었던 듯이 지나치고 가야 할 문제일까. 어느 날, 둘째가 형에게 뭐라 언성을 높이고 있었다. 가만히 듣고 보니 내가 아이들에게 하는 잔소리 그대로이다. '사용한 물건을 치워 놓아라. 나갔다 오면 씻기부터 해라. 만화책은 적당히 봐라.' 등 둘째 아이는 영락없는 내 모습을 닮아 이었다. 첫째는 "으이그, 잔소리 쟁이. 엄마랑 똑같잖아!"하며 웃고 넘어간다. 큰 아이는 동생을 굉장히 예뻐하기에 웃어넘길 수가 있다. 하지만 내 입장에서는 참... 웃을 수도 울 수도 없는 상황이었다.

둘째 아이는 기분이 안 좋을 땐 이렇게 형한테 밉상이다가 기분이 좋으면 세상에 둘 도 없는 천사가 된다. 발랄한 수다쟁이가 되고 유쾌한 개구쟁이가 된다. 이제 9살이 된 남자 아이지만 애교만큼은 만점이다.

하지만 엄마의 감정 기복을 꼭 닮은 둘째 아이. 심통이 극에 달한 아이를 볼 때면 엄마인 내가 봐도 밉상이고 걱정이 되기도 했다. 내 감정을 제어할 필요를 이 아이가 깨우쳐 주고 있었다. 하지만 40년 이상 길들여진 나를 바꾼다는 건 쉽지만은 않은 일이다. 그리고 주위를 둘러보면, 나만 이런 고민을 하고 있는 것은 아니라는 것을 알 수 있었다. '완벽한 부모가 몇이나 있겠나. 아니, 완벽한 부모가 있을 수 있을까.' 이렇게 위로하며 너무 죄책감에 시달리지는 않기로 했다. 내 감정에 서툰 나를 몰아세우지는 않기로 했다. 대신, 내 감정이 불안한 이유를 자세히 알아볼 필요는 있었다.

욱하는 성격은 타고난 것이 아니라고 한다. 어렸을 때부터 가족이나 주변 사람들에게서 서운한 대우나 감정을 받은 것을 제대로 표현하지 못해서 생기는 경우가 많다고 한다. 숨겨왔던 그 감정이, 약한 상대인 아이들 앞에서 분노로 표출이 된 것이다. 말을 안 듣는다는 이유로 순간적인 화풀이의 대상이 돼 버린 것이다.

그렇다면 이제는 케케묵은 서운한 감정들을 끄집어내어 버려야 한다. 그리고 나를 사랑해야 한다. 어떻게 할 수 있을까? 우선은 노트에 내 감정들을 모두 다 적어보기로 했다. 나와 같은 상처를 안고 있는 사람과 마주 앉아 대화를 하듯이 모두 다 끄집어 내 보았다. 상대가 나의 마음을 다 이해해준다고 생각하고서 말이다. 눈물도 흘려보고 후회도

해 보았지만 죄책감은 갖지 않기로 했다. 죄책감은 나를 사랑하는 일에 별로 도움이 되지 않을 것이라고 생각했기 때문이다. 이러한 끄적임이 아무에게도 말하지 못한 나의 상처를 위로해 주고 있었다.

누구나 실수는 할 수 있고 누구에게나 아픈 경험은 있다. 하지만 자존감이 낮은 사람은 그 실수나 아픈 경험을 확대 해석하기에 자책과 분노가 커지는 것이다. 적어도 내가 그러했다. 낮은 자존감이 나와 타인의 실수와 말 한 마디를 내 가슴에 가져와 크게 부풀려 해석했다. 하지만 내가 그 부정적인 감정들을 해소할 수 있었던 것은 긍정에 관한 책들을 읽으면서부터 시작됐다. 내 감정을 들여다볼 수 있었고 그 감정들을 이와 같이 글로 쓰면서 녹여 낼 수 있었다.

누구 하나 내 슬픈 감정에 손가락을 대기만 해도 툭하고 눈물부터 쏟아내던 나였는데. 누구 하나 나의 콤플렉스를 건드리면 분노부터 치밀던 나였는데. 이제 완전히 치유됐다고 말할 순 없지만 지금 그 과정에 있고 마음이 한결 편안해졌다. 오랜만에 나를 보는 주변 사람들은 내 얼굴을 보고서 깜짝 놀란다. "얼굴이 어쩜 이렇게 좋아졌어? 반짝반짝 빛나네! 예뻐졌다!" 그동안 그렇게 아프던 몸이 그렇게 찡그리던 얼굴이 부정의 감정을 털어내고 긍정의 감정으로 살아나고 있다. 하루에도 수십 번씩 의식적으로 "감사합니다. 사랑합니다."를 소리 내어 읊어대며 내 몸과 마음의 병이 사라지고 있음을 느낀다.

하지만, 언제든 부정의 감정은 스며들 수 있다. 그러므로 항상 좋은 책을 읽고 좋은 음악을 들어야 한다. 그리고 좋은 사람들을 만나고 즐거운 상상을 하는 등 좋은 감정을 유지하도록 노력해야 한다. 그게 바로 나를 부정의 감정으로부터 지키는 일이고 나를 사랑하는 방법이다. 나 자신을 사랑하는 습관은 나를 둘러싼 모든 것을 사랑의 눈으로 바라볼 수 있는 힘을 준다. 내 가족을 사랑하고 내 이웃을 사랑하고 내게 주어진 환경을 사랑하는 힘 말이다. 모든 것은 마음먹기에 달려 있다. 나의 행복도 마음먹기에 달려 있다.

이러한 습관이 내 감정에 준 긍정적인 영향과, 아이들에게 가져다준 행복을 나는 지금 즐기고 있다. 지금 천사 엄마일 때 아이를 더 많이 안아주고 더 많이 다정한 미소를 건네주고 있다. 악마 엄마가 언제 또 불쑥 튀어나올지는 모른다. 하지만 긍정의 감정을 유지하려 노력하며 어제보다 나은 오늘의 엄마로 지내면 되는 것이다.

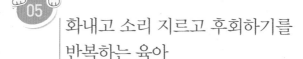

화내고 소리 지르고 후회하기를
반복하는 육아

"이제 엄마 폭발한다. 10, 9, 8, 7, … 발사!"

퇴근 후 널어놓은 아이들 물건을 보며 눈을 치켜떴다. 그 모습을 본 큰 아들이 잽싸게 엄마의 신경을 미리 받아친다. 이젠 눈치 프로 9단이 돼, 엄마 머리 위에 앉아있다. 카운트다운을 하는 큰 아들을 보고 있으니 내리던 화가 웃겨서 쑥 들어가 버렸다. 때로는 이렇게 여유롭게 받아주지만 내 마음속에 화가 잔뜩 차 있을 땐 이마저도 먹히질 않는다. 내가 내 감정을 조절할 수 없는 상황이 되면 나나 아이들이나 도 망칠 수 없는 피해자가 돼 버린다.

아이들에게 화내고 소리 지르고 후회하기를 반복하는 일은 대부분의 엄마들이 겪는 고민이지 않을까. 이상적인 엄마의 모습과는 너무 먼 자신을 자책하고 괴로워하곤 한다. 누구나 엄마라서 힘들다. 아이에게 이상적인 엄마이고 싶은 마음이, 또는 엄마 아닌 나로 살고 싶은 마음이 내 안에 같이 살고 있어 힘이 든다. 경제적인 스트레스가 한 무게 하는 상황에서 일하고 애들 돌보다 보면 에너지가 바닥을 보인다. 게다가 아이가 말 안 듣고 떼쓴다 생각되면 감정 조절의 끈은 탄력 잃은 고무줄이 돼 버린다.

길을 가다 보면 화가 극에 달한 엄마가 아이를 혼내는 경우를 볼 수 있다. 보통 감정의 통제가 가능하다면 길거리에서 그렇게 하지는 못할 것이다. 아이는 잔뜩 겁을 먹었고 엄마는 훈계가 아닌 화를 끌어내어 뱉어내고 있는 것 같았다. 그 화의 정체는 분명 아이는 아닐 것이다. 저 깊은 어딘가에 오랫동안 쌓여 있던 불만과 불안과 근심이 아이의 못마땅한 행동으로 건드려져 터져 나온 것일 것이다.

남의 시선으로 보니 그 엄마 참 너무하다 생각되겠지만 집에서는 나도 그러한 행동을 하고 있었으니 남이 바라보는 나 또한 심각한 엄마이지 않았을까. 내가 아이들에게 훈계할 땐 모르던 것을 남편이 하면 너무하다는 생각에 말리곤 했다. 그러면 남편은 투덜거렸다.

"자기 할 땐 더 심했는데 내가 애들 혼내니 그렇게 못 봐주겠어?"

그러게 말이다. 내 잘못은 내 눈으로 볼 수 없고 남의 시선으로 바라봐야 비로소 보이니. 그래서 무엇인가 냉정하게 판단하고자 할 때 주관적이 아닌 객관적 입장에서 바라보라고들 하는가 보다.

길거리에서 내뱉듯이 화를 쏟아낸 엄마처럼, 나도 내 안에 너무도 많은 불만과 불안들이 쌓여있어 바늘에 찔리면 터져버리는 풍선처럼 늘 불안 불안했다. 남편이 서운한 말 한마디라도 할라치면 우울했던 지난날을 끄집어내며 또 바보처럼 콧물을 훌쩍이곤 했다. 남편에게는 그렇게까지 쏘아붙이지 못하는 말들이, 상대적으로 약한 애들만 보면 그리 쉬워지는 건 비겁한 엄마이기 때문일까.

화가 화를 낳는다는 말이 있다. 아이들의 잘못을 조용히 타이르지 못하고 제 감정에 못 이겨 소리 한 번 지르고 나면 계속 잔소리 해대는 나를 보곤 한다. 제삼자 입장에서 보고 있는 것처럼 내 모습이 보이지만, 그 순간 나를 말리지를 못한다. 그 잔소리에 아이들은 이미 귀를 닫고 있다는 것을 알면서도 그저 터진 봇물을 추스르지 못하는 상황이 돼 버린다. 계속 소리 질러봤자 본인 가슴만 아프고 아이를 고쳐보고자 하는 목적은 먼 데 가 있기 일쑤다. 그러고서 상황이 종료되면 그때야 내가 보인다.

'이건 아닌데. 이러려고 시작한 건 아니었는데. 속만 상하네. 아이들에게 미안하기도 하고…'

물론, 이와 반대로 생각할 때도 있다. 아이들 버릇이 고쳐지지 않아 속 터진다는 말을 해 댈 때도 있다.

퇴근을 하고 오면, 온통 애들 벗어놓은 옷가지와 가지고 놀고서 치워 놓지 않는 장난감들로 거실이 난장판 일 때가 있다. 그러면 혹하고 화가 목구멍까지 올라옴을 느낀다. 그날 감정에 따라, 어떤 때는 가볍게 잔소리 정도로 끝내지만, 그렇지 않을 때는 목구멍에 걸린 화가 일순간에 터져 나온다.

"엄마가 외출하고 나면 항상 옷 정리하라고 했지? 이게 뭐야. 잠바는 걸 수 있잖아. 외출복은 엄마가 항상 뒤 베란다에 갖다 놓으라고 했고. 가지고 논 것들 안 치우면 다 갖다 버린다. 숙제는 얼마나 했어?"

휴, 속사포로 쏘아댄 내 가슴이 오히려 숨이 찬다. 아이들은 언제나처럼 무서운 상황을 모면하고자 후다닥 움직여 정리하긴 하지만 한 귀로 듣고 한 귀로 흘려보낼 게 뻔하다. 살기 위해서 메시지 없는 폭발음만 들었을 것이다. 엄마의 잔소리는 이미 익숙해져 있기에 그저 집안의 날카로운 배경음 정도로 생각하고 있겠지.

어느 날은 잔소리 몇 마디 했는데도 아무런 반응을 보이지 않는 아이한테 이렇게 물어봤다.

"엄마가 방금 뭐라고 한 줄 알아?"

"어? 모르겠는데요. 뭐라고 하셨어요?"

하하하. 웃음이 나온다. 이렇다. 아이들은 듣고 싶은 것만 듣는 대단히 성능 좋은 필터링 기능을 탑재하고 있다. "이거 먹을래?" 하면 무언가 집중하고 있다가도 잽싸게 대답한다. 이 진리를 알면서도 허공에 대고 소리만 질러댄 나도 우습고, 엄마가 화났다는 메시지만 가지고서 움직이는 아이들도 안쓰럽다.

하지만 아이들은 위기를 모면하기 위한 대처법들을 제각각 가지고 있다. 큰 아이는 내 부끄러운 점을 훅 찌르며 웃음으로 응수한다. "엄마 성격의 단점은 욱하는 거야! 그래도 엄마 사랑해" 하며 하트를 날리니, 4학년이나 된 아들 녀석을 사랑하지 않을 수가 없다. 그러면 엉덩이라도 툭툭 쳐주게 된다. 작은 아이는 아직 위트로 받아칠 나이가 아니라서 그런지 엄마와 똑같은 방법으로 응수한다. 삐지기, 소리 지르기, 쿵쿵 걸어 다니기, 방문 닫고 들어가 시위하기 등. 나 자신이 엄마로서 얼마나 못 났는지를 알기에 이럴 땐 나를 닮아가는 작은 아이가 걱정스럽다.

이 아이에 대한 처방전은 "미안해. 엄마가 화내서 속상했지?" 하고서 안아주는 것이다. 그러면 아이는 "엄마가 화내니까 나도 화내는 거야!"라는 말로 내 부끄러운 점을 제대로 찔러준다. 맞다. 맞는 말이다. 하얀 도화지로 태어난 천사 같은 아이들. 엄마·아빠 하는 모습 보고서 자라는 게 아이들인데 내가 아이의 얼굴에 화내는 모습을 그려주고 있었다. 미안한 마음에 꼭 안아주고 부비부비 해주니 아이는 금세 기분이 좋아져서 노래를 부른다.

우선은 아이의 마음이 풀려서 다행이다. 하지만 엄마는 완벽한 인간이 아니고 그리고 오래된 습관이 있기에 분명 또 욱하고 화낼 것이다. 그때마다 죄책감을 갖는다면 아이와의 감정의 골은 더욱 깊어질 것이다. 그러다가 더 이상은 회복이 안 되는 끔찍한 지경까지 갈 수도 있지 않을까. 안되겠다. 무슨 수를 써서라도 고쳐야겠다.

일단, 엄마는 완벽한 존재라는 생각부터 내려놓기로 하자. 그리고 빨리 고쳐야 한다는 조급증도 내려놓아야 한다. 그렇지 않으면 고쳐지지 않는 자신의 화내는 습관에 대해 자책만 하고 포기하게 될 수도 있을 것이다. 욱하고 혼을 냈을 때는 잠시 서로의 마음이 진정되기를 기다려보자. 그다음에 아이의 상처 입은 마음을 읽어주고 엄마의 잘못을 인정하자.

"엄마한테 혼 나서 많이 속상했지? 놀라기도 했겠고. 미안해. 엄마가 많이 피곤해서 감정 주머니를 꽉 잡지를 못하고 터져 나와 버렸네. 엄마도 아직은 감정을 잘 조절 못해. 대신에 노력은 하고 있지. 나중에 또 화낼 수도 있지만 엄마 노력하고 있으니까 조금만 이해해 주라. 하지만 너도 엄마가 고쳤으면 하는 것들 노력했으면 좋겠어."

그러고서 아이를 꼭 안아주자. 그러면 아이의 마음도 사르르 풀린다. 처음에는 어색할 수 있으나 엄마가 이렇게 다정하게 말해주면 아이도 나중에 엄마에게 다정하게 표현해 준다. 그래서인지 우리 아이들은 남들이 보기에 닭살 돋는 표현을 스스럼없이 하곤 한다. 시작이 힘들 뿐이지 좋은 것은 금방 몸과 마음에 익숙해지게 된다.

나는 이런 말을 좋아한다. '사랑하면 사랑이 온다.' 원래 있었던 말인지 내가 각색한 말인지는 기억이 나지 않지만, 나는 이 말을 너무도 좋아하고 이 말의 힘을 믿는다. 화를 내면 그 다음도 화가 온다. 하지만 사랑하면 사랑이 온다. 못 믿겠으면 해 보자. 믿져야 본전이다.

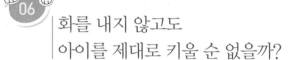

06 화를 내지 않고도
아이를 제대로 키울 순 없을까?

아침 등교 시간만 되면, 느긋한 아이들을 보며 속 터진다는 말을 입버릇처럼 해댄다. 학교가 코앞에 있기에 몇 분 걸리지는 않지만 아이들은 그걸 계산이라도 한 건지 매일 아침이면 시간 부자처럼 딴짓을 했다. 장난감을 가지고 논 다거나 만화책을 보며 여유를 부리니 화가 머리끝으로 가곤 한다. 그러면 나는 귀를 닫고 있을 아이들에게 일장연설을 해댔다.

"빨리빨리, 5분 남았다. 아이고, 가방은 전날 밤에 챙겨 놨어야지. 언제쯤 척척 알아서 느긋하게 나갈까. 친구들 다 가고 있다. 오늘 또 지각할래? 잠깐, 알림장 검사 안 받았잖아. 통신문은 없니?"

기분 좋게 시작해야 할 아침부터 소리 한 번 버럭 질러주고 아이들 책가방을 던지듯이 메주며 등을 떠민다. 아이들이 현관문을 나서면 뒤

베란다 쪽으로 가 창밖을 내다본다. 아이들 기분은 괜찮은지, 서둘러서 가고 있는지. 그렇게 지켜보다 아이들이 방향을 바꾸면 다시 앞 베란다로 달려간다. 10층 아래로 걸어가는 녀석들의 모습을 지켜본다. 참 작다. 가까이 있으면 커 보이지만 멀리 걸어가는 녀석들이 아직은 너무도 어려 보인다. 이런 아이들을 내가 너무 큰 아이 대하듯 했나 하는 죄책감이 살짝 비집고 들어왔다. 하지만 이건 어디까지나 모정에서 우러난 안쓰러움이라 생각하련다.

그렇게 아이들이 눈에서 사라질 때까지 지켜보고 나면 기운이 혹 빠진다. 아침부터 쏘아대는 엄마 노릇 계속해야 하나, 아니면 도를 닦으러 산으로 들어가야 하나, 별의별 생각이 다 든다. 어느 정도 집안 정리가 끝나면 차 한 잔 놓고서 조용히 하다만 고민을 이어간다. 학교에 떠밀려가던 아이들에 대한 미안함도 들고 현명하게 타이르지 못한 내 모습이 부끄럽기까지 하다. 하지만, 나는 화를 내지 않는 평안한 아침을 보내고 싶다. 부드럽고 온화한 미소로 아이들의 등굣길을 응원하고 싶다.

'화를 내지 않고도 아이를 제대로 키울 순 없을까?'

엄마들은 시시때때로 아이들과 전쟁을 치른다. 그때마다 자책을 하기도 하고 아이들을 원망하기도 한다. 맘 카페를 기웃거리며 고민을 털어놓기도 하고, 다른 엄마들과 넋두리를 나누며 다들 같다는 것을 위안으로 삼기도 한다. 또는 좀 더 전문가의 도움을 얻고자 육아서적을 읽어보기도 하지만, 나에게 맞는 시원한 해결책을 얻기는 쉽지 않음을 깨닫는다. 나의 의지 부족도 있고 그 사람만의 이야기라고 터부시하기 때문이기도 하다.

나는 아이들이 유아기일 때부터 육아도서를 읽어왔다. 그러다 보니 육아도서에서 말하는 이상적인 엄마의 이미지에 대한 편견을 그렸고, 그 이미지들이 나를 괴롭힐 때가 너무도 많았다. 다정한 엄마가 아니었고 아이들이 원하는 것을 해주지 못해 쉽게 죄책감에 빠지는 엄마였다. 때론 완벽한 인간이고 싶었고 완벽한 엄마이고도 싶었다. 하지만 그 기준에 맞춰 아이를 키우려니 나는 언제나 넘지 못할 벽에 헤딩하는 꼴사나운 엄마의 모습을 하고 있었다. 어느 날은 육아서대로 따라주지 않는 아이들을 원망했고, 욱하는 내 성격을 탓하기도 했다. 그리고 남편이 나를 고생시킨다고 많이도 원망했었다. 그러면 더욱 화가 나서 속된 표현으로 아이들을 잡았다.

40대는 내 얼굴을 책임질 나이라고 한다. 화장을 해서 가릴 수 있는 나이가 아니다. 내가 어떤 마음으로 살아왔는지를 거울을 보면 읽을 수 있는 나이이다. 아이들을 혼내고 나서 거울에 비친 내 모습을 봤다. 미간은 찌그러져 있고 얼굴에 생기도 없다. 워낙 많이 인상 쓰고 살아서인지 미소가 어색하다. 그래서 자연스럽게 미소 지어보려고 몇 번 시도해 보았지만 웃는 근육이 너무도 아프다. 이렇게 거울을 가만히 들여다보고 있으니 주변의 사람들이 나에게 친근하게 다가오지 않는 이유를 알겠다. 내게는 편안함이 없다. 내 스스로를 편안하게 대하지 않았으니 당연한 결과인 것이다.

경제적 어려움도 알겠고 본래 욱하는 성격인 것도 알겠는데 내 사랑하는 아이들에게 맘껏 사랑을 표현하며 살 순 없을까? 화내지 않는, 온화한 엄마로 살 순 없을까? 고쳐지지 않는 이 문제를 어떻게 해결해야 할까? 많은 고민과 질문이 이어졌다. 이 문제들을 해결할 수만 있다면 내 삶에 평화가 올 것만 같았다. 맘 카페도 이웃집 엄마들도 육아도서도 해결해 줄 수 없다면 나는 어디서 해결책을 찾아야 할까?

경제적 문제를 해결하고자 부자 마인드에 관한 책들을 읽었다. 세계 여행을 동경해서 여행 가이드 서적을 읽으며 꿈을 키웠다. 지혜롭고 싶어서 철학 책이나 심리학 도서도 읽었다. 기분이 좋아지고 싶어서 좋아하는 음악을 들었다. 그러다가 어느 순간 이 모든 것이 내게 비밀스러운 것을 말해주고 있다는 생각이 들었다.

'육아란 기술이 아니다. 지식도 정보도 아니다. 편안한 마음으로 하는 것이다. 편안한 마음을 가지려면 엄마가 행복해야 한다.'

'그렇다면 내 육아가 편치 않은 이유는 무엇일까?' 나는 생각을 이어갔다.

'과거의 불안한 경험들? 결혼 후 이어진 경제적인 문제? 내 삶에 내

나뭇잎으로 꾸민 엄마의 얼굴.

가 없다는 억울함?

결국 나는 그동안 이러한 불안과 불만으로 부정적인 삶을 살아왔다는 것을 깨달았다. 마음에 여유가 없었고, 그러니 내 아이를 바라보는 시선에도 여유가 허락되지 않았다.

부자 마인드에 관한 책에서는 경제적 가난으로 고민하지 말고 내가 경제적으로 이미 부자가 된 것처럼 생각하고 행동하라고 말했다. 가난한 현실에 집중하는 것은 '나는 지금 가난하다. 그러하기에 앞으로도 가난할 것이다.' 라는 명제가 깔려있다고 충고했다. 그래서 좀 더 무리하더라도 부유함을 느낄 수 있는 경험들을 찾아 하고, 느끼고, 시각화하라고 조언해줬다.

세계 여행서적들은 내가 꿈꾸는 삶을 눈에 그리듯이 그려줬다. 읽는 동안 가슴이 뛰고 내가 그곳에 가 있는 상상을 가능하게 해줬다. '나는 돈이 없어 꿈도 꿀 수 없어.' 가 아니라 부자들이 말해주는 긍정의 부를 생각하며 내가 그 곳에서 경험할 모든 것들이 현실인 것처럼 상상을 하고 흥분하게 해주었다.

철학 책이나 심리학 서적들은 불안한 내 마음을 진단해주었다. 부정적인 생각은 부정을 끌어오고 긍정적인 생각은 긍정을 불러온다고 충고해줬다. MBC 베테랑 기자였던 김상운이 쓴《왓칭》이나 웨인다이의《확신의 힘》등은 나의 기존의 관점을 완전히 바꾸어주는 책이다. 지금도 나는 부정적인 감정을 미리미리 방지하기 위해서, 그리고 긍정적인 감정을 항상 유지하기 위해서 이러한 책들을 매일 30분씩 읽고 있다. 이것은 명상의 또 다른 수단이 되어준다.

그리고 내가 너무도 좋아하는 음악 듣기. 이제는 슬픈 감성이 묻어나는 음악은 의식적으로 피한다. 이러한 음악은 기분을 가라앉게 만들고 부정의 기운을 끌어오기 때문이다. 나의 기분에 따라 적절한 장르의 음악을 선택해 듣는 것은 삶을 행복한 리듬에 싣는 아름다운 일이다. 의식적으로 즐겁고 밝은 음악을 듣다 보면 기분이 좋아지면서 하루를 긍정적으로 보낼 수 있게 된다.

이렇게 나의 감정을 의식적으로 부정에서 긍정으로 끌어올리다 보면 가슴속에 있는 화의 정체를 들여다보게 되고, 행복한 나를 만나게 된다. 화가 나는 이유는 오로지 나에게 있음을 알게 된다. 남편이 빚을 많이 져서, 아이들이 말을 안 들어서, 내가 못 나서가 아니라 내가 긍정의 감정을 찾지 못해서라는 것을.

이제는 화의 근본 원인을 알고 있고 내가 행복할 수 있는 방법도 알고 있다. 내가 바뀌고 나니 아이들을 좀 더 너그럽게 대하게 되었다. 공부하라고 닦달하고 싶지만 행복하게 놀고 있는 모습을 보면 '나도 내가 원하는 것을 할 때 행복한데 내버려 두자. 결국에 삶을 긍정으로 살게 하는 것은 현재의 행복이니까.' 이렇게 생각하고서 아이들의 즐거운 모습을 기분 좋게 바라본다.

자꾸만 아이들에게 화가 난다면 엄마인 내 마음이 편치 않아서 일 수도 있다. 이러저러한 환경 탓을 하기 전에 내가 먼저 좋은 환경을 만들어 보자. 내가 행복할 수 있는 환경을 만들어 나의 감정을 긍정의 기운으로 끌어올려 보자. 이렇게 해서 엄마인 내가 행복해지면 아이를 바라보는 엄마의 시선에 여유가 생기게 된다. 내가 행복하듯이 아이도 행복할 권리가 있음을 인정하게 된다. 아이가 엄마의 기준에 맞지 않아 답답하다고 생각될 때, 다른 때 같으면 무턱대고 화부터 낼 일을 잠시 여유를 갖고 원인을 들여다볼 수 있다. 그러고 나면 좀 더 나은 해결책을 찾을 수 있을 것이다.

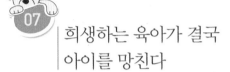

희생하는 육아가 결국
아이를 망친다

나는 희생 육아라는 것을 어린 시절 친정
엄마로부터 배웠다. 계획적인 육아는 아니었어도 그저 모정이라는 본
성으로 삶을 사셨던 친정엄마. 초등학교 때 6.25 전쟁을 겪으신 엄마
는 보릿고개에 피죽 쒀 먹은 일, 소나무 껍질 벗겨 먹은 일 등을 생생
하게 얘기하신다. 누구나 어려웠던 시절, 먹고살기 위해서 본능적으로
배운 것이 억척스러움이었을 것이다. 그런 엄마에게 결혼 후의 삶도
그리 평탄하지는 않으셨다. 시동생 줄줄이 있는 찢어지게 가난한 종갓
집에 시집을 왔으니, 억척스러움 말고는 살아갈 방법이 없으셨을 것이
다.

그러하기에 친정엄마는 젊은 시절을 즐거운 마음으로 살아내지는
못하셨다. 가난은 희생하는 육아로 자신의 죄책감을 씻게 만들었다.

총 14살 터울의 5남매를 키우시고 농사를 지으시느라 쉴 틈이 없으셨던 친정엄마. 아버지가 돌아가신 이후에는 농사일과 식당 일을 병행하시면서 새벽부터 자정 넘어서까지 일을 해야만 먹고 살 수 있었다. 그리도 고생하시며 사신 친정엄마를 나는 닮고 싶지 않았는데. 경제적 어려움을 겪다 보니 어느새 그녀와 꼭 같은 삶을 살고 있는 나를 발견하게 되었다.

남편이 빚이 있다는 고백을 처음으로 한 날은 추석 연휴로서 시댁에 내려가기 하루 전날 밤이었다. 다가오는 결제일에 당장 갚지 않으면 재산이 압류될지도 모른다는 충격적인 말도 덧붙였다. 앞이 노랬다. 그동안 생활비를 못 받은 날도 많았고 너무 적어서 아이들에게 500원짜리 단팥빵 하나 사주는 것도 벌벌 떨면서 살아왔는데. 일 년 동안 옷 한 벌 사 입기도 힘들었지만 어렵게 사는 티 내지 않으려고 부모님 생신과 명절 선물만은 무리해서 준비했었는데. 그 적은 생활비조차도 빚을 얻어 주고 있는 실정이었다는 말에 처음에는 당황스럽고 화도 났다.

하지만 다시 생각해보니 남편이 그 동안 혼자서 속앓이 하느라 얼마나 힘들었을까 하는 미안하고 안쓰러운 마음이 들었다. 그리고 그동안 빚이 있다는 말을 들었다면 불안한 마음에 아이들을 제대로 키우기나 했겠는가. 이런 생각이 드니 속아 산 시간이 오히려 고맙게도 느껴졌다. 적은 생활비였지만 적어도 아이와 나는 빚 걱정 없이 살았으니 됐다 싶었다. 그리고 앞으로 열심히 일해서 갚으면 된다는 긍정적인 생각을 가졌었다.

여기서 용기를 얻어 잘 먹고 잘 살았다는 스토리로 이어졌으면 좋으련만, 내 인생은 새드 스토리의 연속이었다. 남편은 그 이후에도 고백이랍시고 발등에 불 떨어진 빚 이야기를 세 번 정도 더 이어갔다. 두 번째 고백에서는 안쓰러움이나 고마움 따위는 없었지만 용기는 여전히 남아 있었다. 영어학습지 교사를 한다거나 학원 차를 운전해서 운영비용을 줄이는 식으로 몇 년 고생하면 갚을 수 있지 않을까 하는 희망 정도는 그릴 수 있었다. 하지만 세 번, 네 번 터질 때마다 더 이상 용기는 남아있지 않았다. 남편에 대한 실망과 미래에 대한 불안감이 나를 낭떠러지로 밀어내고 있는 것 같았다. 그러고서도 내가 하루를 살아내는 게 신기할 따름이었다.

하지만 내가 누구인가. 억척 순이 친정엄마의 막내딸 아니던가. 친정식구들에게도 지인에게도 빚 이야기는 일절 발설하지 않았다. 그리고 아직까지는 건강하고 똘똘하게 잘 자라고 있는 아이 둘을 나의 마지막 희망이라고 생각했다. 그저 이 두 녀석들을 위해서 살아내면 된다고 생각했다. 친정엄마가 그랬듯이 억척스럽게 일을 했다. 아무리 돈이 없고 몸이 힘들어도 아이들을 위해서는 어떤 것도 소홀히 하지 않아야 한다고 생각했다. 돈 때문에 허리띠를 졸라맸지만 보통 돈 때문에 아이들 교육을 못 시킨다는 다른 엄마들의 말이 나에게는 적용되지 않았다. 적어도 내게 남아 있는 건, 빚이 있다는 것을 알기 전에 잘 쌓아왔던 엄마 표 교육의 자신감이었다.

아이들의 학원비도 아끼고 엄마 표 학습의 신념도 지키기 위해 일하는 도중에 생기는 자투리 시간도 허투루 보내지 않았다. 차가 없는 날은 학원에서부터 자전거를 타고 집에 가서 아이들의 학습을 지도했다. 시간 부족이 항상 마음을 조급하게 했다. 그 마음이 아이들을 다그쳤고 그렇게 해서 그날 해야 할 학습을 끝낼 수 있었다. 아이들에게 미안한 마음도 들었지만 나름대로 나도 최선을 다하고 있는 거라면서 죄책감을 덮으려 했다. 몸과 마음이 지쳐있어도 아이들을 위해서라는 희생이 몸을 망가뜨리고 있는 줄도 모르고 다람쥐 쳇바퀴 돌 듯 고되게 내 몸을 굴려댔다.

매달 갚아나가야 할 빚이 내 어깨를 짓눌렀다. 낮 동안의 업무와 퇴근 후의 육아와 살림이 나를 서서히 피곤에 쩌들게 했다. 방문교사 생활을 하면서부터 몸이 이상하다는 것을 느꼈다. 오전 미팅을 위해 회사에 출근을 하면 자꾸만 온몸에 힘이 빠지고 주체할 수 없는 피로로 허리를 펴고 앉아있기도 힘들었다. 하지만 스케줄대로 움직이는 바깥 활동이 시작되면 몸은 피곤한 줄도 모르고 움직여졌다.

낮 동안에 에너지를 다 쏟아내고 집에 들어오면 어김없이 또 다른 일들이 기다리고 있었다. '내 한 몸 희생하여 아이들 잘 키울 수만 있다면 에너지를 쥐어짜서라도 해야지.' 이러한 생각이 들면서도 마음 한편에서는 남편과 내 인생에 대한 원망과 미움과 설움이 가득했다. 그 화 덩어리들은 우울증이 되어 모조리 연약한 아이들에게로 향했다. 희생한다며 해줄 거 다 해주고서도, 화는 화대로 내고 있었다. 이러한 생각과 생활이 스트레스를 더욱 가중시켰다.

급기야 몸 상태가 점점 나빠져서 걷는 것조차 맘대로 할 수 없었다. 이상하게 하루 종일 축 처지고, 밖에서 걸어 다닐 때는 발목에 모래주머니를 매달아 놓은 것처럼 발걸음이 무거웠다. 거리를 자연스럽게 걷는 사람들이 신기하게 느껴질 정도였다. 면역력이 떨어져 일 년 내내 알레르기성 결막염에 시달렸고 수시로 속이 메스꺼웠다. 감기를 달고 살았고 환절기엔 비염이 심해져 콧물이 수도꼭지 틀어놓은 것처럼 쏟아져 나왔다. '왜 이렇게 됐을까? 큰 병이라도 걸린 건 아닐까?' 덜컥 겁이 났다. 동네병원에서 갑상선에 이상이 있다는 진단을 받고서 큰 병원에서 두 번의 암 조직 검사를 받았다. 다행히도 결과는 음성이었다.

하지만 이후로도 몸 상태는 여전했다. 한의원을 다니며 침을 맞았지만 별다른 효과는 없었다. 이러다 큰 병 걸릴지도 모른다는 생각에 한 달 정도 운전 일을 쉬면서 오전에는 독서를 하고 오후에는 학원에서 아이들을 지도하며 보냈다. 그랬더니 몸이 한결 가벼워짐을 느낄 수 있었다. 지금까지 내 몸이 버틸 수 있는 것 이상으로 버거운 일을 하고 있었다는 결론이었다. 하지만 몸의 상태가 호전되고 있음을 느끼면서도 계속 쉴 수만은 없었다. 수입이 나아진 것은 아니기에 다시 운전대를 잡아야 했다.

끝이 없을 것 같은 내 인생의 새드 스토리를 생각하면 때로는 엄마의 자리도 거추장스럽게 느껴졌다. 나는 힘들고 아이들은 원하는 게 많고 우울함에 신경질 부리고 아이들은 불안해 했다. '어떻게 하면 이 스토리를 끝낼 수 있을까?' 이런 고민으로 잠든 몇 년은 정말 잠다운 잠을 자 보질 못했다. 매일 같이 고등학교 수학시험 시간으로 돌아가 문제를 풀지 못해 쩔쩔매는 꿈을 꾸었다. 새벽에 수십 번씩 깨어있어 편한 잠 한 번 자봤으면 소원이 없겠다는 생각을 하기도 했다. 그렇게 베개에 머리만 대고 일어나 오후가 되면 또 운전대를 잡아야 했다.

엄마인 내가 이렇게 온전하질 못하니 이런 엄마 밑에서 자라는 아이들의 마음이 항상 안쓰럽고 미안했다. 깜깜한 현실에서 아이들의 미래가 걱정이 되었기에 나를 더욱 쥐어짜는 삶을 살 수밖에 없었다. 또한 아이들을 풀어 놓는 건 내 흐트러진 가정 사를 들킬 것만 같아 자존심이 허락하지도 않았다.

하지만 '쥐구멍에도 볕들 날 있다' 고 버텨내던 세월에 종지부를 찍는 날이 올 줄은 꿈에도 몰랐다. 필사적으로 책을 읽고 지혜를 하나씩 모으면서 마음의 벽이 서서히 무너짐을 느꼈다. 이구치 아키라의 《부자의 사고 빈자의 사고》를 읽으면서 내가 얼마나 가난에 집착하는 삶을 살았나 하는 충격적인 깨달음이 왔다. 이 외에도 다양한 책을 접하면서 그동안의 부정적인 생각과 행동이 지금까지 나의 새드 스토리를 만들어 왔다는 것을 알았다. 그래서 그 다음부터는 긍정의 삶을 끌어오려는 의식적인 노력을 많이 했다. 그러면서 양파가 한 껍질 한 껍질 벗겨지듯이 내 의식과 몸에 새살이 보이기 시작했다. 행복이 보이기 시작했다.

내 의식이 바뀌면 내 주변의 모든 것들이 감사로 변하게 된다. 나와 단 한 번이라도 인연을 맺고 있는 것들이 소중하게 느껴진다. 그중에 가장 소중한 나의 가족. 가장 연약하여 불안한 엄마로부터 상처를 많이 받았을 나의 아이들. 그 아이들을 지금은 사랑으로 보듬어줄 수 있는 감사한 마음이 있어 행복하다.

나를 희생해서 아이들을 행복하게 해 주겠다는 생각은 이미 부정으로 시작하는 것이나 다름없다. 나를 행복하게 해서 아이들을 행복하게 해 주겠다는 긍정의 생각으로 시작하면 결국엔 엄마도 아이도 행복하게 되는 것이다.

PART
03

내 아이,
성격이 아니라
엄마의 불안감이
문제다

진지한 독서 시간.
책을 좋아하는 아이로
키우고 싶었다.

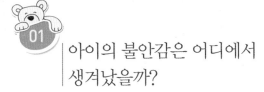

01 아이의 불안감은 어디에서 생겨났을까?

아이는 세상에 나오는 과정에서부터 엄청난 불안감을 안고 태어난다. 다른 별에서 엄마 하나만 믿고 이 지구별에 온 것이나 다름없다. 엄마의 뱃속은 어둡지만 엄마의 다정한 목소리와 배를 쓰다듬는 손길은 편안함을 안겨준다. 그리고 엄마와 탯줄을 통해 꼭 붙어있기에 두려울 것도 없다. 하지만 몸이 점점 커지면서 그 따뜻한 보금자리가 더 이상은 있을 수 있는 곳이 아니란 걸 아이는 느끼게 된다. 탯줄에 연결된 채 그대로 태중에 있고 싶겠지만 이제 용기를 내어 세상 밖으로 나가야 함을 알고 있다. 있는 힘을 다해 엄마의 산도를 밀고 나간다. 엄청난 두려움과 고통이 아이를 불안하게 할 것이다. 하지만 이미 머리는 좁은 곳에 끼어 있고 살려면 뚫고 나와야 한다.

그때 엄마인 나는 어떠했나? 규칙적인 진통이 오고 양수가 터지자,

미리 준비해 간 MP3 플레이어 음악을 들으며 심호흡을 했다. 잔잔한 리듬에 내 두려움을 싣고 안정을 찾고자 노력했다.

"어, 자기야. 다리, 다리 빨리 주물러줘. 아파져!"

나는 잠잠하던 통증이 다시 강도를 더 해가면 두려움에 남편을 다급히 불렀다. 그러면 이미 연습이라도 해 놓은 것처럼 남편은 옆에서 팔다리를 주물러댔다. 나는 아무리 아파도 소리를 지르지는 않았다. 하지만 주변 침대들에서 들려오는 비명 소리는 나의 두려움을 더 가중시켰다. 아직은 내게 저만한 고통이 오지 않은 것이라는 생각에 간호사에게 물었다.

"저는 언제쯤 저렇게 아플까요? 아직은 참을 만하거든요."

"다 상태는 똑같아요. 저분들은 고통을 크게 느낄 뿐이고 산모 분은 잘 참고 있는 거고요." '아, 내가 참는 거 하나는 잘 하지.' 그때 다시금 내가 대단해 보였다.

하지만 그 용기 있는 마음은 분만실에 들어가서 무너졌다. 아기가 산도를 뚫고 나오는 순간의 고통이 상상을 초월했던 것이다. 통증의 강도가 점점 강해지자 후회와 두려움이 훅하고 밀려왔다. 순간, 컴퓨터 문서 프로그램처럼 '되돌리기' 기능이 있으면 하는 생각이 간절했다.

'아. 포기하고 싶다. 아, 이전 상태로 돌아가고 싶다. 하지만 이미 시작됐어. 어떡하지?

이런 생각을 하고 있는 동안 나도 모르게 힘이 빠졌나 보다.

"더 힘을 주세요. 아기도 힘들어해요. 용기를 내세요."

아기도 힘들어하고 있다는 말에 정신이 번쩍 들었다. '맞아. 아기도 엄청 공포스러운 상황에 있다고 했지.' 이 생각이 들자 한 번도 써 본 적 없는 엄청난 힘이 주어졌다. 순간, 끝이 났다. 아기가 나왔다. 그런데 울음소리가 안 난다. 왜이지? 간호사에게 물었더니 아기가 양수를 먹어서 빼러 갔다고 했다. 그렇게 첫째 아이는 태어나자마자 엄마 품에 안겨보질 못했다. 대신에 신생아실에서 엄마와의 상봉만을 기다려야 했다.

이렇게 세상 밖으로 나온 아기. 얼마나 두려울지를 생각해 본다. 귀로는 이미 엄마 뱃속에서 세상의 소리에 익숙했겠지만, 눈으로 보이는 세상은 모두 두려움의 대상일 것이다. 목소리는 익히 들었지만 낯선 아빠와 형의 얼굴, 그리고 자기를 보겠다고 몰려온 사람들. 그 아기에게 엄마가 해 줄 수 있는 것은 세상은 안전하고 아름다운 곳이라는 긍정적인 시선을 주는 것이다. 엄마 냄새를 맡고 심장 소리를 들으며 다정한 목소리에 아기는 세상을 따뜻한 시선으로 바라볼 수 있게 된다.

손수 만든 모빌을 달아주고 다정한 목소리로 노래를 불러준다. 살갗을 비비며 젖을 먹인다. 울면 안아주고 기저귀를 보송하게 갈아준다. 이 모든 것은 엄마와의 애착을 형성하는 중요한 행위이다. 아이가 세상을 긍정으로 바라볼 수 있는 중요한 시간이다.

나는 첫째 아이 키울 때, 과하다 싶을 정도로 아이의 욕구에 즉각적인 반응을 보였다. 한참 읽고 있는 육아도서에 빠져 무조건적인 사랑을 주었다. 내 한 몸 희생하자는 생각으로 아이를 살피고 돌보았다. 집안일하다가도 아이가 울면, 1초라도 빨리 달래줘야 한다는 생각에 쏜살같이 달렸다. 자다가 깨면 안고서 자장가를 불러줬고, 그렇게 잠들기를 기다렸다가 눕히면 아기는 다시 울어댔다. 그러면 아기가 원할 때까지 팔이 끊어질 것 같은 아픔을 참아가며 안고 있었다. 그래서일까 적어도 둘째가 생기고 경제적 문제로 정신이 피폐해지기 전까지 아이는 세상을 향한 시선에 거침이 없었다. 누구하고든 잘 어울렸고 무엇이든 호기심의 대상이었다.

초등학생 형 누나들이 공원에서 개미를 관찰할 때 한창 걸음마에 재미를 붙인 아이는 졸졸졸 쫓아다니며 같이 끼어들어 관찰을 했다. 유치원에서 부모님과 함께하는 산행 현장학습을 나는 일을 해야 했기에 동행할 수가 없었다. 하지만 너무도 가고 싶어 하는 아이의 마음을 단념시키지 못해 결국에는 다른 분께 아이를 부탁했다. 그런데 아이는 엄마가 따라가 주지 않아도 절대 의기소침해하지 않았고 당차게 활동을 했다고 한다. 이러한 아이의 적극적인 행동에 주변에서는 이러한 말을 종종하곤 했다.

"쟤는 대체 몇 개월이에요?", "저희 남편이, '쟤는 대체 누구야?' 라고 묻더라고요."

하는 행동에 거침이 없으니 주변에서도 신기하게 바라봤던 것이다.

그러던 아이에게 상처가 하나 둘 생기기 시작했다. 자꾸만 가기 싫다는 어린이집을 그만두게 하고서 집에서 쉬고 있었다. 그러던 어느날 혼자 놀던 아이가 "너 저리 가 있어. 손들어!"라고 말하는 것이 아닌가. 자초지종을 들어보니 선생님께 많이 혼나며 지냈다는 것이다. 그 이후로 아이는 다른 어린이집도 거부했다. 친구랑 놀지 못해 심심하긴 해도, 선생님이 계신 곳은 안 다니고 싶다고 말했다. 낯가림이 전혀 없던 아이이고 남녀노소 누구하고나 잘 어울리는 아이였다. 그러던 아이가 선생님을 두려움의 대상으로 인식하기 시작했다. 하지만 집에서 1년 반 정도 지났으니 이제는 마음의 상처가 괜찮아졌을 거라 생각했다. 그리고 친구들과 어울리고 싶어 하기도 했다. 그래서 네 살 10월이 되던 날 동생과 같이 보낼 어린이집을 찾아다녔다. 그러고서 다시등원을 할 수 있게 되었다.

하지만 새로운 어린이집에 등원하던 첫날 아이의 반응이 충격이었다. 18개월 된 동생은 다정한 선생님의 미소에 생글생글하면서 어린이집에 들어갔다. 하지만 4살인 형은 문 밖에서 안 들어가겠다고 대성통곡을 해댔다. "선생님이 없는 어린이집에 갈 거야!" 정말 씩씩하던 아이에게, 낯 한 번 안 가리던 아이에게 얼마나 큰 불안감이 내려앉은 건지. 다행히 아파트 옆 시냇가 산책을 가는 시간이라 동생의 손을 쥐여주고서 억지로 떠밀었다. 그렇게 보내놓고서 멀리서 지켜보니 아이는 어느새 시냇가 물고기 보는 재미에 빠져 있었다. 다행히 첫날을 보내고 온 아이는 선생님이 좋다고 했다. 그 이후로는 어린이집에 대한, 그리고 선생님에 대한 불안감은 완전히 봉인 해제되었다.

선생님에 대한 선입견은 그렇게 끝이 났지만 엄마의 불안감이 아이의 또 다른 극복의 대상이었다. 육아에 지치고 가계 경제에 불안한 엄마로부터 자주 혼이 났다. 그래서인지 한동안은 틱 증상도 보였고, 자다가 꿈속에서 큰 소리로 울어대기도 했다. 친척 집에 가서 잠이라도 자는 날에는 모든 사람들이 놀라 걱정하기도 했다. 낮에는 영락없는 개구쟁이로 그늘 없이 놀았지만 밤만 되면 잠결에서 불안감을 놓지 못하는 것 같았다.

아이의 불안감은 주변으로부터, 또는 가장 가까운 가족으로부터 받은 상처가 원인이 된다. 타인으로부터 받은 상처는 가족의 충분한 사랑과 응원으로 생각보다 쉽게 극복할 수 있다. 하지만 엄마로부터 받은 상처는 누가 치유해 줄 수 있을까. 뱃속에서부터 탯줄로 연결된 채 세상 밖으로 나온 아이. 그렇게 아이는 엄마만 의지한 채 원래부터 한 몸이었다. 그런 아이의 엄마에 대한 상처는 엄마가 아니면 치료가 불가능한 일이다.

하지만, 불안한 엄마. 자존감이 낮은 엄마. 엄마인 나조차도 어찌할 수 없는 가벼운 존재감. 어떻게 해야 할까? 결국, 엄마의 불안감을 해소하지 않으면 아이도 행복할 수가 없다는 것을 알았다. 엄마의 불안감은 아이에게 그대로 전달되기 때문이다. 어느 누구도 완벽한 육아를 할 수는 없다. 누구나 불안한 때가 있다. 하지만 좀 더 나은 육아를 위해 의식적으로 엄마인 나의 행복을 찾아 나서야 한다.

　그래서 나는 불안함과 가벼운 존재감을 해소하기 위해 많은 고민을 했다. 동네 엄마들과의 소통은 오히려 비교에 의한 스트레스만 가중될 뿐이었다. 그래서 나는 혼자 있는 시간을 택했다. 따로 무언가를 배우러 다닐 시간도 경제적 여유도 없었다. 그렇기에 돈이 들지 않으면서 유익한 자기계발로 독서를 택하게 되었다. 도서관에는 나를 기다리는 책들이 너무도 많았다. 현명한 사람들이 일대일로 나에게 강의를 해주었다. 이렇게 나는 앎의 깨달음으로 나의 불안감을 떨쳐가게 되었다. 그리고 그 마음으로 아이를 행복하게 바라볼 수 있었다.

　엄마인 내가 불안하다면, 내가 진정 무엇을 원하는지, 무엇을 좋아하는지를 진지하게 생각해 볼 필요가 있다. 동네 엄마들과의 수다 속에서 나의 존재를 찾는 그런 일 말고, 나만의 입장에서 내가 좋아하는 일을 찾아봐야 한다. 남의 시선에 따라 좌지우지 흔들리는 나를 찾지 말고 나만 생각할 수 있는 나의 시선에서 나의 가치를 찾아야 한다. 내 스스로가 나를 인정할 수 있을 때, 나의 자존감은 올라간다.

그러므로 가볍게 성취할 수 있는 일부터 시작하는 것도 좋겠다. 나처럼 독서를 통해서 또는 컬러링북이나 켈러그라피어도 좋겠다. 작은 도전과 성취감이 어느새 더 어려운 것을 해 볼 수 있는 용기를 주게 된다. 그러다 보면 도전의 강도는 더 커질 수 있고 감히 될 거라고 생각지도 못 했던 꿈이 현실이 돼 있을 수도 있다. 이러한 자기만의 작은 만족감이 불안감을 이기게 한다. 결국, 아이의 불안감도 동시에 치유할 수 있는 일이며 엄마와 아이가 행복에 이르는 길이다.

담임선생님과의 상담에서 발견한 내 아이의 문제

봄 햇살이 무르익어가는 4월 초, 학교로부터 2학년인 아이의 학부모 상담 신청 안내장을 받았다. 새 학년이 시작된 지 한 달 정도가 지났고 학교는 벌써부터 상담을 신청해 왔다. 아이를 제대로 파악하기도 전에 받은 안내장을 보며 나는 아이에 대해 생각을 했다. 1학년 때는 아이가 특이하다는 선생님의 의아한 멘트로 시작해서 씩씩하게 잘 지냈다는 결론으로 한 학년을 마무리했었다. 하지만 2학년이 된 아이는 또 선생님께 어떠한 모습으로 비쳤을지 그리고 그 짧은 시간에 선생님은 아이를 어떠한 시각으로 판단했을지 내심 걱정도 되고 궁금하기도 했다.

일을 하고 있기에 직접 찾아뵐 시간은 도저히 나질 않아 전화상담을 신청했다. 학부모 총회에도 참석하지 않았기에 이번 통화는 선생님과의 첫 만남이었다. 자투리 시간에 끼워 놓은 상담 시간을 놓치지 않기 위해 자꾸만 시간을 체크했다. 시간 맞추어 드디어 전화벨이 울렸다. '070'으로 시작하는 아이의 교실 전화번호가 떴다. 호흡을 가다듬고 통화 버튼을 눌렀다. 연세가 좀 있으신 듯한 선생님의 목소리가 들렸고 우리는 서로 가볍게 인사를 건넸다. 그러고서는 선생님께서 뭔가 망설이다가 무겁게 입을 떼셨다.

"어머니는 환철이가 어떤 아이라고 생각하세요?"

어? 이런 생뚱맞은 질문. 아니 무엇인가를 너무도 많이 담고 있는 의미심장한 이 질문. 어떻게 받아들여야 할까? 잠시 뜸을 들이다 내뱉은 예상 밖의 질문에 나는 무척 당황했다. 대답을 기다리시는 그 짧은 순간에 많은 생각이 스쳐 지나갔다. 1학년 때 상담하던 일도 생각나고 요즘 자주 혼을 낸 아이의 심리상태도 마음에 걸렸다. 그렇잖아도 내 마음이 너무도 지쳐 있어 아이도 걱정이 되던 참이었는데. 뭐라 대답해야 할까? 선생님은 대체 무슨 말씀을 하기 위해 이 같은 질문을 하셨을까? 내 마음속에서도 질문이 오고 갔다. 나는 달리 선택할 답안이 없었다.

"선생님, 환철이에 대해 무슨 말씀을 하고 싶으신 건가요?"

나는 그저 선생에게 정답의 바통을 넘길 수밖에 없었다.

"아이를 그동안 지켜봤는데요, 뭔가 불안해 보여요. 저는 교사 경력이 오래돼서 여러 상황의 아이들을 많이 지켜봐 왔어요. 그리고 아이들의 심리상담에 대한 연수도 받았습니다. 그래서 저는 아이들을 잘 알죠."

선생님은 하고 싶은 말을 시원하게 내뱉지 못하고 자꾸만 말을 빙빙 돌리시는 것 같았다. 나에게 뭔가를 납득시키기 위해 열심히 적절한 단어들을 찾고 계신 것 같았다. '그래서 하고자 하는 말씀이 무엇인가요?' 라고 선생님께 마음속으로 재촉을 했다. 선생님은 여전히 무겁게 입을 떼셨다.

"요즘은 심리상담을 받으러 다니는 아이들이 많아요. 흔한 일이죠. 그러니까 환철이도 가봤으면 합니다. 그리고 어머니 아버지도 꼭 같이 가보세요."

아, 지난 날로 필름을 되돌리기 시작했다. 무엇이 문제인지, 어디서부터 잘못됐는지, 어떻게 받아들여야 하는지. 이어지는 선생님의 말씀을 가만히 들으며 많은 생각을 했다. 나는 일단 그러겠노라 답을 드리고서 전화를 끊었다.

아이는 그동안 많이 불안해했던 것 같다. 점점 늘어가는 엄마의 화에 여린 마음이 상처를 입었던 것 같다. 나는 줄어들기는커녕 깜짝 쇼처럼 늘어나는 빚에 허탈감과 분노를 느끼고 있었다. 빚더미가 내 어깨와 마음을 짓누르고 있었다. 그래서 무자비하게 눌린 발에 터져버리

책을 보다가 새롭게 알게 된 게 있으면, 직접 확인해 봐야 하는 아이. 루페
로 만원권 지폐를 관찰하고 있다.

는 풍선처럼 화가 아이에게로 튀어갔던 것이다. 어느 누구도 나를 이해해 주는 사람이 없었다. 아니 어느 누구에게도 나를 이해하고 위로해 달라고 말할 수가 없었다. 남편조차도 내 상실감을 온전히 이해 할 수 있을 거라 생각되지 않았다. 어디에도 정상적인 돌파구는 없어 보였다. 그러하니 나는 엄한 대로 화를 분출시켰던 것이다.

밥이며 숙제 점검과 잠자리에서 책을 읽어주는 것까지 평상시와 같이 하던 일들은 다 해주고 있으면서도 부쩍 피곤해 하고 짜증을 냈었다. 이런 상황은 남편에 대한 원망으로 갔고 문제 해결의 힘이 없는 내가 가치 없게 느껴졌었다. 이 모든 감정이 독화살로 변하여 아이에게로 향했던 것이다. 아무 저항할 힘도 없는 이제 막 아홉 살이 된 아이에게로. 씩씩했던 아이였지만 유독 더욱 불안해하는 엄마를 보며 많이도 혼란스러웠을 것이다. 물론, 그런 아이의 마음을 읽지 못 한 것은 아니었지만 나도 내 감정을 어찌하지 못하는 수렁에 빠진 기분이었다.

그렇잖아도, 나도 이런 상황에 있는 아이의 상태가 궁금했다. 또한 워낙 독립적이고 특이한 성향이라 엄마인 나조차 아이를 정의하기가 어려웠다. 엄마한테 혼이 나도 크게 기죽지 않고 활달한 아이가, 정말 즐거운 것인지 아니면 불안감을 지워버리려 애써 즐거운 척하는 것인지 나도 헷갈리고 있었다. 아이는 나에게 혼나는 상황을 제외하고서는 정말 활달했다. 이상하리만치 적극적이고 튀기도 했다. 그래서 나도 아이를 바로 알고 싶었던 때에 담임선생님으로부터 심각한 진단을 받은 것이다.

심리 상담 센터는 사실 이전에 '정신과'라 불리던 곳이다. 현재 부정적인 인식이 많이 완화되어 더 나은 진료과명으로 바뀌기는 했어도, 쉽게 발길이 떨어지는 곳이 아니다. 하지만 그동안 내가 궁금했던 점과 선생님으로부터 받은 권유가 있기에 나는 곧바로 상담 예약을 했다. 상담 센터에 들어서니 깨끗하고 편안한 분위기가 나와 아이를 안심시켰다.

나만 먼저 상담실에 들어가 의사선생님과 인사를 하고 주신 설문지를 받아들었다. 가족의 상황과 지난 육아 환경에 대한 설문을 작성하고서 그 내용을 토대로 의사선생님과 간단한 확인식의 대화를 할 수 있었다. 그다음 차례로 아이가 따로 의사선생님과 대화를 했다. 그러고서 다음 방문 시에는 놀이를 통해 아이의 심리를 관찰한다는 설명을 듣고 첫날의 상담을 마무리했다.

다음 상담을 예약하고 나오면서 깊은 생각에 잠겼다. 의사 선생님이 내 아이를 제대로 진단할 수 있을까? 혹시 나와 우리 아이를 완전히 이해하지 못해 잘못된 판단을 내릴 수도 있지 않을까? 의사에 대한 불신의 감정이 일었다. 사실, 나도 20대에 깊은 고민을 감당하기가 어려워 상담 센터를 찾은 적이 있었다. 하지만 어떤 상황에서도 환자의 고민을 공감해 주는 게 먼저일 텐데 의사는 내 생각을 비난하고 있었다. 내 문제는 내가 알지만 내 의지대로 되질 않아 전문가의 상담을 원했을 뿐이다. 하지만 의사는 내가 그런 생각을 가지는 건 잘못됐다고 말을 했다. 그래서 그 상담은 처음이자 마지막이 되었다. 대신에 나는 명상과 운동을 통해 스스로 해결하려고 애썼다.

이 경험으로 나는 아이와 나와의 문제 해결에 대해 다시 생각해 보기로 했다. 아이의 특성은 개성이려니 생각하고 아이가 불안한 이유는 엄마인 나에게 있다고 생각했다.

'내 아이는 내가 잘 안다. 뱃속에서부터 9년간 울고 웃으며 키워 온 내 아이는 내가 잘 안다. 방법도 알지만 엄마인 내가 조절이 안 되었을 뿐. 지금까지 내가 내 손으로 아이들의 학습을 책임져왔듯이 이 번 일도 나와 아이 둘이 풀어갈 문제이다.'

나는 이렇게 집으로 돌아오는 길 위에서 해결의 실마리를 찾고 있었다. 그러고서 그 상담센터의 방문은, 내가 20대에 그랬듯이 첫 방문이자 마지막 방문이 되었다.

세상에 나를 힘들게 하는 문제들은 모두 내가 있기 때문에 일어나는 것들이다. 내가 없으면 일어나지도 않을 문제이기에 해결책도 내 안에서 찾아야 한다. 나를 온전하게 아는 사람은 나이지 남이 아니다. 그러므로 다른 사람이 해결해주기를 바라지 말고 내 안을 들여다보며 나에게 간절히 구걸해야 한다. 그 이후로 나는 아이의 상처를 직시했고 나의 상황을 들여다보며 해결책을 찾기 위해 고심했다.

'아이를 위해 흔들리지 말아야 할 엄마. 아이를 위해 무조건 행복해야 할 엄마.'

그 엄마의 역할이 너무도 고팠다. 다정하고 행복한 엄마의 역할이 아이를 불안감으로부터 구할 수 있는 해결책이라고 생각했다. 그렇다면 나는 어떻게 이 우울한 상황으로부터 다정하고 행복한 엄마를 끌어낼 수 있을까?

03 엄마의 꾸중을 선생님의
칭찬으로
보상받으려는 아이

큰 아이의 2학년 선생님과 전화 상담 후 많은 생각을 했다. 선생님의 눈에 비친 아이는 어떠했는지, 내가 판단하는 아이의 상황은 어떠한 것인지, 아이의 불안 요인은 무엇인지, 구체적인 해결 방안이 있다면 어떤 것인지에 대한 고민들이 이어졌다.

선생님의 걱정은 이러했다.

'등교를 하면 가방을 내려놓지도 않고 짝꿍이 보고 있는 책에 빠져서 계속 서서 보고 있어요. 불러도 대답도 없고요. 그리고 쉬는 시간이건 수업 시간이건 이상한 동물 소리를 내고 딴청을 피우기도 합니다. 선생님 말씀을 끊고 끼어 들어오고 자꾸만 선생님 일을 나서서 도와주려고 해요.'

선생님 말씀을 듣고, 상황을 종합해 보니 엄마로서 판단할 수 있는 당시 아이의 행동과 원인이 보였다.

아이는 본래, 책에 대한 집중도가 뛰어난 편이다. 좋아하는 책에 한 번 빠지면 불러도 대답이 없다. 한번은 아이가 나를 무시하는 줄 알고 나무란 적도 있었다. 하지만 옆에서 지켜보고 있던 지인이, 아이는 책에 빠져 있는 것이라고 했다. 그런 아이가 등교 시 짝꿍의 책에 빠져 있는 건 상상 가능한 일이었다. 아이는 학원 쉬는 시간에도 종종 다른 아이들이 책을 보고 있으면 그 자리에 그대로 얼어서 친구의 책에 빠지곤 했다. 수업 시간에 이상한 동물 소리를 내는 것도 이해가 되는 부분이었다. 아이는 당시, 각종 동물 소리 내는 것에 재미를 붙였었다. 집에서는 완전히 강아지처럼 기어 다니고 소리를 내고 핥고 다녔다. 새소리도 내고 여러 동물 소리를 내며 그 세계에 빠져 지냈다. 그런데 문제는 수업 시간에까지 자기 통제를 못하고 이어진다는 것이다.

사실, 이것은 간단하게 생각할 문제가 아니었다. 아이는 본래 발표하는 것을 굉장히 좋아한다. 책이나 여러 매체를 통해 알게 된 것들을 내게 주저리주저리 말하는 것도 습관화되어 있었다. 그런데 이러한 행동에 대해 유치원 때 선생님들은 의견이 분분하셨다. 어떤 선생님은 초등학교에 가면 수업에 방해가 될 거라며 고쳐야 한다고 말씀하셨다. 다른 선생님은 전혀 걱정할 일이 아니며 아주 장려할 부분이라며 칭찬해 주셨다.

아이의 행동이 선생님께 거슬리는 건 첫 번째 이유에서였다. 그러기에 나는 등교 때마다 바삐 나가는 아이를 세워 놓고 매일 지켜야 하는 준수 수칙처럼 잔소리를 해댔다.

"환철아, 발표는 여러 친구들이 돌아가면서 해야 돼. 선생님은 발표를 쑥스러워 하는 친구나 싫어하는 친구들한테도 기회를 주고 싶어해. 그리고 너 말고도 발표하고 싶은 친구들이 있을 텐데 네가 다 해 버리면 다른 친구들은 서운할 거야. 발표는 딱 한 번만 하고서 나머지는 친구들에게 기회를 주자. 그리고 선생님 말씀 자르지 않기. 선생님이 친구들에게 열심히 설명하고 계시는데 네가 불쑥 끼어들면 다시 설명하기가 힘드실 거야. 알았지? 너도 자꾸 머릿속으로 주문을 걸어!"

사실, 내 교육관으로는 그리 내키지 않는 설명이었다. 하지만 발표를 자제해야 하는 현 교육 시스템으로부터 살아남기 위해서는 내 아이가 죽어있을 필요가 있었다. 그래서 나는 학교에서 돌아오는 아이를 만나면 반가움 대신에 제일 먼저 확인 질문부터 했다.

"어때? 오늘은 주문이 먹혔어? 친구들한테 양보 좀 했니?"

학교에서는 어떠했겠는가. 선생님도 수업에 방해가 되니 자제를 시키셨을 것이다. 그리고 자주 지적받고 있는 아이가 친구들 눈에는 구제불능으로 보였을 것이다. 모둠 친구들은 이제 아이의 의견을 무시한다고까지 했다. 집에서는 엄마한테 매일 혼나고 학교에서는 선생님께 지적받고 친구들한테 무시까지 당하니, 아무리 사교적이고 밝은 아이라도 견디기 힘들었을 것이다. 나라도 버텨내지 못할 궁지에 몰린 상황이다.

아이는 자기도 잘 안 된다고 말했다. 그리고 발표해서 칭찬받고 싶다고도 했다. 하지만 상황 파악을 깨달은 아이는 튀어나오려는 말을 의식적으로 힘겹게 붙잡고 있었으리라. 그러다가 더 이상 견디기 힘들 때 평상시 즐겨 하던 이상한 동물 소리가 자기도 모르게 새어 나왔으리라. 아이의 마음속에서 이렇게 외치고 있었을 것이다.

'선생님, 저에게도 관심을 가져주세요. 저도 발표 잘해서 선생님께 칭찬 받고 싶어요. 저는 집에서도 매일 혼나고 온단 말이에요. 아니면 선생님, 발표가 방해되면 선생님 심부름이라도 해 드리면 안 될까요?'

아이는 선생님께 간절하게 신호를 보내고 있었던 게 틀림없다. 이런 생각을 하니 가슴이 너무 아팠다. 내가 아이를 궁지에 몰아넣었던 거나 다름없었다. 아무리 몸과 마음이 힘들어도 아이의 마음을 먼저 살펴줬어야 했다. 일단은 심리 상담 센터를 대신하는 나만의 방법을 찾아야 했다. 문제를 알았으면 해결도 내가 할 수 있다는 자신감이 있었다.

그날 이후부터 일이 끝나고 몸이 많이 지쳐있어도 아이와 대화를 더 많이 하고 더 많이 들어주려 노력했다.

"환철아, 수업시간에 발표는 친구들한테 좀 양보하자. 대신에 엄마가 집에서 네가 하고 싶은 말 모두 다 들어 줄게. 하고 싶은 말 있으면 엄마한테 다 해!"

잠자리에서는 불을 끄고 서로 손을 잡으며 감사한 것들에 대해서 이야기를 나눴다.

"엄마는 오늘 너희들이랑 이렇게 한 집에서 잘 수 있어서 감사해. 아프지 않고 건강한 너희들에게 감사해. 오늘 저녁에 밥을 맛있게 먹어 준 너희들에게 감사해. 밝은 미소를 보여준 너희들에게 감사해."

"환철이는 오늘 감사한 거 뭐 있어?"

아이는 쑥스러워 하다 입을 뗀다.

"엄마랑 같이 자서 감사해요. 엄마가 뽀뽀해줘서 감사해요. 우리 가족 모두 같이 있어서 감사해요."

우리는 이렇게 작은 것에서부터 감사함을 찾았고 작은 감사함에서 마음의 안정도 찾았다. 그리고 이런 감사 기도가 아이를 편안한 꿈속으로 안내해 주었다. 감사를 특별한 것에서 찾지 않아도 좋다. 가정의 행복은 소소한 것에서 커간다. 작은 감사한 감정들이 몽글몽글 모여 행복의 덩어리를 만든다.

이렇게 한 학기를 감사함으로 마무리하고서 2학기 담임선생과의 상담 주간이 또 찾아왔다. 몇 달 동안 맘 졸이며 아이를 배려해왔던 결과가 궁금했다. 하지만 여전히 상담 기간에 선생님을 직접 찾아뵐 시간이 주어지질 않았다. 주변에서는 직접 만나고 상담을 해야 오해가 생기지 않는다고 조언해 줬는데 그래도 어쩔 수가 없었다. 하지만 정말 운 좋게도 평일에 시간이 되었고 교실 청소를 핑계 삼아 선생님을 만날 수 있었다. 청소가 끝나고서 다른 어머니들이 모두 간 뒤 선생님께 상담을 요청했다. 그때 선생님의 반응은 의외였다.

"그렇잖아도, 어머니께 오늘 알림장에 메시지라도 적어 보낼까 고민했어요. 제가 1학기 때 환철이를 잘못 알고 있었네요. 그 한두 달 아이를 만나서 알면 얼마나 알겠어요. 기대치가 높은 곳에서 시작해서 하향하는 학생도 있고 낮은 곳에서 상향하는 아이도 있습니다. 환철이는 아주 괜찮은 아이입니다. 마침 이렇게 와 주셔서 너무 다행이네요."

아, 어쩜 이렇게 시간이 딱딱 맞는 건지. 정말 몇 년에 한 번 시간이 날까 말까 한 날에 어머니들 반 청소까지 있었고, 선생님께서 그날 환철이에 대해서 고민 중이셨다니. 몇 달 동안의 근심이 싹 가시는 순간이었다.

분명, 선생님께서 환철이에 대해서 오해하신 부분도 있었을 것이다. 하지만 그 몇 달 동안 아이와 내가 감사함으로 풀어간 순간들이, 아이를 칭찬의 목마름으로부터 그리고 불안감으로부터 벗어날 수 있게 해주었다고 생각한다.

그 이후로 선생님은 환철이의 발전 가능성을 전폭적으로 믿어 주셨고 배려해 주셨다. 아이가 수업시간에 자꾸만 지적받는 걸 피하게 하기 위해 선생님 바로 앞에 앉혀놓고 조용히 눈치를 주셨다. 그리고 심부름을 자주 시키는 것으로 칭찬을 받고 싶어 하는 아이의 마음을 해소시켜 주셨다. 아이는 이러한 선생님의 배려와 엄마의 노력으로, 다시 고유의 개성을 찾아가며 자신감 있게 학교생활을 하고 있다.

나는 지금까지 나에게 주어진 문제를 스스로 풀기 위해 노력해 왔다. 아이의 학습이 그래왔고 아이의 불안함이 그러했다. 시간은 걸릴지언정 나만큼 자신을 잘 아는 사람은 없기 때문이다. 아이의 불안함도 결국에는 엄마의 사랑으로 해결할 수 있는 문제였다. 엄마의 사랑과 믿음은 아이가 바깥세상에서 당당할 수 있는 자신감으로 연결된다. 그 자신감은 곧 자존감이 되어 아이를 불안감으로부터 방어할 면역력을 심어준다.

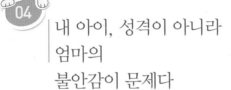

04 내 아이, 성격이 아니라 엄마의 불안감이 문제다

"왜 이렇게 말을 안 듣니?", "누굴 닮아서 이럴까?", "우리 아이 성격, 왜 이럴까?"

엄마들이 흔히 하는 말이고 이 말의 화살은 대부분 아이에게로 향해 있다. 정말 아이만의 문제일까? 나도 수 없이 아이한테 내리꽂은 말들이고 고민이었다. 화가 날 때 습관처럼 생각 없이 내뱉었던 말들이었다.

그렇다면, 아이가 말을 안 듣는다는 것은 어떤 의미일까? 어른들이 하는 말을 잘 생각해 보면, 아이를 생각해서 하는 말만은 아닌 경우가 많다.

"엄마가 그만 놀고 들어오라고 했지?", "엄마가 숙제하라고 했지?"

이 말들에는 "엄마가"로 시작해서 "했지?"로 끝난 다음에 "왜 이렇게 말을 안 듣니?"로 끝나는 경우가 대부분이다. 아이가 왜 그래야 하는지에 대한 친절한 설명은 없다. 엄마의 계획과 기준에 따라 꼭두각시처럼 움직이기를 바라는 마음만 있을 뿐이다. 하지만 뜻대로 되지 않았을 때 이러한 말들이 나온다. 물론 아이는 아직 미성숙하기에 부모의 도움을 받고 따르며 자라야 하는 것이 맞다. 하지만 어느 정도는 독립적인 힘을 키워주기 위해 믿고 지켜 봐 줄 필요도 있다.

두 아이를 둔 엄마가 있었다. 둘째 아이는 애교가 있고 공부를 참잘했다. 첫째는 자신감이 부족했고 공부를 힘들어했다. 엄마는 어렸을 때부터 뭐든지 잘 하고 똑똑한 둘째를 무척이나 예뻐했고, 항상 동생보다 뒤처지는 첫째를 못마땅해 했다. 엄마가 크게 내색하지 않아도, 첫째는 이미 차별 대우받고 있다고 불만스러워했다. 그리고 자기가 동생보다 못 하다는 생각으로 항상 기가 죽어 있었다. 평상시에 잘 하는 과목이었어도 시험만 보면 죽을 쒔다. 그 엄마는 선생님이 내신 시험 문제가 마음에 들지 않는다고도 했고 아이를 나무라기도 했다. 그다음 시험에서도 성적이 형편없자 아이는 방문을 잠그고서 훌쩍거렸다.

아이는 초등학생이었지만 엄마는 항상 입시 정보에 민감해 있었다. 성적을 떠난 아이의 미래 행복에 대해서는 비전을 그리지 못했다. 우선은 좋은 고등학교, 좋은 대학교에 가는 것이 목적이었다. 어느 것 하나 만족스럽지 않은 자신의 처지를 바라보고서, 아이들에게서 자신의 콤플렉스를 커버할 수 있는 것을 찾고 있는 것 같았다. 그것은 아이들이 공부를 잘 해서 주목받는 것이라고 생각하지 않았을까. 모든 과목에서 1등이 되어야 하고 또한 2등과의 격차를 넓히는 데 더 혈안이 돼 있기도 했다. 그래서 만날 때마다 입버릇처럼 둘째를 칭찬했고, 첫째 때문에 못 살겠다는 말을 입에 달고 살았다.

그래서인지 첫째는 동생과 함께하는 도전이라면 뭐든지 두려워하고 있는 것 같았다. 결과는 뻔하다는 생각이 있었고 엄마의 비교도 두려웠기 때문일 것이다. 그래서인지 책을 읽어도 수준보다 낮은 책을 고르며 권수에 집착을 했다. 엄마가 중요시하는 것은 '하루에 몇 권을 읽었냐' 이기 때문이다. 나는 그 아이가 안쓰러웠다. 엄마의 불안감을 아이의 성적 우위에서 해소하려는 마음이 아이를 소심하고 제 능력 발휘를 못 하는 아이로 만들었다는 생각이 들었다.

사실 나도, 내 불안감 때문에 아이에게 상처를 준 일들이 너무도 많다. 생각 없이 뱉어 놓고서 사건 종료 후에 후회를 하곤 했다. 아이들 성적에 대해서는 크게 신경 쓰지 않았어도 돈으로 해결해 줄 수 없는 것에 대한 미안함과 자괴감이 오히려 화로 변해서, 아이들에게 향하는 경우가 많았다. 아이는 항상 엄마한테 혼나고서 억울해 했다. 엄마가 자기를 믿어 주지 않는다며 서운해하기도 했다. 그럴 때는 미안한 감정이 많이 들었다. 하지만 자신을 사랑하지 못했던 나는 아이들의 상처 보듬기보다는 자괴감에만 빠져 지냈다. 분명 내가 과하게 반응했다

어린이집 대신에 자유롭게 놀며 형제애를 다지고 있다.

는 것을 알고도 있었지만, '미안하다' 는 말을 꺼내기가 참으로 힘들었다. 왜냐하면 다음에도 내 감정을 조절하지 못 할 수도 있다는 두려움이 있었기 때문이다.

내가 불안함 속에 있는 한 모든 원인은 남의 탓 일 수밖에 없었다. 내가 힘든 것은 남편이 나를 고생시키고 아이들이 말을 안 듣기 때문이고, 내가 외로운 것은 주변에 좋은 사람이 없어서이고 내가 억울한 것은 내 진심을 알아주는 사람이 없기 때문이라는 생각이 지배적이었다. 그래서 항상 마음에 화가 쌓여 있었다. 하지만 가슴 한 켠에서는 사랑이 많은 엄마이길 바랐다. 그리고 주변에서 사랑을 많이 받는 사람이길 원했다.

하지만 결국, 나 자신과 아이들에게 많은 상처를 남긴 후에, 모든 것은 나로부터 시작된다는 것을 알았다. 아이 성격의 결점은 바로 나의 결점이었다. 아이는 자유롭고 싶지만 자꾸만 엄마 눈에 거슬리는 것은 바로 내가 현재 자유롭지 못하기 때문이다. 뭔가를 열심히 해야만 시간이 꽉 채워진 것 같았고 그래야 현재가 개선될 것이라는 강박관념이 있었다. 그 생각이 아이에게도 꽉 채워진 시간을 강요했다.

내가 지금 나를 바꾸지 않으면 내 아이와 가정, 나아가서는 사회적인 관계까지 더욱 나빠지리라는 섬뜩한 생각이 들었다. 나는 그동안 행복을, 지금 아끼고 아껴서 은행에 적금을 들어 놓고 미래에 꺼내 쓰는 일이라고 생각했던 것 같다. 하지만 지금 행복하지 않으면 미래는

밝을 수 없다. 나의 불안감의 해결은 내가 지금 행복한 것이고, 그것은 나를 사랑하는 것에서 온다는 것을 이제는 알고 있다. 현재의 불만족이나 내 가족의 욕구보다 나의 욕구에 먼저 귀를 기울이고 들어주는 것에서부터 문제를 해결할 수 있다. 이것은 가족에게 이기적인 것이 아니라 가족을 위한 일임을 안다.

커피 사 먹을 돈 아껴서 아이들 간식 값에 보탰던 내가 이제는 '일하느라 고생하는 너를 위해 커피 한 잔 사줄게.' 라고 말한다. 내 옷 살 돈 아껴서 아이들 옷 한 벌 더 사주려는 생각이 '네가 요즘 마음고생했으니 예쁜 옷 사 입고서 기분 전환해라.' 로 바뀌었다. 이렇게 사소한 것부터 나를 챙기다 보니 쌓여있던 억울함이 풀리고 더 큰 욕구에 귀를 기울일 수 있게 되었다.

마음이 자꾸만 말을 걸어왔다.

'네가 행복해야 해! 네가 행복해질 수 있는 일을 찾아 봐.'

내가 답을 찾는 일은 독서에서부터 시작되었다. 나는 책의 힘을 믿기 때문에 새벽 네다섯시에 일어나 책을 읽었고 손에 항상 들고 다니며 자투리 시간을 이용해 책을 읽었다. 운전을 하거나 걸을 때는 핸드폰으로 시련을 겪고 성공한 사람들의 강연을 들었다. 그때마다 기운 빠져있던 심장 박동이 힘차게 뛰는 것을 느꼈다. 아직 내 꿈이 살아 있음을 느꼈다. 희미해지고 있던 나의 꿈을 찾는 일은 설레는 일이 되었다. 행복을 그리는 가슴 벅찬 일이 되었다. 아직 꿈의 씨앗이 살아 있음에 감사하다. 그 씨앗이 싹을 틔우고 무럭무럭 자라는 모습을 보는 것이 행복하다.

아이들은 내 꿈의 씨앗이기도 하다. 썩어가던 엄마의 텃밭에서 사랑의 힘을 얻어 싹을 틔웠다. 그러고서 불안함을 지운 엄마 곁에서 밝게 웃는 꽃을 피웠다. 엄마가 웃으면 아이는 꽃이 된다. 세상에서 가장 아름다운 꽃이 된다.

혹시 지금 아이들을 탓하고 있다면, 스스로가 나로부터 들려오는 요구를 무시하고 있지는 않은지 살펴봐야 한다. 또한 아이들이 힘들어할 때 나의 부족함을 아이들에게서 채우려 하고 있지는 않은지 되돌아보자. 엄마의 불안감은 아이도 불안하게 만들기 때문이다. 내가 왜 불안한지, 어떻게 나를 사랑해야 하는지 그리고 나를 사랑하는 것이 아이에게 어떠한 영향을 주는지를 자꾸 질문하자. 하다 보면 불안감의 정체를 알 수 있고 해결책도 찾을 수 있다.

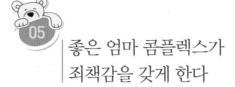

좋은 엄마 콤플렉스가
죄책감을 갖게 한다

        일반적으로 말해지는 좋은 엄마의 기준은 무엇일까? 아이와 엄마의 기준은 다를 것이다. 아이 입장에서는 잔소리하지 않고 자유를 주는 엄마, 믿어주는 엄마, 사랑해 주는 엄마 일 것이다. 그리고 보통 엄마들의 입장에서는 항상 곁에서 챙겨주는 엄마, 원하는 것 돈 걱정 없이 사주는 엄마 그리고 사랑해주는 엄마이지 않을까.

    나도 별반 다르지 않았다. 일하지 않고 아이가 필요할 때 옆에서 챙겨주고 싶었고, 학교 모임에도 시간 제약 받지 않고 나가 보고 싶었다. 돈 걱정 없이 여행도 다니고 때 되면 필요한 옷도 맘껏 사주고 싶었다. 내 감정에 휘둘리지 않고 정말 사랑 하나만으로 아이를 맘껏 안아주고 싶기도 했다. 하지만 뜻대로 되지 않을 때면 아이에게 죄책감이 들었다.

내가 살고 있는 동네는 제법 부촌에 속한다. 비 오는 날에 학교 앞은 외제차 전시장을 방불케 하고, 일 년에 서너 번 이상 해외여행을 다니는 게 이곳의 기본 생활수준이다. 아이 옷 가슴 부위에 말이나 자전거를 하나쯤은 달아줘야 기가 살고, 비싼 영어와 수학 학원에 보내기 위해 아이 한 명당 일이백 만 원은 거뜬히 지불하는, 돈에 있어서는 근심 걱정 없어 보이는 그런 동네에 내가 살고 있다.

반면에 우리 집 차는 외제차도 아니고 결혼 전 내가 해외출장과 신혼여행을 가본 것 말고는 아직 해외여행 한 번 가보지 못했다. 아이 친구들이 하도 제주도며 해외여행을 자주 가길래 재작년에 겨우 돈을 융통하여 제주도를 가 본 게 전부이니, 나는 아이들 욕구에 맞춰주는 좋은 엄마가 돼 주질 못했다. 이 마음을 알 리 없는 아이들은 친구들 여행 소식에 또 노래를 부른다. "이번 주 금요일에 제주도 가요." 그러면 나는 "일을 해야 하고 그렇게 갑자기 비행기 표를 구할 순 없단다." 하고 얼버무려 주곤 했다. 가슴에 말이나 자전거가 박힌 옷은 왜 그리도 비싼지. 눈 딱 감고 하나씩 입혀주면 영수증을 잡고 한 숨을 쉬어야 했다. 다니고 싶은 학원은 방과 후 학습으로 대체하고 나머지는 자기주도학습을 시켰다.

나는 엄마로서 해 줄 수 있는 것은 다 해줬다고 생각했지만, 주위를 둘러보면 해 주지 못한 것들만이 눈에 들어왔다. 그래서 처음에는 해 주지 못한 것에 대한 죄책감에 시달렸다. 풍요 속에 빈곤한 존재 그 자체로 살고 있는 루저 인생처럼 느껴졌다. 애써 부유한 이들 앞에서는 태연한 척 웃고 있어도 될 수 있으면 만남의 자리를 피하려고 했다.

하지만 알고 보면 그들은 지금 내게 부족한, 많은 돈을 가졌을 뿐이지 나머지 모두가 부유한 것은 아니었다. 나름대로의 고민이 있었고 때로 내게는 있지만 그들에게는 없는 그런 부족한 부분들도 있었다. 남편이 속을 썩인다거나 아이가 몸이 허약하거나 게임에 빠져 있는 등의 고민들을 안고 있었다. 내가 여태껏 고민해왔던 좋은 엄마 콤플렉스는 결국에는 경제적 비교에서 스스로를 패배자로 생각했던 문제라는 걸 깨달았다. 아이들에게 더 못 해 준 것에 대한 미안함, 남들 해 주는 거 다 해주지 못한다는 열등감이 엄마로서의 죄책감을 갖게 했던 것이다.

직장맘들 또한 아이를 충분히 돌봐주지 못한다는 생각에 아이에게 많은 죄책감을 가지고 있다. 전업주부들도 마찬가지 일 것이다. 아이들의 바쁜 하루 스케줄을 쫓아다니면서 돌봐줘도 아이로부터 생각한 좋은 결과가 나오지 않을 땐 자신을 탓하며 뭔가 미안한 마음이 들 때도 있을 것이다. 엄마라면 누구나 아이에게 더 해주지 못한 아쉬움을 갖고 있다.

그 아쉬움, 죄책감을 자세히 들여다보자. 왜 더 못해주는 것에 대한 죄책감을 갖는 걸까? 왜 남들 하는 것을 우리 아이들에게도 해 줘야 한다고 생각하는 걸까? 그것은 남과의 비교에 의해서 나온 감정이며 결국에는 엄마의 자존감에서 나온 것임을 알아야 한다. 그래야 그 죄책감으로부터 나와 아이를 지킬 수 있다. 우리는 남들이 하는 것을 보며 좋아 보이면서도 나의 부족한 점이 떠올랐을 것이다. 너무도 사랑하는 아이에게 결핍을 주는 것은 부모로서 용납하고 싶지 않은 자존심이지 않았을까. 하지만 '비교'란 결국 나와 아이에 대한 자존감 부족의 다른 말이다. 우리 집만의 형편에 맞춘 육아 신념으로 아이를 키울 수 있는 엄마의 자존감과 내 아이의 개성을 인정한다면 좋은 엄마 콤플렉스 같은 죄책감은 생기지 않을 것이다.

내가 이 사실을 깨달은 순간부터 나는, 나와 아이로부터 비교와 경쟁을 없애는 방법부터 고심해 보았다. 키워드는 '자존감'이었다. 나와 아이의 자존감. 세상의 이야기에 나의 신념이 흔들리지 않는 나를 믿는 마음.

나는 본래, 책 읽는 것을 좋아하고 세계에 대한 호기심이 많다. 하고 싶은 것이 많고 가고 싶은 곳도 많다. 하지만 지금까지 현재 주어진 상황에서 나의 가치를 평가 절하하고 있었다. 이것도 바로 비교에 의한 것이다. 좋은 학교를 나온 것도 아니고 어렸을 때부터 부유한 가정에서 사랑을 많이 받으며 자란 것도 아니고, 지금 돈이 많은 것도 아니라는 인식. 이 인식이 나는 부족한 사람이며 앞으로도 내 삶은 힘들지 않을까 하는 생각을 하게 했다.

하지만 이상하게도 남들의 도전하는 모습만 보면 가슴이 뛰었다. '멋지다! 나도 저렇게 살고 싶다!'는 열망이 가슴을 뭉클하게 했다. 지금은 마흔이 넘은 아줌마가 되었지만 스무 살에 설레던 그 감정들은 하나도 퇴색되지 않았다. 지적이고 지혜로운 사람들만 보면 동경하는 마음이 있다. 그래서 그들의 이미지를 나도 모르게 따라 하고 있고, 진중한 책을 집어 들며 그들의 사고를 이해하려고 했다. 어느 날 그 설렘과 동경은 나의 마음속에서 곧 움틀 씨앗으로 숨 쉬고 있다는 것을 알았다.

그 씨앗은 나의 가치를 평가절하하는 모든 환경을 뒤집게 했다. 내가 도전을 선택하는 순간, 모든 환경은 나를 위해 순식간에 변했다. 그동안의 열등감과 시련들은 모두 기회로 변했다. 종합병원이라는 소리를 들을 정도로 그렇게 아프던 몸이었는데. 그때보다 더 바빠져서 새벽부터 쉴 틈 없이 하루가 돌아가고 일주일이 가고 있다. 하지만 오히려 전보다 아픈 곳 없이 잘 지내고 있으니 무척 신기한 일이 아닐 수 없다.

이것은 어디에서 나온 힘일까. 전과 후를 비교하자면 심리상태에 극명한 차이가 있다. 바로 비교에 의한 스트레스와 자존감의 차이가 존재한다. 나는 아이들을 키우며 비교하지 말자고, 그래서 성적은 그리 중요하지 않다고 나에게 세뇌하고 살아왔다. 하지만 정작 본인은 비교로 인한 엄청난 스트레스를 받고 있었다. 내게 부족한 그리고 내가 하지 못하는 것, 내가 가지지 못하는 것, 내가 해 줄 수 없는 것에만 집중하였기에 나의 가치를 부정하고 아이의 존재도 평가절하하는 엄마로 살아왔던 것이다.

좋은 엄마? 그거 별거 없다. 행동하지 않은 나와 옆집 엄마의 생각에 귀를 닫고, 행동하는 내 소리를 듣는 것이다. 행동하는 내 안에는 나를 인정하고 아이를 인정하는 신비한 힘이 있다. 나는 아이들을 성적으로 비교하지 않는다. 그리고 성적이 중요하다고 가르치지도 않는다. 성적은 한 인간의 가치를 무시한 채 표준화된 숫자로 평가하는 것이다. 경쟁을 유도해 숫자로 줄을 세우는 것이다. 나는 아이에게 너만이 잘 할 수 있고 네가 하고 싶은 것을 찾으라고 말한다. 그리고 세계를 바라보는 넓은 시야를 가지라고 말한다. 이것은 표준화된 세상의 편견을 깨는 또 하나의 도전이다. 내가 겨우내 두터운 땅에 묻혀있던 씨앗을 발견하고서 키우듯이, 우리 아이들도 편견의 알을 깨고 나와 비상하는 새가 되기를 바란다.

좋은 엄마 콤플렉스, 그것은 비교를 무시하는 순간 진정으로 좋은 엄마로 변신한다. 우리 아이들은 자신들에게 못 해준 것에 죄책감을 느끼고 전전긍긍해 하며 사는 슈퍼 마미를 원하지 않는다. 자신들에게 희망을 보여주는 행복한 해피마미을 원한다.

완벽한 엄마가 아이의
마음을 병들게 한다

"완벽주의 아니세요?"

살아오면서 종종 들었던 말이다. 나의 어떠한 행동들이 남의 눈에 완벽주의로 보였을까? 이런 질문을 들었을 때 나는 "맞아요. 그런 성향이 좀 있는 것 같아요."라고 담담하게 긍정해줬다. 나도 나의 문제를 인식하고 있었던 것이다.

고등학교 때까지는 크게 나의 행동에서 완벽주의 성향을 찾아 볼 수 없다. 하지만 대학교 때 나의 행동들을 되짚어 보면, 완벽주의의 첫 사례로 의심할 만한 일을 떠올릴 수 있다. 매번 시험 준비를 하면서 많이 긴장을 했다. 그러고 나면 어느 순간부터 시험을 보기도 전에 감기 몸살을 앓았다. 장학금을 받지 못하면 등록금을 해결할 수 없다는 압

박감이 나를 불안하게 했던 것이다. 대학 졸업 후, 한창 이력서와 자기소개서를 작성할 때는 손바닥에 땀이 차서 연신 땀을 옷에 문질러 댔다. 그때는 프린터가 보급화되던 시절이 아니었기에 수기로 서류들을 작성해야 했다. 그래서 나는 땀을 닦는 대신에 손바닥에 밀가루를 묻혀가며 자기소개서를 작성했던 웃지 못 할 기억이 난다.

고등학교 때까지는 큰 비전 없이 살았기에 압박감이라는 게 없었다. 하지만 스무 살 성인이 되면서부터는 내 삶의 주인을 나로 인식하기 시작했던 것이다. 내 스스로 개척해 가야 할 불안한 미래가 나를 긴장하게 만들었다. 우리 사회는 매 연령대마다 제각각 불안한 이유들이 있다. 나도 20대에는 등록금과 취직, 연애 문제로 불안했었고 30대에는 결혼과 돈, 육아 문제로 불안했었다. 40대에는 30대의 고민에 건강이라는 문제까지 더해지면서 해결할 수 없을 것 같은 막연함에 떨어야 했다. 내가 '완벽주의 아니냐?'는 말을 자주 들었던 것도 남들보다 더한 불안감을 느끼고 살았기 때문일 것이다.

인생이라는 것이 잡고자 집착을 하면 되지 않던 것이, 단념하고 바람을 놓는 순간 이루어지는 것을 나는 여러 번 경험했다. 그리고 그러한 깨달음이 몇 번 있고서야 확실한 진리로 받아들일 수 있었다. 하지만 불안했던 지난날을 되짚어 보면 참 안쓰러운 감정이 인다.

나는 어렸을 때부터 가난했었고 성인이 돼서도 흙 수저가 금수저가 된다거나 부엌데기 신데렐라가 왕자를 만나 여왕이 되는 걸 상상하기 힘들었다. 내가 살아나갈 방법은 열심히 사는 것 밖에 없다고 생각했다. 물론 그 억척스러움은 친정엄마로부터 한 수 배운 영향이 더 크다. 그녀도 흙 수저로 태어났고 결혼 후의 삶도 억척스럽지 않으면 버텨내지 못할 인생이었다. 그러하기에 옆에서 지켜 본대로 나도 그 삶을 살고 있었다.

달콤한 신혼은 허니문 베이비를 갖고 키우면서도 잠깐은 지속됐다. 하지만 그 안에서도 참 어려운 일들이 많았다. 무던해져서 어려움이라기보다는 열심히 사는 것으로만 알았던 나. 남편이 몇 달 월급을 못 줄 때는 한창 첫째가 기저귀를 차던 때였다. 17평 남짓 오래된 아파트 베란다에서 나는 밴드형 기저귀의 속을 긁고 있었다. 이미 사용한 기저귀 안에 가장 싼 일자형 기저귀를 넣어 쓰려는 생존 전략이었다. 나들이며 부식비를 줄이더라도 매달 25만 원씩 드리던 친정엄마의 용돈을 끊을 수가 없었다. 그래서 나의 실업급여 80여만 원으로 어머니 용돈을 포함해서 한 달을 버텨내야 했다. 그러려면 억척스러운 지혜를 끄집어내는 수밖에 없었다.

내복 바람으로 아이를 산책시키면 동네 언니는 외출복 좀 사주라고 핀잔을 했었다. 오랜만에 찾아뵌 외할머니는 "어째, 새 각시가 헌 각시 같냐!"라며 뼈가 담긴 말을 하셨다. 외할머니는 어렸을 때부터 애지중지 키우던 동갑인 손녀와 비교의 말을 자주 하셨기에, 마음의 여유가 없던 나는 그 말이 그렇게 서운할 수가 없었다. 시부모님 생신이나 명절 등이 다가오면 없는 살림에 죽는 소리 셀까 애써 밝게 웃으며 작은 선물이나마 준비해 드렸다. 하지만 부모님은 만날 때마다 남편과 내 얼굴이 핼쑥해졌다며 걱정을 하셨다.

아이를 키우면서도 정신 바짝 차리고 완벽한 엄마가 되려고 노력했다. 첫째 아이 때는 돌 무렵까지 아이의 모든 의류는 직접 손빨래를 하고 비눗물이 깨끗이 헹궈질 때까지 수차례 물 헹굼질을 했었다. 세탁기 안의 세균이 두려워 산후조리도 안 된 손목으로 매번 빨리를 쥐어 비틀어댔다. 집안 걸레질은 아침저녁으로 하루에 두 번씩 했고, 설거지는 식후 바로 하는 것이 원칙이었다. '아이의 학습은 내 손으로!' 라는 육아 신념을 세우고서, 밤새 자녀 교육서와 자료들을 읽으며 교육 도구들을 만들어 가르쳤다. 경제적으로는 힘들어도 그래도 작은 아이가 태어나기 전까지는 내 몸도 정신도 버틸만 했다.

하지만, 작은 아이 임신하고 입덧이 있으면서부터 나를 바짝 조이던 완벽함이 이제는 신경질로 터져 나오기 시작했다. 집 밖에서는 밝게 웃으려 노력했지만 집에 있으면 불안감과 우울함이 나를 짓눌렀다. 아이들이 실수를 해도 쉽게 받아주질 못하고 소리를 지르곤 했다. 유치원을 잠시 그만두었을 때는 엄마 도리 해야 한다는 죄책감에 오전부터 짜여진 교육 스케줄에 따라 아이들을 억지로 책상 앞에 앉혔다. 홈스쿨을 선택한 내가 주변에 좋은 결과를 보여줘야 한다는 강박관념이 나의 육아 신념을 무너뜨렸다. 없는 살림 표 나지 않게 옷은 자주 빨아서 깔끔하게 입혔고 내 불안함이 새 나가지 않게 이웃들과 소통을 차단하고 조용히 지냈었다.

이 불안한 감정들이 내가 숨어 지낸다고 해서 숨겨지는 것이 아니라는 것을 내 아이들을 보면서 깨닫게 되었다. 엄마의 불안함은 모두 아이들에게로 흘러들어 갔다. 아이들은 때로 몰아붙이는 엄마를 힘들어했다. 감수성이 풍부한 큰 아이는 엄마의 치켜뜬 눈을 볼 때마다 불안해했고, 자신을 철저히 약자라고 생각했을 것이다. 작은 아이는 반대로 엄마와 같은 방법으로 불안감을 표출했다. 예민해진 아이들을 볼 때마다 나를 보는 것 같아 미칠 것 같았다. 남편은 남편대로 힘들었고 아이들이나 나나 모두 불안한 감정들에 휩싸여 몸도 마음도 병들어 갔다.

어느 날, "완벽주의 아니세요?"라고 자주 듣던 말을 되짚어 볼 필요성을 느꼈다. '완벽'이라는 말만 놓고 보면 좋은 뜻일 수 있겠지만 '주의'가 붙는 순간 '지나침'이라는 의미가 떠오른다. '나는 정말 완벽주의자일까?', '왜 나는 완벽주의자가 되었을까?', '완벽한 엄마 밑에서 자라는 우리 아이들은 얼마나 힘들었을까?'

'불안감'의 다른 이름, '강박관념'의 또 다른 이름. '완벽주의' 그리고 '완벽한 엄마'. 나는 이렇게 정의를 내린 후에 나를 내려놓고 그

동안 상처투성이인 아이들을 어루만져 줘야겠다는 생각을 했다. 완벽한 엄마로 있었을 때는 아무리 혼을 내도 엄마 밖에 모르는 아이들의 미소를 무시했었는데, 이제 나를 내려놓으니 그 미소가 그렇게 고맙지 않을 수가 없다.

예쁜 꽃을 보면 미소가 지어지듯이 아이들은 웃을 때가 가장 예쁘다. 웃는 얼굴을 보는 엄마의 미소도 그렇게 예쁘다. 봄 황사 바람에 먼지를 뒤집어쓰고 여름 태풍에 심하게 흔들린 꽃. 그리고 갑자기 내려앉은 서리에 죽을 것 같은 불안감을 안고서 혹독한 겨울을 보내고 핀 꽃. 그렇게 핀 꽃은 더욱 귀하고 예쁘다. 우리 모두는 본래 꽃이다. 아픈 시련 속에서 그것을 망각하고 있을 뿐이지, 잘 견디고 나면 눈부시게 아름다운 꽃으로 다시 피어난다. 나는 요즘 예쁘게 꽃으로 핀 나와 아이들을 보며 행복해하고 있다.

아이의 불안감은
엄마의 거울이다

따뜻한 4월 봄날, 나는 예정일보다 3주 일찍 둘째를 출산했다. 큰 아이도 3주 일찍 태어났는데 누가 의좋은 형제 아니랄까 봐 하루 차이로 형을 따라 나온 것이다. 첫째가 있기에 산후조리는 집에서 하게 되었다. 병원에서 둘째를 안고 처음 집에 오던 날, 3살인 큰 아이는 동생을 무척이나 반가워했다. 하지만 나는 형으로서 느낄 상실감을 의식하고서 조심스럽게 지켜봤다. 그런데 큰 아이는 며칠이 지나도 여전히 조그만 동생을 쓰다듬어 주고 뽀뽀해 주며 참 예뻐했다. 엄마가 전처럼 충분한 배려와 사랑을 주지는 못 했어도, 동생과의 시간을 즐기며 질투 없이 잘 지내는 아이가 고맙고 대견스러웠다.

하지만 동생이 태어나기 전까지는 항상 사랑만 받던 큰 아이. 그 아이가 엄한 꾸지람이라는 것을 처음 받던 날의 기억이 생생하다. 점점 육아에 지친 나는 큰 아이에게 짜증을 내기 시작했다. 조그만 일에도 혼을 내고 빨리하라고 다그치는 일도 부지기수였다. 그러다가 감정적으로 아이를 크게 혼을 냈다. 울 줄 알았는데 아이의 표정이 순간 멈칫했다. '어? 엄마의 이 감정 표현을 어떻게 받아들여야 하지?' 라고 생각하며 당황해하는 것 같았다. 그러더니 곧 씩 웃는 것이 아닌가. 어? 예상 밖의 반응에, 하지만 낯익은 반응에 엄마인 내가 더 당황스러웠다.

큰 아이가 뱃속에 있을 때는 한참 신혼이었다. 오래된 모임에 나간 남편은 새벽 내내 전화도 안 받고 연락도 없었다. 친정아버지를 일찍 여읜 나에게 남편의 무소식은 나의 잠재 돼 있던 트라우마의 존재를 일깨우게 했다. 남편이 먼 길을 가거나 늦은 밤까지 들어오지 않으면 불안에 떨어야 했다. 이런 마음을 알길 없는 남편은 내게 견디기 힘든 고통을 준거나 다름없었다. 나는 이런 불안함을 안고 밤새 받지 않는 전화를 걸어대며 뜬 눈으로 아침을 맞았다. 날이 새자 남편이 피곤에 찌든 얼굴로 집에 들어왔다. 밤새 걱정했던 마음은 잊고 서운한 마음에 남편한테 화부터 냈다. 이불 속에 파묻혀 자려던 남편은 죄인 같은 불쌍한 표정을 지으며 일어나 앉았다. 그러자 오히려 내가 미안한 마음이 들었다. 그래서 남편에게 이렇게 말했다.

"이럴 땐 그냥 씩 웃는 게 정답이야!"

그다음부터 남편은 나의 잔소리를 미소로 받아쳤다. 큰 아이가 나에게 처음으로 큰 꾸중을 들었을 때 보여준 그 미소는 낯익은 이 상황을 연상케 해 신기하게 느껴졌다.

아이가 아빠처럼 계속 미소로 대응했으면 좋으련만. 화는 화를 불러온다고, 엄마의 불안감은 더욱 커져갔기에 아이는 방법을 수정해야 했다. 혼나는 일이 더욱 빈번해지면서 아이는 몇 번 미소로 위기를 모면하려는 시도를 하긴 했다. 하지만 어느 순간부터는 더 이상 먹히지 않는다는 것을 깨달은 것 같았다. 엄마는 이제 전에 알던 다정한 엄마가 아니라는 걸 깨달았으리라.

작은 아이는 엄마가 형에게 하는 모습 그대로 형을 평가하고 대해왔다. 그리고 엄마가 자기를 대하는 방식 그대로 나를 대했다. 엄마가 형에게 다정하게 할 때는 똑같이 다정하게 대했고, 형을 혼내는 모습을 본 날은 형에게 까칠하게 굴었다. 그리고 엄마인 나에게도 마찬가지였다. 그렇게 작은 아이를 보면서 내 모습이 떠올라 얼굴이 화끈 거렸다. 큰 아이에게는 미안함이 작은 아이에게는 부끄러움이 일었다. 하지만 이미 습관화된 화의 감정과 불안감은 쉽게 고쳐지질 않았다.

작은 아이는 짜증을 낼 때마다 나와 똑같이 미간을 찌푸렸고 목소리를 키웠다. 즐겁다가도 마음에 안 들면 짜증을 내는 게 습관처럼 돼가고 있었다. 사랑스럽지만 까칠한 아이였다. 남편은 이런 작은 아이를 보며 "당신이랑 똑같네!"라며 웃어넘겼다. 불안한 내 모습을 감추

휴일 날 아침, 큰 아이가 일어나자마자 해리포터가 보고 싶다고 도서관에 가자고 했다. 책을 좋아하는 아이들. 도서관에 오면 좀 더 집중할 수 있어 좋다.

고 싶어도 거울을 보는 것처럼 내 아이들에게서 그 모습이 보였다.

이미 내 천자(天)가 깊게 팬 내 미간도 나의 불안감을 말해 주고 있었다. 거울은 내 겉모습뿐만 아니라 내 내면까지 그대로 보여주었다. 숨기려고 미소를 지어 봐도 여전히 내 천자의 그림자는 사라지지 않고, 내 눈은 웃고 있지 않았다. 아이에게서 불안감을 확인하고 미안한 마음이 들어도 내 뜻대로 고쳐지지 않으니, 나는 더욱 자괴감에 빠졌다.

큰 아이가 초등학교 2학년이 되니 때리고 위협하는 친구들이 생겼다. 어느 날은 맞아서 울고 들어오고 쫓겨서 도망치듯이 집에 들어오는 때도 있었다. 큰 아이를 때리고 겁준 녀석들에게 화가 치밀어 올랐다. 몇 번은 그 아이들을 타이르기도 했다. 하지만 그런 행동이 습관화돼 있는 아이들이었고, 엄마들과 알고 지내는 사이라 혼을 낼 수도 없었다.

3학년을 맞기 전 같은 동네의 다른 학교로 전학을 했다. 마침 이사를 하게 된 이유도 있었지만, 그 친구들과 떨어뜨려 놓고 싶은 마음이 더 컸다. 하지만 거기에서도 비슷한 상황이 벌어졌다. 화가 나면 욕을 하고 위협하는 친구들이 있었다. 키 작고 왜소한 내 아이에 비해 그 아이들의 체격은 화가 나면 제법 위협적여 보일 수도 있었다. 역시나 같은 상황이 또 발생했다. 엄마 마음엔 아이가 거친 친구들 앞에서도 용기 있고 당당하게 맞서기를 바랐다. 때리거나 욕하지 않더라도 피하지는 않길 바랐다. 하지만 아이는 울거나 도망쳐 나오는 방법을 택했다.

'작고 말라서 일까? 마음이 너무 여려서 일까? 아니면 진짜 우리 아이가 욕을 먹을만한 행동을 한 것일까?' 여러 가지 원인을 생각해 봤지만 모두가 정확한 답 같아 보이지는 않았다. 친구들을 워낙 좋아해서 자기에게 맞는 친구를 골라 사귈 줄도 모르고 무조건 친구라면 다 좋아하는 아이였다. 사실, 친구들이 욕하고 때리면 그때만 피하면 된다고 생각하는 아이였다. 친구 사귀는 것 하나는 자신 있다고 생각하는 아이였다. 그래서 나는 까불고 잘 놀 줄만 알지, 때릴 줄은 모르는 큰 아이를 친구들이 얕잡아 본 것이라고 생각했다. 그래서 운동을 시켜볼까도 생각했다. 아니면 요즘 아이들의 정서가 나어릴 때와는 달리, 남의 고통을 생각할 줄 몰라서 그렇다고 시대를 탓하기도 했다.

그러다가 여느 때처럼 아이를 혼내는 상황에서 큰 아이를 무시하던 친구의 모습이 바로 내 모습과 오버랩 됐다. 아이는 엄마에게 혼이 날 때 자신을 약한 존재로 여기고 있었으리라. 남자들의 서열 세계에서 루저의 저 끝, 그 자리에 자기가 위치해 있다고 생각했을 것이다. 다시 말하면 엄마인 내가 아이를 루저로 만들었다는 생각에 정신이 번쩍 들었다. 동생 또한 엄마의 잔소리 그대로 형을 대하고 있었으니, 내가 얼마나 큰 실수를 저지르고 있었는지 미안함에 눈물이 흘렀다.

내 현실의 버거움을 견디지 못해 불안한 나날을 보냈고 그 불안함이 의도하지 않게 아이들에게 상처를 입혔다. 어쩔 수 없는 현실이라고 어쩔 수 없는 감정이라고 내뱉었던 나의 화들이 아이들을 병들게 했다. 모질게 대해도 엄마와 떼려야 뗄 수 없는 연약한 아이들은 어쩔 수 없이 엄마의 모습 그대로를 닮아갔다.

내 불안감을 의지로 바꿔 나가기 위해 거울을 자주 들여다봤다. 그래야 내 감정과 솔직한 대화를 할 수 있으며 일그러진 인상을 펼 수 있을 것 같았다. 어색하지만 의식적으로 입꼬리를 올리며 긍정의 감정을 이미지화하기 위해 노력했다. 그럴수록 굳어버린 광대뼈 주위 근육들에서 굉장한 통증이 느껴졌다. 얼마나 안 웃었길래 이리도 아픈 걸까. 입 주변의 웃음 근육들도 이미 처져있었다. 그동안의 마음 상태를 그대로 보여주는 내 얼굴의 근육들. 불안감이 켜켜이 앉은 이 근육들을 푸는 건 오랜 시간이 걸릴 것 같았다. 거울을 자주 보며 미소 짓는 연습을 했다. 하지만 입꼬리만 올라갔지 눈은 여전히 웃지 않았다. 사람의 첫인상은 눈에서 결정된다고들 한다. 눈에는 그 사람의 마음이 새겨져 있기 때문이다. 내 마음이 행복하지 않은 채 억지로 미소 짓는 얼굴을 보는 건, 내 불안한 현실을 직시하는 것 밖에 되지 않았다.

살다 보면, 어느 한 사건으로 인생의 이정표가 확 바뀌는 때가 있다. 나다움을 찾고자 하는 고민에서 나온 키워드 하나가 나를 또 다른 세계로 발을 들여놓게 했다. 그 새로운 세계 안에서 거울 속에 비친 억지 미소를 진정한 미소로 바꿀 수가 있었다. '꿈'이라는 키워드. 가족이라는 울타리 안에서 가족만 생각하며 꿨던 꿈을 이제는 나를 생각하며 꾸는 꿈으로 바꿔 나가고 있다. 나는 '책 쓰기'를 선택했고, 나와 같은 꿈을 이루고자 하는 사람들이 모인 꿈 공동체 안에서 긍정의 기운을 주고받으며 진정한 나다움을 찾고 있다. 처음으로 느껴보는 새로운 세계에서 만족스러운 미소를 짓고 있다.

아이들은 더 이상 엄마의 억지 미소를 보지 않아도 된다. 더 이상 불안한 엄마의 표정에 눈치 보지 않아도 된다. 물론, 지금도 아이들을 꾸지람하는 엄마임은 부정하지 못한다. 하지만 불안한 마음을 갖고 혼내는 것과, 행복한 엄마가 되어 혼내는 것은 아이들이 받아들이는 감정에 분명한 차이가 있다고 생각한다.

새 학년이 되어 학교에 다녀온 첫날, 큰 아이는 담임선생님에 대해서 이렇게 말했다.

"우리 선생님, 엄청 착해요. 혼도 안 내세요."

이런 아이의 말에 나는 이렇게 받아쳤다.

"그럼, 자주 혼내는 엄마는 착한 엄마가 아니겠네?"

"아니, 엄마는 혼내도 착해. 엄마는 최고의 엄마야!"

PART
04

아이에게 가장 중요한 것은
자존감 있는 엄마다

스티로폼 부셔서 뿌리며 놀기

엄마의 자존감,
어떻게 키울 수 있을까?

　　　　　　　　　세월이 참 빠르다. 지금 거울 속에 서 있는
단발머리 여자를 보면 중학교 적 단발머리 소녀의 이미지 그대로이다.
주름이 좀 늘고 볼살들이 처져 있지만 그때 감성이나 지금 감성이나
달라 보이지 않는다. 여전히 셰익스피어의 《젊은 베르테르의 슬픔》을
밤새 읽으며 설레고 눈물 흘리는 그 감성이 그대로 남아있는 마음만은
사춘기 소녀인데.

　그때와 지금이 다른 건, 나는 한 남자의 아내가 되었고 두 아들의
엄마로 존재하고 있다는 것이다. 이것이 바로 세월이 바꿔 놓은 내 존
재감. 사춘기 소녀였을 때는 친구들과 엄마 사이에서 내 존재감을 찾
고자 노력했었다. 하지만 결혼하고선 아내와 엄마의 위치에서 내 존재
감을 확인하고자 했다. 어떻게 살아야 하는지, 무엇을 또는 누구를 위

해 살아야 하는지 그리고 '나는 누구인지'를 희미해진 나라는 존재에 수 없이 질문을 던져왔다.

먹고살기에 바빴고 아이들 건사하느라 바빴고 남편 뒤치다꺼리하 느라 바빴던 삶 속에 나라는 존재를 뒤돌아 볼 여유가 없었다. 호기심 이 많아 꿈도 많았지만 되는 것보다 안 되는 것에 집중된 삶을 살다 보 니 그 꿈들 또한 모두 불가능한 존재로 있었다.

여중 여고 시절엔 시를 읊고 쓰기도 했고 대학생 때는 한비야의 여 행기를 읽으며 세상 밖의 세계에 관심이 일었다. 긴 머리 휘날리는 록 가수를 보면 열정이 솟구쳤고 연극하는 사람들을 보면 나도 다른 사람 의 세계에서 살아보고 싶었다. 그러다가 갑자기 자연에 매료가 되어 화구를 들고 산과 들로 나가기도 했었다. 화가의 작업실 한 켠에서 붓 을 들고 노년의 화가의 삶을 그려보기도 했고 인사동 뒷골목을 서성이 며 영혼이 살아 있는 아날로그의 삶을 꿈꿔 보기도 했었다.

하지만, 결혼은 나의 생활패턴에서부터 사고방식까지 완전히 바꿔 놔 버렸다. 감수성 풍부했던 소녀는 신경질적이고 불안한 엄마로 변했 고 열정을 찾아 다양한 세계를 꿈꿨던 아가씨는 하루하루 버텨내기도 힘든 삶을 살고 있었다. 자존감은 바닥이 났고 외로우면서도 혼자 있 고만 싶어졌다. 그저 앞이 보이지 않는 막막한 미래만 있었다.

어느 순간 정신이 번쩍 들었다. '언제까지 이렇게 살 건데? 그 꿈 많던 소녀는 어디 갔어? 그냥 이렇게 하루하루를 희망 없이 버티다가

죽을래? 그러면 네 자식들은 또 어떡하고? 너처럼 살게 할 거야?'

빌 게이츠의 말도 가슴에 내리 꽂혔다.

"가난하게 태어난 것은 당신의 잘못이 아니지만, 가난하게 죽는 것은 당신의 잘못이다."

나의 안과 밖에서 아우성 대는 소리에 가만있으면 안 되겠다는 생각이 들었다. 일단은 바닥을 기고 있는 자존감부터 일으켜 세워야겠다고 생각했다. 방법들을 고심했다.

아이들 교육을 목적으로 하는 엄마들 모임에 꾸준히 참여해봤다. 하지만 그 안에는 비교와 경쟁이라는 것이 숨어 있었다. "누가 너무 잘하더라."라는 서로를 칭찬하는 말에는 진심이 없어 보였다. "우리 애 때문에 미치겠어. 아휴 걔는 왜 그리도 머리가 안 되는지?" 누가 먼저 아이들 때문에 앓는 소리라도 하면 그 넋두리에 맞춰 다른 엄마도 "아휴, 우리 애도 그래."하며 맞장구를 쳐 주는 것이 예의였다. '왜 멀쩡한 우리 애를 바보로 만들어야 할까?' 자기 아이들의 좋은 점을 얘기하면, 자랑으로 여겨져서 뒤통수가 따가 울 것을 각오해야 한다. 역시, 엄마의 자존감은 옆집 아줌마들의 수다에서 키울 수 있는 게 아니라는 걸 깨달았다.

그다음에는 '지혜의 보고'인 책을 통해 찾아보기로 했다. 책에 시큰둥했던 작은 아이의 독서 습관도 키울 겸, 주말이면 온 가족이 도서관으로 향했다. 처음에는 몇 분 못 버티던 작은 아이가 매주 가다 보니 생각보다 빠르게 책에 흥미를 붙이기 시작했다. 그래서 그다음부터는 도서관에서 온전한 내 시간을 가질 수 있게 되었다.

자존감을 찾고자 마음을 먹으니 읽고 싶은 책들이 많아졌다. 자기계발, 재테크, 심리학, 글쓰기 등 지금 내가 해결하고자 하는 것의 열쇠를 가지고 있을 것 같은 책들을 찾아 읽었다. 읽으면서 깨달았다. 과거에 내가 얼마나 부정적이고 우물 안 개구리식의 사고를 하고 살았는지를. 책을 읽을수록 내 안에 웅크리고 있는 무언가가 꿈틀거리는 것을 느꼈다.

'이제 도서관에 가만히 앉아서 머릿속에 지식만 채우지 말자. 행동하지 않으면 내 것이 될 수 없다.' 비밀의 열쇠를 쥔 것 같아 가슴이 뛰었다.

'내가 하고 싶은 것들을 생각해 보자. 그리고 종이 위에 적어보자.'

길을 걸으면서도 밥을 먹다가도 생각하고 또 생각했다. 그리고 매일 생각나는 것들을 종이 위에 적어나가면서 내게는 잊었던 꿈들이 많다는 것을 알게 되었다. 그 꿈들을 적고 상상하면서 가슴이 더욱 뛰었다. '나답게 살아보자. 나를 위해 살아보자.' 자꾸만 마음속에서 외침이 일었다.

내게는 그동안 어려운 상황 속에서 아이들과 울고 웃으며 나눴던 추억들이 있고 그 경험이 누군가에게 도움이 되지 않을까 하는 생각이 들었다. 그리고 평상시에 가슴 뛰며 지켜봤던 강연가의 모습도 떠올랐다. 그리고 비밀의 열쇠를 쥐고 있는 것처럼 종이 위에 적은 나머지 버킷리스트도 모두 팔딱팔딱 뛰고 있는 것을 느꼈다.

'나를 가슴 뛰게 하는 것들은 무엇이든지 해 보자. 나도 열정이라는 게 없진 않으니 지금부터 풀무질을 하면 불꽃이 확 타오를 거야.'

그 생각을 행동으로 옮기기 위해 내 꿈을 도와줄 키워드를 인터넷에서 검색했다. 마음의 문이 열리니, 기회는 우연을 가장해서 내게 왔다. 검색에서 잡힌 한 협회. 이곳에는 내가 원하는 것들이 종합선물세트처럼 차려져 있었다. 긍정의 의식을 키워 책을 쓰고 강연을 준비하고 창업 프로그램을 만들어 운영 노하우까지 배울 수 있어 나의 비전이 밝게 펼쳐졌다.

이곳에서의 배움을 통해, 그동안 내가 얼마나 부정적인 사고를 하고 살았는지, 그 사고들이 나를 어떤 길 위에 서게 했는지를 깨닫게 되었다. 그리고 나니 이제는 슬픔의 눈물이 아닌 기쁨의 눈물이 흘러나왔다. 게다가 바닥을 치고 일어설 수 있는 용기도 주었다. 그곳에서는 누구나 상처 하나쯤은 가지고 있었다. 아무에게도 말하지 못했던 상처들을 서로 공유하며 보듬어주고 용기를 주었다. 내게도 항상 체기로 남아 있던 슬픔들이 치유가 됨을 느꼈다. 배울 것이 많고 할 일이 많아도 지치지 않고 즐거움으로 여기며 살 수 있다. 그동안 종합병원처럼 여기저기 아팠던 몸이 어느새 치유되어 있었다. 나를 사랑함으로써 얻어진 치유였다.

나의 자존감은 이렇게 나를 사랑할 때 얻어졌다. 나를 부정할 시간에 자신을 사랑하니 내가 소중해 보였고 내가 소중하니 나의 아이들도 소중해 보였다. 엄마의 자존감은 이렇게 '엄마'라는 존재를 잠시 잊고 '온전한 나'를 찾는 과정에서 얻어진다. 엄마라서 안 되고, 아내라서 안 되고, 능력이 없어 안 되고, 시간이 없어 안 되는 것은 이제는 내게 없다. 내가 행복해야 내 주변의 사람들도 행복한 것이다.

온전한 내가 행복할 때 엄마로서의 자존감도 높아진다. 엄마의 자존감이 높아지면 아이의 자존감은 저절로 올라간다. 행복한 엄마의 모습을 보는 아이는 저절로 행복해진다. 엄마의 행복, 엄마의 자존감, 그것이 바닥이라면 엄마 아닌 나부터 챙겨보자.

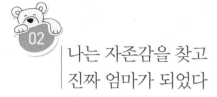

나는 자존감을 찾고
진짜 엄마가 되었다

한참 연애하고 도전하고 미래도 멋지게 그려 볼 20대를 나는 돈에만 매달려 살았다. 대학 학비는 둘째 오빠와 친정엄마가 힘들게 보태 주셨지만, 그 이후부터는 내가 친정엄마의 생활비를 책임졌다. 그리고 집안 대소사의 금전적인 물주는 암암리에 내가 되어 있었다. 어깨가 무거웠다. 월급도 많지 않았고 직장 상사의 눈치도 참기 힘들었다. 생계에 대한 책임만 없다면 때려치우고 싶다는 생각을 한두 번 한 게 아니었다. 어떤 상사는 자신의 실수로 제품이 잘못 만들어진 것을 내 실수라고 사장에게 보고를 한 적도 있었다. 상사들에게 사랑도 못 받고 눈치만 보고 산다 생각하니 내 삶이 참 지질하기 그지없었다.

20대 후반이 되니 정말 나를 위해 산 게 없다는 생각에 허탈감이 들

아이들이 아빠엄마를 위해 준비한 이벤트.

었다. 간절히 집에서 벗어나고 싶었다. 이대로 서른을 맞는다는 것은 참을 수가 없었다. 그래서 결심을 했다. 독립하기로. 자취 촌에 집을 얻어 단출하게 생활을 시작했다. TV는 보지 않아 컴퓨터와 간이 옷장만 놓고 살아도 나만을 위해 사니 너무도 행복했다. 퇴근 후 운동 삼아 밤마다 공원을 산책했다. 뒤늦게 대학에도 편입해 도서관이 문을 닫을 때가지 공부도 해 봤다. 내가 원하는 음악을 듣다가 잠이 들고 나를 위해서 간단한 요리를 해 먹고 출근하는 아침이 너무도 상쾌했다.

내가 한참 책임의 무게에 힘들어할 때는 40, 50대 가장의 삶을 사는 것 같았다. 그래서 이런 독립생활은 생각지도 못했다. 그런데 결심한 번으로 이렇게 20대를 마무리할 수 있어 나에겐 뜻깊은 시간이었다. 하지만 자취라는 선택은 쩔쩔매며 보낸 20대에 대한 충분한 보상이 돼 주지는 못했다. 코앞이 서른이었고 그 크고 많은 버킷 리스트 중에서 가정이라는 울타리로부터의 탈출, 그 하나를 이뤘을 뿐이었다.

서른을 넘기니 주변에서 노처녀라는 소리가 들려왔다. 그리고 이제는 혼자 사는 게 부끄러운 일이 돼 버렸다. 그래서 나는 다시 가정을 찾을 필요가 있었다. 짧은 독립생활을 접고 울타리 안으로 들어가야 했다. 우여곡절 끝에 한 남자를 만났고 결혼을 했다. 결혼을 하고 나니 다시 내가 아닌 다른 사람을 위해 사는 삶이 시작됐다. 한 남자를 사랑하고 사랑받으면서 전에는 느껴보지 못한 안정감을 느꼈다. 아이를 낳아 돌보는 것은 가난했던 내 영혼을 따뜻함으로 채우는 일이었다. 경제적인 어려움이 있어도 신혼의 달콤함은 적어도 3년은 유지되었다. 누구나 어울려 지내는 동네 육아 친구가 없더라도 외롭지 않았다. 남편과 아이의 사랑으로 단단한 자존감이 있었기 때문이었다.

하지만 어느 순간부터 자존감이 무너지고 있었다. 지금에 와서 곰곰이 생각해보니 그 자리에는 '비교'라는 게 있었다. 처음 신혼을 꾸렸던 오래된 동네에는 누구나 처지가 비슷했다. 경제적으로 나아봤자 우리 집보다 조금 나은 정도였고 나보다 못 사는 사람들도 많이 봤기 때문이다. 하지만 지금 살고 있는 동네로 이사 오면서부터 나와 타인의 차이를 의식하기 시작했다. 다가구와 전원주택이 공동 조성된 주택단지 마을에 우리 집은 전원주택을 마주한 곳에 위치해 있었다. 그 집들 앞에는 수입차가 세워져 있고 정원이 잘 가꾸어진 3층 집 마당에선 아이들이 뛰어 놀았다. 나는 북쪽으로 난 우리 집 거실 창 안쪽에서 그들을 바라보며 아이들을 키웠다.

어느 해부터 전셋값이 껑충 뛰었고 빚도 생겨났다. 전세 보증금을 떼어 급한 빚을 조금 갚았다. 그러고서 남은 돈으로 집을 구하러 나섰다. 하지만 그때 가진 보증금으로는 도저히 같은 동네에서 집을 구하기 어려웠다. 그래서 옆 도시 후미진 곳에서 집을 찾아야 했다. 부동산 중개인은 집안에 연탄보일러가 들어간 오래된 아파트들만 보여줬다. 자존심에 금이 가는 것 같았다. 그런데 운이 좋은 건지 나쁜 건지 위치는 좋지 않아도 싼 가격에 꽤 넓은 집을 구할 수 있었다. 단, 집 주인이 빚이 많다는 것을 빼고는 말이다. 그러더니 이사 온 지 일 년 만에 집주인이 집을 팔아서, 한 겨울에 다시 이사를 해야 했다. 그 때는 전셋값이 더욱 미친 듯이 뛰어 있었다. 현재 있는 돈으로는 더 이상 전세를 얻을 수 없어 월세 얻을 보증금만 남기고 빚을 더 갚았다. 그리고 결국엔 큰 아이 초등학교 입학할 일을 생각해서, 학원이 있는 지금의 동네로 다시 이사를 오게 되었다. 전에 살 던 동네에 비해 월세는 무척 비쌌지만 그래도 아이를 위한 최선의 선택이라고 생각했다.

그런데 이 동네에서 나는 자존감의 바닥을 봤다. 나라 살림이 어려지면서 우리집 살림도 어려웠다. 하지만 이 동네 사람들은 아무런 영향도 받지 않는 것 같았다. 수입차가 즐비하고 비싼 유모차가 아니면 끌고 다니지도 못 할 것 같았다. 이곳에서 나는 열등감과 패배감에 숨어 살았다. 비교하지 않으려 해도 자존심이 자꾸만 비교하게 만들었다. 남편과 아이들의 사랑으로만 버텨오던 신혼의 감정은 이젠 남아있지 않았다. 나를 잊어버리고 그저 경제적으로 어려운 현실에만 초점이 맞춰졌다. 그러니 아이들에게도 만족스러운 엄마가 돼 주지 못했다. 돈이 있어야만 진정한 엄마인 것으로 착각하며 지냈다.

유치원을 보내지 못한다는 죄책감도 강했고, 길거리에서 뭔가를 사달라고 졸라대는 아이들을 나무라는 것도 속상한 일이었다. "엄마 이거 먹으면 안 돼?" 아이가 500원이 넘는 빵 하나만 골라도 점원 눈치보며 속삭였다. "그건 너무 비싸! 다른 거 고르자." 이때 비싸다는 표현은 쓰지 말았어야 했는데. 아이는 몇 번 경험 후 먹고 싶은 빵을 보면 이렇게 말했다. "이건 너무 비싸니까 안 되겠네." 나중에 깨달은 사실이지만 나는 아이에게 '자신은 가난하다'라는 마음을 심어주고 있었다. '가난하기에 나는 무언가를 시도할 자격이 없어!'와 같은 내가 어릴 적부터 가져왔던 가난한 사고를 아이에게 물려주고 있었다.

보는 사람마다 살이 빠지고 얼굴이 핼쑥해졌다며 걱정을 했다. 정말 거울을 보니 통통하던 볼살이 푹 꺼져있었다. 얼굴은 축 처지고 생기가 없어 보였다. 다리의 힘도 빠지고 나를 사랑할 힘도 없었다. 그러면서도 아이들 가르치는 일은 빼놓지 않으려는 욕심을 부렸다. 행복하지 않은 엄마에게서 배우는 시간은 아이들에게 고통이었을 것이다.

하지만 시간이 지나고 추억의 사진들을 가끔씩 들춰보면 행복했던 시간들도 참 많았다. 아이들을 위해 나들이 나갔던 일. 동네 공원에서 자전거를 배울 때 웃던 모습. 집에서 즐겁게 만들기를 했던 일들을 떠올리며 미소를 짓는다. 좀 더 행복한 엄마였다면 아이들에게 상처를 덜 줄 수 있지 않았을까 하는 반성과 아쉬움도 남는다.

나를 사랑하는 일에 '비교'는 필요악이라는 생각이 들었다. 비교에는 내 자존감을 떨어뜨리는 중력의 힘이 너무도 강하게 작용했다. 신이 내게 주신 신성한 아이들이 있는데 나를 비천하게 여겨서 아이들의 신성한 가치도 떨어뜨렸다. 아이들을 키워오면서 혼도 많이 냈지만 가끔씩 이렇게 보잘 것 없는 나에게 귀한 존재의 아이들이 있다는 것에 너무도 감사함을 느꼈다. 하지만 나는 귀한 아이들에게 어울리지 않는 진짜 엄마가 아니라는 생각에 잠 못 이루는 밤이 많았다. 그 고민들이 어느 순간 나를 진짜 엄마의 길로 안내했다. 비교하지 않고 내 가치를 찾아 사랑하는 게 진짜 엄마라는 생각이 들었다.

내 가치를 찾는 일은 자존감을 찾는 일이고 자존감이란 얼마나 자신을 사랑하고 만족하고 있는가 하는 것이다. 그동안 내 처지를 비관하고 남들과 비교하고 살았던 인식부터 완전히 비우기로 했다. 〈세상을 바꾸는 힘 15분〉이라는 강연 프로그램을 종종 보곤 하는데 그 안에는 나를 자극하는 강연가들이 참 많다. 출연한 강연가들은 모두 시련을 기회로 만든 사람들이었다. 사업에 망했다가 재기한 사람, 도전에 도전을 거듭하며 더 강해진 사람, 한계란 없다는 신념하에 없는 길을 만들어 내는 사람 등 다양한 성공자들이 있다. 진정한 성공은 이렇게 시련을 극복하고 진정한 나의 가치를 발견한 사람이지 않을까.

이 진정한 성공자들을 보면서 나는 그동안 시련을 부정으로만 바라 왔다는 것을 깨달았다. 시련을 부정으로 보느냐 긍정으로 보느냐에 따라 실패가 되기도 하고 극복할 수 있는 도전이 되기도 한다는 것을. 도전하고서 극복한 사람들은 더욱 강한 내면의 힘이 생긴다는 것을. 나는 지금 진정한 성공을 꿈꾸고 있다. 나와 비교할 사람은 동네의 부유한 사람들이 아니라 시련을 극복하고 한계를 부정하며 나의 진정한 가치를 찾아가는 사람이다. 이제 나는 우리 아이들을 옆집 아이와 비교하지 않는다. 대신에 어제와 오늘을 비교하며 더 나아진 모습을 발견하고 칭찬해준다. 오늘보다 나을 내일의 아이들을 응원해준다. 엄마 자신의 진정한 가치를 알고 내 아이의 가치도 인정하며 응원해주는 게 바로 진정한 엄마이지 않을까 생각해 본다.

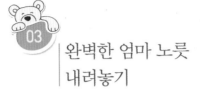

03 완벽한 엄마 노릇 내려놓기

지금까지 나는 가족을 끔찍이 챙겨왔다. 아니, 챙겼다기보다는 내가 끔찍이 의지하고 살아왔는지도 모르겠다. 결혼 전에는 가족도 친구도 내 맘 같지 않다는 생각에 외로울 때가 많았다. 하지만 결혼을 하고 나서는 새로운 가족이 온전한 내 것이라는 생각에 충족감이 가득했다. 남편도 아이들도 내가 1순위였고 나도 그들이 1순위였다. 남편은 자상했고 아이들은 엄마를 많이 따랐다. 그동안의 외로움이 보상받는 듯했고 그래서 나는 가족에게 더 의지하려고 했다. 가족에 대한 사랑은 내게 의무와도 같았다. 집안이 편안해야 바깥일도 잘 된다는 생각에 나는 이상적인 가족의 모습을 쫓아가려고 늘 애쓰며 살았다.

영어 전집으로 방문교사 일을 하던 시절이었다. 아이들을 차로 15

분쯤 걸리는 어린이집과 유치원에 등원 시켰다. 그리고 부랴부랴 막히는 길을 뚫고 출근을 했다. 오전에는 회사에서 미팅과 수업 준비를 했고 점심을 먹고 나면 수업 전까지 잠깐의 짬이 있었다. 그러면 나는 먼 길을 돌아 다시 집으로 갔다. 그러고서 부리나케 집안을 환기 시키고 이불을 털고 청소를 했다. 그래야만 회사 일을 하는 동안 마음이 편했다. 깨끗하게 정돈된 집이 외출 후 돌아온 남편과 아이들에게 가정의 편안함을 줄 수 있을 거라는 생각이 있었기 때문이다. 이 생각이 나를 쉴 틈 없이 움직이게 했다.

일을 마치면 부랴부랴 아이들을 데리러 갔다. 오는 차 안에서 아이들 하루 동안의 안부를 물으며 떨어져 있었던 시간을 다시 연결해 나갔다. 집에 오면 씻기고 밥 먹이고 아이들 수다 들어주느라 바빴다. 텔레비전이나 게임을 허락하지 않았기에 나는 경쟁하듯이 쏟아내는 아이들의 수다를 밥하는 동안 내내 들어줘야 했다. 하지만 이런 일에 텔레비전을 틀어줄까, 게임을 허락해 줄까에 대한 고민을 하지는 않았다. 힘들기는 해도 이런 일상을 당연한 것으로 여겨 왔기 때문이다.

시간이 없고 성가셔도 될 수 있으면 가공식품을 저녁상에 올리지 않으려고 노력했다. 간단한 반찬일지라도 자연식으로 해 주고 싶었다. 본래 내 식성과 성향에 자연주의가 강하기 때문이기도 하다. 시골에서 자랐고 스무 살 정도까지는 육식도 배제한 자연식 위주로 먹고살았었다. 의도했던 건 아니었고 시골이다 보니 텃밭에서 나는 게 반찬이 되었고 자연스럽게 채식으로 몸과 마음이 길들여져 있었다. 그러니 나의 퇴근 후 저녁식사 준비는 손이 많이 가는 나물 위주가 되었다. 요리 솜씨가 없어 주방은 어지러워지고 시간이 많이 걸렸다. 그래서 밥을 차려 놓으면 한 밤중인 때가 많았다.

나는 휴일에 집에서 가만히 보내는 걸 좋아하지 않는다. 하루를 보람 있는 활동으로 꽉 채워야 한다는 일종의 강박관념이 있는 것 같다. 아이들 때문에라도 나가야 한다고 생각해서 쉬고자 하는 남편을 항상 끌고 다녔다. 평일 동안 일에 지쳐있어도 휴일이면 아이들에게 바깥공기를 쐐 줘야 한다는 의무감이 있었다. 그리고 항상 가족이 함께 해야 했다. 아빠라도 빠지면 그게 그렇게 서운했다. 이상적인 가족의 이미지가 머릿속에 있어서일까, 가족이 추억을 공유한다는 것을 나는 너무도 좋아했다. 피곤해도 나가서 아이들 웃는 모습을 보면 그것 자체로 힐링이 되기도 했다.

아빠가 약속이 있어 같이 하지 못하는 날엔 나라도 들로 산으로 데리고 나갔다. 그래서 나는 주말에 나만을 위한 약속을 거의 잡지 않았다. 고작 일 년에 한두 번 친구를 만날 정도로 나를 위한 주말을 아까워했다. 그래도 약속이 있어 남편에게 아이들을 맡기고 나가기라도 하면 왜 그렇게 아이들이 궁금하고 보고 싶은지. 남편은 나가도 전화 한통 없이 놀다 들어오는데 나는 그게 안 되었다. 나는 남편에게 정이 없다며 타박하기 일쑤였고 놀다가도 전화하는 내게 남편은 신경 끄고 편히 놀라고 핀잔을 줬었다.

물론 가족의 소중함을 알고 잘 지켜 가는 건 좋은데 그 안에 빠진 게 하나 있다는 걸 나는 뒤늦게 알았다. 바로 나만을 위한 마음이 없었다. 오로지 이상적인 엄마를 그리며 아이에게 너무 집착하고 살았다. 따로 운동을 한다거나 영화를 보러 가는 등 나만의 시간을 갖는 것은 사치처럼 느껴졌었다. 결혼하고서 여유롭게 나를 돌아 볼 겨를이 없었다. 무엇이 이렇게 나에게 완벽한 엄마를 강요했는지는 모르겠지만 이제부터 아이들을 조금씩 놓아 줄 필요가 있다는 것을 깨닫기 시작했다.

요즘 나는 무척 바쁜 삶을 살고 있다. 나의 꿈을 위해 새벽 4시부터 일어나 시간을 만들어 살고 있다. 하루에 하는 많은 생각들이 가족이 아닌 나에게 집중 돼 있기에 그 전보다는 집안일에 소홀할 수밖에 없다. 매일 하던 청소도 매일 털 던 이불도 이제는 남편에게 부탁하든지 아니면 며칠에 한 번씩 하곤 한다. 거실에는 아이들이 가지고 놀던 놀이감과 책, 벗어 놓은 옷가지들이 널려 있는 게 일상이다. 빨래를 세탁한 지 두 세 번이 지나도록 개지 못한 옷들이 먼지를 안고 있는 경우도 허다하다. 반찬은 가공식품과 즉석식품을 가리지 않고 겁 없이 식탁 위에 올라온다. 그래도 아이들은 건강하고 하루가 즐겁다. 나는 잔소리하며 치울 에너지를 아끼고 나물 다듬을 시간과 힘을 아껴 내 일을 하는 데 쓸 수 있어 좋다.

매일 꼼꼼하게 체크하고 시키던 아이들 공부도 이제는 해야 할 리스트만 주고서 알아서 하는 것으로 바꾸었다. 이미 3년 전부터 자기 주도 학습 습관을 유도하면서 키워왔기에, 지금 내가 관여하지 않아도 크게 문제가 되진 않는다. 완벽하게 모든 것을 해내라고 아이들에게 잔소리할 때보단, 아이들이 스스로 알아서 할 수 있는 만큼 하는 지금이 아이들이나 나나 행복하다. 더디 가더라도 흥미를 잃지 않고 즐겁게 가는 것이 옳은 것이라는 믿음이 더욱 강해졌다.

피곤해도 주말에 아이들을 위해서 함께 하던 시간을 이제는 남편에게 부탁을 한다. 사실, 떠넘겼다는 말이 옳을지도 모른다. 이제는 나만의 시간이 필요하다고 남편을 설득했기 때문이다. 남편은 나의 요구에 순순히 응해줬다. 그동안 내가 아내와 엄마로서 치열하게 살아온 것을 누구보다도 잘 알고 있기에 나의 이러한 모험을 남편은 적극 응원해주고 있다.

남편도 피곤하겠지만 책임감을 갖고서 아이들을 돌보다 보니 즐기는 때도 많다고 했다. 적극적으로 체험할 곳을 찾아다니고 도서관을 다니는 등 주말마다 수고를 마다하지 않는 남편이 고맙다. 주말에도 때론 평일에도 바쁜 엄마를 이해하고 아빠와 즐기는 아이들이 기특하다. 가끔씩 자정께 들어오는 엄마를 기다리는 때도 있다. 하지만 낮 동안에 전화 없이 잘 지내고 있는 걸 보면 아이들은 서서히 독립을 하고 있는 것 같다. 그리고 나도 가족에 대한 집착으로부터 서서히 독립을 하고 있다.

세상은 무언가를 잡으려고 집착하면 할수록 안 잡히는 경우가 더 많다. 그 과정에는 안 될지도 모른다는 불안감이 깔려있기 때문이다. 집착하는 마음을 내려놓는 순간 바라던 것이 자연스럽게 이루어지는 경우를 우리는 경험해 본 적이 있을 것이다. 나의 육아도 그렇다. 엄마로서 완벽하려고 노력할 때 되지 않는 것들에 대한 실망감과 부담감이 즐거워야 할 육아를 망쳐 놓았다. 때론 그 실망감이 남편과 아이 탓으로 돌아가 서로의 신뢰를 잃어버린 때도 있었다. 하지만 내가 꼭 부여잡고서 끌고 가려던 육아가 이렇게 마음을 내려놓으니 아무 문제없이 자연스럽게 유지되고 있음에 감사하다.

아이들을 완벽하게 감싸 안고 있을 땐 우리 아이밖에 안 보인다. 완벽한 엄마 품에 있는 아이들은 엄마 밖에 안 보인다. 하지만 엄마가 스스로의 품을 열어 멀찍이서 아이들을 바라볼 때 아이들만의 세상이 보이고 그리고 나를 돌아볼 여유도 생긴다. 내가 그동안 부정하고 살았던 나의 세상이 보인다.

엄마가 실패하지 않는 완벽한 길만을 안내한다면 아이는 도전하지 않으려 할 것이다. 그리고 도전은 두려운 것이라고 인식하게 되지 않을까. 세상은 완벽하지 않기에 살다 보면 실패하기도 하고 좌절하기도 한다. 하지만 끝까지 포기하지 않으면 반드시 성공한다는 것을 스스로 깨치며 살았으면 좋겠다. 아이들이 호기심을 갖고 자유롭게 바깥세상을 탐색하고 도전하며 살았으면 좋겠다.

세상에 완벽한 엄마란 없다. 완벽한 엄마가 되기 위해 애쓰는 힘을 반만 나눠 나다움을 찾는 일에 투자해 보자. 그러면 어느 순간 완벽한 엄마가 아닌 행복한 엄마가 돼 있을 것이다.

04 | 남의 시선에 얽매이지 않는 엄마가 되라

　　나는 왜 강연이 하고 싶은 걸까? 스펙으로 따지자면 내세울 것도 없고 뭔가 삶의 지혜를 깨우친 혜안이 있는 것도 아닌데. 그렇다고 남 앞에 나서거나 말을 잘하는 것도 아니니 나는 내가 왜 강연이 하고 싶은 건지 알 수가 없었다. 단지, 무대에 올라서 있는 말 잘하는 사람들을 보면 참 부러웠다. 그리고 때론 존경스럽기까지 했다. 무엇인가를 보고 행복감을 느낀다는 것은 내가 그렇게 되기를 원하는 마음이 같이 따라와서이지 않을까. 나는 그저, 이렇게 생각하기로 했다. 내 삶에 개혁을 원하는 이때, 내가 하고 싶고 되고 싶은 것을 배제할 이유가 없었다. 그래서 제일 먼저 되고 싶은 것을 생각했을 때, 나는 인터넷 검색창에서 '코칭' 이라는 단어를 찾고 있었다. 강연이라는 게 코칭을 받으면 되는 것이라고 생각했기 때문이다.

무대에 섰던 과거로 거슬러 올라가 본다. 초등학교 적 친구 따라 간 교회 여름 성경학교. 그곳에서 노래도 하고 연극도 했었다. 여럿이 모여 즐겁게 준비하니 무대에 대한 부담감이 없었다. 잘한다는 선생님들의 칭찬에 나는 어깨가 으쓱했다. 이후에 나는 학교 반대표로 웅변대회에 나가게 되었다. 목소리가 크다는 것이 선생님께 나의 장점으로 보였나 보다. 단지, 그 목소리 하나 믿고 전교생이 모여 있는 강당의 무대에 올랐다. 그런데 눈앞이 하얘졌다. 어설프게 외웠던 연설문이 내 긴장감에 더해져 내 지르는 부분에서 목소리가 갈라져 나왔다. 그리고 떨리며 조절되지 않는 소리만 질러대다 내려온 기억이 난다. 그때부터였을까. 무대가 두려워졌다. 무대에 오른다는 것은 무대 아래의 사람들을 의식하는 행위로밖에 생각되지 않았다. 그 이후로 나는 단체로 오르는 것을 제외하고선 홀로 올라본 적이 없다.

갓 중학교에 입학했을 때, 나의 선생님들에 대한 관심은 호의적이었다. 그중에서도 갓 부임해 온 남자 과학선생님은 나에게 그리고 친구들에게도 인기가 많았다. 그 선생님은 해당 단원에 대한 내용을 큰 전지에 적어서 발표하게 하셨다. 역시 젊은 선생님이시라 수업 방식이 획기적이라 생각했고 나는 잘 보이기 위해 더욱 열심히 했었다. 그때까지 교단은 그리 긴장할 위치가 아니었다. 하지만 중3 때였던 것 같다. 가정 시간에 아기가 어떻게 생기는지에 대한 단원을 공부하고 있었던 것 같다. 선생님의 설명을 다 듣고서 궁금한 점이 하나 생겼다.

정말 순수하게 궁금했을 뿐이다. 그래서 손을 들었다.

"선생님, 사람과 동물이 만나면 어떻게 되나요?"

선생님은 나의 질문을 듣자마자 어이없다는 표정을 지으셨다. 그러고서 이렇게 내뱉으셨다.

"네가 한 번 해 봐라!"

교실 분위기가 싸 했다. 나는 어디 쥐구멍에라도 들어가고 싶었다. 그 이후로 나는 발표를 꺼려 했다. 내 발표할 차례가 되면 왜 그리도 긴장이 되는지. 실수할까 봐서 또는 남이 나를 어떻게 생각할지에 대한 고민들이 시작도 하기 전에 머릿속에 가득했다.

그렇게 어른이 되었다. 이 소심한 행동은 다행히도 발표할 때만의 문제였다. 내가 여러 명의 시선에 집중포화될 때만 생기는 문제였다. 직장에 들어가서 사내 미팅을 하고 거래처 사람들과 만나 일대일 대화를 해도 내 머릿속에 방황하는 답은 없었다. 명쾌하게 질문하고 당당하게 답을 했다. 회사가 삼성 코엑스에서 제품 전시회를 할 때에도 나는 자신감 있게 고객들을 응대했다. 3국과의 미팅을 위해 혼자서 떠난 중국 출장에서 형편없는 영어실력으로도 절대 기죽지 않았다. 그들과 개인적인 친분을 쌓고 지낼 일이 없었기에 목적만 이루면 된다는 생각으로 일을 했었다. 내 사적인 부분을 알리지 않아도 관계가 유지되었기에 긴장할 필요가 없었다.

하지만 결혼을 하고 내가 거주하는 마을이라는 곳이 생기니 나를 바라보는 시선들이 생겨났다. 이는 즉, 내가 의식할 시선들이 생긴 것이다. 의식할 필요 없는 부분까지 의식하게 되는 비교의 눈이 생겼다. 지적이고 멋진 모습을 그리며 살아온 내가 정반대의 삶을 살고 있는 것 같아 자존감이 쪼그라들었다. 다시 말하면 쓸데없는 자존심이 더욱 커졌다. 타인으로부터 평가되는 나의 열등감을 자꾸만 감추고 싶었다. 그래서 숨어버리는 또는 더욱 가식적으로 나를 포장하게 되었다. 갈수록 나를 제대로 표현하는 게 힘들었다. 항상 남의 시선을 의식하고서 행동하는 자존감 바닥인 나로 살았다.

그러기를 10년, 어느 날 정신이 번쩍 들었다. 바닥을 치고 일어나야 한다는 자성의 목소리가 들렸다. 적어도 나의 아이들 때문이라도 나는 당당한 엄마여야 한다고. 내가 주인으로 있지 않고 남의 시선의 노예로만 존재한다면 과연 나의 아이들은 자신의 주인으로 살 수 있을까. 여러 책을 읽으며 '내가 나의 주인'으로 산다는 것은 열등한 자신을 위로하고 나를 존중하는 마음으로부터 시작된다는 것을 알게 되었다.

나를 존중하는 마음이 곧 내가 하고 싶고 되고 싶은 것을 찾아 하는 것이라는 결론이 생겨났다. 열등한 나의 존재를 위로하는 일은 묻혀있는 나의 가능성을 꺼내어 갈고닦는 일이라고 생각했다. 그래서 인터넷 검색창에서 '코칭'이라는 단어를 치고 엔터키를 누르는 것이 나의 가능성을 찾는 첫 단추가 되었다. 그 검색에서 나는 책 쓰기와 강연을 코칭하는 한 네이버 카페를 알게 되었다. 그 카페의 대표가 하는 말이 가

슴에 와닿았다. '평범한 사람일수록 책을 써라!', '성공하고 싶다면 책을 써라!'

위의 이야기를 듣고서 내가 내린 결론은 이러했다.

'내가 강연을 하고자 한다면 먼저 나만의 콘텐츠가 있어야 한다. 그것은 곧 나의 삶의 이야기이다. 나의 삶의 이야기를 알릴 수 있는 방법은 책을 쓰는 일이다.'

이미 공동 저서로 3권의 책이 세상에 나왔다. 그 과정 안에는 나를 깨우는 많은 노력들이 담겨 있다. 먼저 7주의 책 쓰기 과정을 수강했다. 성공마인드를 위해 의식을 고양시켜주는 책들을 읽고 강의를 들었다. 꿈의 빅 피처와 현실화를 위한 수업을 들었다. 나의 앞서 하나씩 꿈을 실현시키고 있는 선배들을 만나 동기부여를 받았다. 그리고 마지막 강연가의 꿈.《스물아홉, 직장 밖으로 행군하다》의 저자이면서 스스로 강연가의 삶을 개척해 간 임원화 코치의 강연 지도를 받으며 나의 꿈의 뼈대에 조금씩 살을 붙여왔다.

강연 수업시간은 첫 시간을 제외하고선 모두 시연으로 이루어져 있었다. 처음에는 나를 표현하는 일이 너무도 힘들었다. 남의 시선에 얽매어 온 삶이 너무도 오래되었기에 그 틀을 깬다는 건 쉽지 않은 일이었다. 시연을 시작할 때가 다가오면 심장이 방망이질을 했다. 준비해 간 프레젠테이션 자료와 설명하는 내가 따로 놀고 있었다. 손짓도 시선도 모두 그동안의 나의 열등감을 표출해 내고 있었다. 이러하니 시연 평가는 만족스럽지 못했다. 그러다가 드디어 마지막 시연에서 자신감이 열등감을 치고 올라왔다. 자신감이 생기니 청중을 바라보는 시선에 여유가 생겨났다. 그러고서 자연스럽게 나의 이야기를 풀어갈 수 있게 되었다. 열등감에 젖어 산 나의 과거로부터 이를 극복하고 있는 현재의 나까지.

이제 나는 나의 열등감을 당당하게 표현해 낸 내 책이라는 무기를 얻었다. 글을 쓰는 과정은 되살리고 싶지 않은 아픈 상처를 다시 끄집어내는 괴로운 일이다. 누구에게도 보여주고 싶지 않았던 그래서 항상 숨기고 가식으로 포장해 왔던 그러한 애물단지를 드러내는 일이다. 하지만 언제까지 숨기고만 있을 것인가. 밑바닥을 기고 있는 나의 자존감을 일으켜 세워 걷게 하려면 우선 나의 상처에 소독약을 발라줘야 한다. 처음에는 따끔하고 굉장히 아려도 참고 견디면 금세 진정이 된다. 그리고 상처가 회복이 된다. 새 살이 돋는다.

나에게 새 살은 자신감과 자존감이다. 남의 시선에 얽매이지 않고 내 삶을 살아갈 수 있는 용기, 자신감. 내 선택과 행동을 존중하고 꿈을 위해 밀고 나아갈 수 있는 자존감. 이것들을 나는 책 쓰기와 강연을 통해 얻게 되었다. 이제 나는 더 이상 누군가로부터 숨어 있을 필요가 없는 당당한 엄마이다. 내 책이 나를 세상 밖으로 끌어냈고 내 강연이 누군가에게 소독약이 되어주는, 그런 삶을 사는 나는 당당한 엄마이다.

05 아이에게 가장 중요한 것은
자존감 있는 엄마다

요즘은 마음이 아픈 아이들이 참 많다. 우리 아이도 그랬고 주변에서도 종종 보곤 한다. 무기력한 아이, 폭력적인 아이, 불안한 아이, 부정적인 아이 등 학원에서만도 이러한 아이들은 쉽게 찾아 볼 수 있다. 그런 아이들을 보면 내가 그랬듯이 부모를 생각 안 할 수가 없다. 나도 한참 자존감이 낮을 때 우리 아이의 불안한 모습을 보았다. 그러하기에 아이가 마음이 아픈 건 엄마의 영향이 큼을 인정하지 않을 수가 없다.

항상 어깨가 축 처져있고 습관적으로 한숨을 쉬는 아이가 있었다. 엄마가 직장을 다녔기에 그 아이와 동생은 급할 때를 제외하고는 엄마가 퇴근하실 때까지 유치원과 학원을 옮겨 다녀야 했다. 안쓰러운 마음이 들어 조금 챙겨주면 다음에는 더 힘들어하는 표정을 지었다. 가만히 지켜보니 아이는 정말 힘들어 보이기도 했다. 중간에 배가 고파하기도 했고 집에서 편안히 쉬고 싶어 하기도 했다. 하지만 내가 해 줄 수 있는 건 그 마음을 이해해 주는 것뿐이었다. 그래서 만날 때마다 마음 읽어주기를 했다. 그러면 아이는 친구와 사이가 안 좋았던 일, 학원이 힘들다는 이야기 그리고 엄마에 대한 불만까지 털어냈다. 그렇게 시간이 지나자 아이의 처진 어깨가 조금씩 올라가는 것을 느낄 수 있었다.

또 한 아이는 거친 편이었다. 평상시에는 무척 사교적이고 놀기 좋아하는 아이이지만 친구들 사이에서는 강한 아이로 통하였다. 화가 날 때는 입이 거칠어지고 다른 아이를 위협하기도 했다. 학원에서 깜짝 놀랄 일이 있었다. 바둑을 두고서 지면 그 자리에서 분풀이 같은 행동은 하지 않았다. 하지만 한참이 지나, 아까 자기를 이겼던 아이의 뒤통수를 갑작스럽게 때렸다. 또는 바둑판을 연필의 심 부분으로 꾹꾹 찍어댔다. 나중에 왜 그랬는지 이유를 물어보면 자기도 모른다는 답변을 했다. 그 아이의 엄마는 갑작스러운 충격으로 무척 심리적 불안감을 겪고 있는 상태였다. 그래서 아이를 신경 쓸 마음의 여유가 없었다.

유치원생인데 오후 1시부터 밤 8시까지 우리 학원에서 바둑을 배우는 아이가 있었다. 처음에 아이 엄마는 가능성이 있다면 아이를 바둑프로 선수로 키우고 싶다고 했다. 가르쳐보니 머리가 나쁘지는 않았지만 집중을 못하고 굉장히 산만했다. 그 어린아이가 하루 종일 학원에 있으니 갑갑하기도 했을 것이다. 하지만 너무나 산만해서 바둑을 좋아하는지 아닌지를 물어봤지만 대답은 긍정이었다. 나중에 지인을 통해서 안 사실은 그 아이의 집은 평범하고 안정적인 가정이 아니었다. 적어도 내가 본 그 아이의 엄마는 아이를 챙기는 듯해도 크게 애정이 있어 보이지는 않았다. 아이는 종종 내게 말했다. 집에 가면 벌을 많이 받고 엄마에게 혼날까 봐 싫어도 학원을 안 다니겠다는 말을 못하겠다고. 그 아이는 결국 그만뒀지만 지금도 가끔씩 그 아이의 안부가 궁금해진다.

그 외에도 항상 부정적인 말을 하는 아이, 갑자기 바둑돌을 집어던지는 아이, 지는 걸 두려워서 바둑을 못 두겠다고 드러눕는 아이 등 학원을 하다 보면 불안해하는 아이들이 점점 늘어나고 있음을 느끼게 된다. 그 원인에는 육아 방법에 문제가 있기도 하고 엄마의 불안감이 문제인 경우도 많다.

내가 한참 빚으로 괴로워하고 있을 때 우리 아이들도 담임선생님의 눈에 비쳤던 것처럼 다른 사람들에게도 불안한 모습으로 보였을 것이다. 하지만 지금 그 아이들의 회복이 빨랐던 것은 엄마가 힘들어도 여전히 사랑하고 있다는 마음을 계속적으로 보여줬기에 가능했다고 생각한다. 최고는 못 해줬어도 있는 힘 짜내어 최선을 다하려 노력했다. 그리고 자주 안아줬고 사랑한다는 말을 잊지는 않았다. 그러면 아이들은 불안하고 모진 엄마를 위로하겠다고 각종 이벤트를 열어줬다.

어느 날, 2학년이던 큰 아이가 포장된 선물과 카드를 건넸다. 뜯어보니 큐빅이 두 줄로 박힌 머리핀이었다. 카드에는 엄마가 머리에 꽂으면 예쁠 것 같아 샀다고 그리고 사랑한다는 내용이 적혀 있었다. 그런데 이 머리핀을 사기 위해 아이는 엄마의 허락 없이 집에서 먼 쇼핑센터를 혼자서 다녔다고 했다. 그런데 수중에 있는 돈과 맞지 않아 결국엔 가까운 문방구에서 구입을 했다. 위험한 행동을 한 아이를 혼내고 싶었지만 주의를 주고서 그 마음을 고맙게 받았다. 엄마를 기쁘게 해주기 위해 여기저기 돌아다녔을 아이의 마음이 너무도 기특했기 때문이다.

또 어느 날은 엄마가 무슨 색을 좋아하는지를 물었다. 그래서 주황색이라고 답해줬다. 그러자 다음 날 학원 책상 위에 주황색 샤프펜슬과 쪽지가 올려져 있었다. "엄마, 이 샤프펜슬로 열심히 공부하세요." 아, 이 감동. 녀석은 힘든 엄마를 무한 감동시키기로 작정했나 보다. 나는 그 당시에 매일 영화 영어책을 연필로 필사하고 있었다. 아이는 그 모습을 놓치지 않았던 것이다. 그 이후로 나는 그 주황색 샤프펜슬로 그 책 한 권을 모두 필사하는 데 사용했다.

아이의 깜짝 이벤트는 그 이후로도 수시로 펼쳐졌다. 퇴근하고 집에 들어갔더니 아이들이 호들갑을 떨며 내 손을 끌어당겼다. 거실 천장과 베란다 창이 멋지게 장식돼 있었다. 천장에는 색색깔 풍선을 매달아놓고 천장 중앙엔 넓은 색종이로 장식한 무언가가 붙어있었다. 아래로 드리워진 실을 잡아당기니 여러 개를 이어붙인 기다란 색종이가 펼쳐지면서 '엄마 사랑해요.' 라는 메시지가 보였다. 그러고서는 무슨 축제 현장에 온 것처럼 금색 축하용 실들을 나에게 뿌려줬다. 정말 거창한 이벤트였다. 거실 유리창에도 두 아이가 각각의 넓은 전지 위에 꾸며 놓은 작품들이 붙어있었다. 색종이로 '행복' 이라는 글씨를 크게 오려 붙이고 우주를 유영하는 로켓들을 표현해 놨다. 그리고 내게 각자의 작품을 진지하게 설명해줬다. 아빠 엄마를 닮은 것 같지는 않은데, 대체 이런 멋진 아이디어는 어디에서 나오는 건지 신기하고 고마웠다.

비록 엄마가 아이들을 혼내도 아이들은 엄마의 마음을 기가 막히게 이해한다. 엄마가 자기들을 사랑하지 않아서가 아니라 엄마가 힘든 일이 있어서 그렇다는 것을. 물론, 엄마의 불안한 기운이 아이들을 불안하게 만드는 건 사실이다. 하지만 사랑이라는 것 또한 굳이 말로 표현하지 않아도 기운으로도 느낄 수 있다는 것을 나는 나와 우리 아이들이 치유해 가는 과정을 통해서 알게 됐다. 이렇게 엇나가지 않고 밝은 모습을 보여주는 아이들이 나를 바로잡아주는 길잡이가 되어줬다.

아이들은 엄마의 감정 상태에 따라 민감하게 반응한다. 우울할 땐 같이 우울하고 웃을 땐 같이 웃는다. 엄마가 불안하면 아이는 밝은 듯

해도 암암리에 불안한 행동을 내비친다. 아이는 엄마의 감정 주파수를 민감하게 수신하는 안테나나 다름없기 때문이다. 엄마가 애써 감정을 숨기려 해도 아이는 이미 수신한 뒤이다. 그러하기에 아이들을 위해서라도 엄마는 행복할 필요가 있다. 엄마의 행복은 아이의 행복이고 결국은 가정의 행복을 불러온다는 것을 인식해야 한다. 그래서 나도 나만의 행복이 아닌 우리 아이들도 행복해질 수 있는 나의 행복을 우선시했다.

일상의 소소함에 감사함을 표현하는 의식은 굉장히 효과가 좋았다. 아이들을 재운 밤이나 새벽에 일기를 적으며 감사함을 표현했다.

"고요한 새벽에 깨어 있게 해 주셔서 감사합니다. 맑은 정신으로 일기를 적을 수 있게 해 주셔서 감사합니다. 은은한 조명이 참 좋아 감사합니다. 펜이 부드럽게 써져서 감사합니다. 춥지 않은 집이 있어 감사합니다."

생각해 보면 이렇게 소소한 것들도 나를 행복하게 해 주는 데 엄청난 역할을 한다. 알람을 못 듣고 자 버렸다면, 겨우 일어났는데 정신이 맑지 않고 멍하다면, 은은한 조명 대신에 무드 없는 형광 불빛 아래에서 새벽을 보낸다면, 부드러운 펜 대신에 뻑뻑한 펜으로 일기를 쓴다면, 추운 거실에서 일기를 쓴다면, 이 소소한 것 하나가 나의 행복을 방해할 수도 있다는 것을 생각해 보자. 그러면 내 주변에 감사하지 않은 것이 없게 된다.

억지로라도 감사함을 만들어보자. 꼭 새벽에 일기를 적지 않더라도 길을 걷고 운전을 하면서도 감사함을 느낄 수 있다. 아무런 이유가 없어도 그저 '감사합니다. 감사합니다. 사랑합니다. 사랑합니다.'를 반복적으로 중얼거려본다. 그러면 진짜 감사할 일이 생기고 사랑하는 마음이 생겨난다. 나는 나의 슬럼프를 이러한 마음으로 이겨냈다.

부정이 부정을 불러오고 긍정이 긍정을 불러온다. 엄마가 자존감이 낮으면 아이도 자존감이 낮고 엄마가 자존감이 높으면 아이도 자존감이 높다. 너무도 당연한 이치이고 당연한 진리이다. 아이가 마음이 아프다면 심리치유센터의 도움을 받는 것도 좋은 방법이지만, 우선은 엄마가 행복해야 한다. 아이는 엄마 하기에 달려있다. 엄마의 사랑으로 치유하지 못할 아이의 마음의 병은 없다. 엄마의 자존감을 높이고서 아이를 사랑으로 보듬어주자. 아이에게 가장 중요한 것은 자존감 있는 엄마이다.

06 아이는 꿈이 있는 엄마를 좋아한다

　　　　　　낯선 경험을 좋아하는 우리 집 아이들은 이것만큼은 엄마인 나를 닮았다. 호기심이 많고 무엇이든지 직접 해 보고자 나서는 아이들. 그런 모습이 때로는 앞뒤 안 가리고 돌진하는 돈키호테 같아 엄마 마음에는 불안불안할 때가 있다. 보통 아이들처럼 넘어지고 다치는 건 크게 걱정하지 않지만 낯선 경험에서 오는 예기치 않은 사고에 대해서 나는 민감한 눈으로 아이들을 주시했다. 아이들은 아무렇지 않은데 엄마만 걱정이 한가득인 것 같았다. 하지만, 시간을 돌이켜보니 내가 특별히 간섭하지 않아도 아이들은 여태 팔다리에 깁스 한 번 해 본적 없고 크게 상처가 난 적이 없다. 누구에게 크게 해를 끼친 적도 없고 큰 부담을 주지도 않았다. 스스로 잘 하고 있는 아이들을 간섭하며 헬리콥터맘으로 살진 않았는지 뒤돌아보게 되었다.

어느새 큰 아이는 초등학교 4학년, 작은 아이는 2학년이 되었다. 활동반경이 넓은 아이들에게 헬리콥터맘은 아프리카 초원 위의 사육사일지도 모른다. '나는 알아서 뛰어놀고 살 테니 당신은 동물원에나 가세요.' 라고 말하는 초원 위 사자의 목소리가 들리는 것 같다. 완벽히는 아니더라도 이제는 슬슬 아이들의 자립심을 위해 간섭을 줄일 필요가 있어 보였다. 아니, 아이가 아닌 엄마의 자격에만 매달리는 나를 조금씩 놓아 줘야 할 것 같았다. 사실은 내가 우리 안에 갇힌 동물원에 동물 같은 기분이었다. 그렇다면 나는 어떻게 자립을 하지? 아이들을 돌보는 게 전부인 줄만 알고 살았던 나는 어떻게 자립을 할 수 있을까?

얼마 전까지만 해도 번듯한 직장이 있는 엄마들을 너무도 부러워했었다. '어떻게 하면 아이를 키우면서도 저렇게 멋진 일을 계속할 수 있을까.' 돈도 벌고 일의 보람도 느끼고 아이들한테 인정도 받는 엄마들. 나도 젊었을 때 공부 좀 하고 경험도 많이 쌓아보고 할 걸 하고 후회를 했었다. 재취업을 해 보려고 했지만 아이 돌보면서 마땅히 할 수 있는 게 없어 보였다. 답답했다. 제발 내 가치를 운전기사로 썩히지 않기를 간절히 바랐다. '정말 꿈 많은 사람인데, 나는 특별한 사람인데' 라고 아무리 되뇌어 보아도 생각만으로 나를 써 줄 곳은 아무 데도 없었다.

하지만 책을 읽고 강연을 찾아 들으면서 세상에는 나보다 어려운 삶을 살아도 멋진 꿈을 이루며 사는 사람들이 많다는 걸 알았다. 나보다 늦은 나이에 꿈을 찾아 떠나는 사람들도 많았다. 나보다 더 큰 제약이 있더라도 길을 만들어 꿈을 이룬 사람들이 있었다. 이 사실을 깨닫고서 내 꿈을 들여다보기 시작했다. 그 안에는 하고 싶은 것과 할 수 있는 것이 있었다.

어느 날 책을 쓰고 강연가가 되겠다고 남편에게 선언했다. 그러자 남편은 의외의 반응을 보여줬다. "그래, 좋네. 해 봐!" 남편이 이렇게 긍정의 대답을 할 수 있었던 것은 내 꿈을 알고 있었고 빚 때문에 못 도와준 것에 대한 미안한 마음을 가지고 있었기 때문이다. 나는 바로 실행에 옮겼고 남편은 대출까지 받아주며 모자란 돈을 충당해줬다. 주말마다 아이들을 돌보고 집안일까지 맡아주니 내 꿈은 더 힘을 받았다. 아이들은 "엄마, 힘을 내! 엄마는 할 수 있어요!"라고 응원을 해줬다.

주말마다 항상 아이들과 함께 했었는데 이제는 주말이 더 바쁘다. 남편이 알아서 아이들을 데리고 다니고 아이들은 아빠와 친해져서 엄마를 찾지도 않는다. 아침 일찍 나오기에 아이들 얼굴 보기 힘들어도 아이들은 전화통화로 밝은 목소리를 전한다. 남편은 내 걱정을 아는지 아이들이 즐겁게 놀고 있는 모습, 요리를 해서 맛있게 먹는 모습 등을 사진으로 보내준다. 내가 아니면 안 될 것 같던 가족이 이렇게 쉽게 자립을 하는 걸 보면 내가 괜한 걱정을 하고 살았다. 아이들은 엄마의 잔소리를 덜 받아서 좋고 엄마는 잔소리하느라 에너지 낭비하지 않아서 좋다. 결정하기가 어렵지 한 번 결정하고 나면 의지가 변하지 않는 이상, 길이 만들어진다는 걸 나는 이번 도전을 통해 알았다.

한 번은 큰 아이가 엄마와 같이 있고 싶은 마음을 참기 힘들었나 보다. 다음날 아침 일찍 공부하러 가야 한다고 했더니 자기도 데려가 달라고 노래를 불렀다. 방해돼서 안 되고 아이가 있을 곳도 아니라고 몇 번을 말해도 들으려고 하질 않았다. 그래서 마지막 처방으로 엄마의 꿈 이야기를 해줬다.

"엄마 꿈이 뭔지 알지? 작가가 되고 강연가가 되는 거잖아. 너도 엄마가 그렇게 되는 거 좋지? 그러면 엄마가 지금 하고 있는 것들을 계획대로 시간 안에 해내야 해. 그런데 네가 엄마를 따라오면 엄마는 일을 할 수 없거든. 어떻게 할까?" 했더니 "알았어요. 엄마, 파이팅!" 한다.

또 어떤 날은, 밤에 자려고 누웠던 큰 아이가 갑자기 슬피 울었다. 당황스러워 이유를 물었더니 울먹이며 말을 한다. 무슨 말인지 알아들을 수가 없어 몇 번을 더 시도했다. 이제 어느 정도는 진정한 아이가 훌쩍이며 말을 했다.

"필리핀 동영상을 봤는데 거기에 나온 엄마가 너무 힘들게 일하는 모습을 보고서 엄마가 생각났어요. 우리 엄마는 그동안 얼마나 힘드셨을까?"

이 장면에서 나도 감동하여 눈물을 훔쳤어야 했지만 나는 이상하게 아무렇지 않았다. 그러고서 아이에게 담담하게 말했다.

"엄마는 이제 괜찮아. 꿈이 있잖아. 꿈이 있으니까 일을 많이 해도 엄마 하나도 안 힘드네. 그리고 엄만 행복해. 그러니까 걱정하지 말고 어서 자. 알았지?"

아이는 엄마 말을 이해했나 보다. 내 말에 고개를 끄덕이더니 울음을 그치고 잠이 들었다. 그런데 3일 후의 일이다. 책을 쓰기 위해 며칠 학원에 휴가를 냈었다. 그리고 그날은 3일의 휴가를 마치고서 복귀한 첫날이었다. 놀이터에서 놀고 온 큰 아이를 학원으로 데려다 주는 중이었는데 아이가 행복한 미소로 이렇게 말을 했다.

"엄마가 운전하니까 좋다. 엄마가 계속 이렇게 운전해서 저 데려다 줬으면 좋겠어요."

"아들, 엄마는 운전 안 했으면 좋겠는데? 엄마는 더 이상 운전 안 하고 싶어. 엄마는 책을 쓰잖아. 작가가 돼야지."

그랬더니 아이가 잠시 생각을 하다가 이내 밝은 미소로 대답을 했다.

"그래 엄마, 운전하지 말고 꼭 작가가 되세요. 제가 응원할게요."

우리 아이들은 엄마가 평소와 다르게 같이 하지 못할 때 엄마의 존재를 인식했다. 엄마가 바빠서 돌봐주지 못 할 때 엄마의 소중함을 깨달았다. 그리고 그때서야 엄마만의 삶도 있음을 이해하게 되었다. 아이들은 엄마가 작가가 되는 것을 즐거워하고 자랑하고 싶어 한다. 그냥 엄마도 좋아하지만 꿈이 있는 엄마를 대단하다고 좋아한다. 제대로 된 식사를 못 차려주는 날이 많아도 엄마에게 불평하지 않고 꿈이 있는 엄마를 자랑스러워한다. 그리고 하고 싶고 되고 싶은 게 많은 아이들의 꿈 리스트에 또 하나가 추가됐다. 바로, 엄마처럼 작가가 되기. 나는 이런 아이들의 꿈에 힘을 실어주기 위해 이른 새벽 졸음을 이기고 감사한 마음으로 일어난다.

나는 생생하게 살아있는 것들을 좋아한다. 그리고 희망적인 것을 좋아한다. 정체되지 않고 변화하고 발전하는 것은 살아있는 것이다. 내가 꿈을 이룰 수 없는 먼 것으로만 생각했을 때 나는 정체된 삶을 살았다. 아니, 어쩌면 후퇴하는 삶을 살았는지도 모른다. 현실의 시련을 꿈을 이룰 수 없는 한계로 규정하고 벽 너머에 있는 꿈을 아쉬워하며 남의 일이라 생각했었다. 하지만 그것을 인정하는 게 너무도 괴로운 일이었다. 나는 흙 수저라서, 지금 빚이 너무 많아서, 꿈을 포기해야 한다는 생각을 하니 내가 정말 하류 인생을 사는 것 같아 사는 게 재미없었다. 아이들도 이 재미없게 사는 엄마를 보면서 자신의 가치를 별 볼일 없는 것으로 치부했을지도 모른다.

"엄마가 꿈이 생겼고 이제 그 꿈을 위해 달릴 거야!"라고 말해주었을 때 아이들은 자기들의 꿈도 밝게 빛나는 것을 느꼈을 것이다. 나는 지금 잠을 조금 밖에 자지 못하고 끼니를 제대로 챙겨 먹지 못해도 얼굴 표정은 그 어느 때보다도 밝다. 가끔씩 가슴에서 훅하고 설레는 기운이 올라와 주체할 수 없이 가슴이 뛴다. 그 기분 좋은 설렘이 피곤을 한 방에 날려버린다. 아이들은 엄마의 이런 기분을 표정에서 읽을 것이다. 그래서일까. 요즘 들어 아이들은 "엄마, 사랑해."를 부쩍 많이 말한다. 내가 집을 일찍 나서는 아침에 나를 꼭 안아주고 입맞춤을 해준다. 아이들은 엄마를 무척 자랑스러워함이 틀림없다. 나도 내가 자랑스럽다.

우리 아이들이 엄마의 열정을 닮으며 자랐으면 좋겠다. 그만큼 앞으로도 쭉 부끄럽지 않은 엄마로 살았으면 좋겠다. 엄마가 멋지게 활동하는 모습을 보며 우리 아이들도 부쩍 성장하고 서로가 공감할 수 있는 대화를 하는 그런 엄마와 아들로 지냈으면 좋겠다.

07 | 잔소리 백번 보다 공부하는 엄마가 먹힌다

　　　　　나는 공부하는 엄마의 힘을 믿는다. 아
직까지는 엄마표와 자기주도학습을 병행하며 아이들을 지도하고 있지
만 스스로 학습에 한계를 보일 때가 올지도 모른다. 그렇다고 해서 학
원에 보내는 것도 내키지는 않는다. 결과야 어찌 됐건 문제를 아이 스
스로 해결해 가기를 바라기 때문이다. 그래서 내가 해줄 수 있는 것은
공부하는 엄마의 모습을 보여주는 것뿐이다. 잔소리를 안 한다고는 할
수 없지만, 덜 해서 좋고 아이의 마음을 이해할 수 있어서 좋다. 이것
은 분명히 아이나 엄마에게 가치 있는 일이라고 생각한다. 적어도,
'엄마는 놀면서 나만 공부해라' 한다는 아이의 억울한 소리는 피할 수
있기 때문이다.

우리 아이들은 큰 아이가 7살, 작은 아이가 5살 때 사설 엄마표 영어 프로그램을 접했다. 아이들을 직접적으로 가르치는 학원의 개념이 아니라 엄마들에게 단계별 영어지도 맞춤 설계를 해 주는 곳이다. 그러면 그 설계대로 엄마가 아이와 함께 집에서 일주일 동안 학습을 한다. 그리고 관찰하고 진행한 결과를 가지고 팀별로 미팅을 갖는다. 엄마가 모든 프로그램을 같이 하기에 아이의 이해도를 알 수 있고, 성장하는 모습을 직접 느낄 수 있어 참 좋은 프로그램이다. 그런데 내가 지인들에게 소개하면 대부분은 이렇게 말을 한다.

"나는 아이와 싸우기 싫어서 못해. 그냥 돈 더 주고 학원 보낼래."

물론, 이 프로그램은 엄마의 스트레스도 만만치 않다. 아이 옆에서 같이 익히고 지도해야 하고 하기 싫어할 때는 아부도 하고 싸우기도 해야 한다.

하지만 힘든 고비를 한 단계 넘을 때마다 아이도 엄마도 해냈다는 뿌듯함이 있다. 서로가 같이 하기에 아이는 불만이 적고 엄마는 아이의 힘든 걸 알기에 적극 응원해 줄 수 있다. 모른다고 윽박지를 필요도 없다. 어차피 단계가 올라갈수록 엄마도 모르는 것들이 늘어나기 때문이다. 오히려 매일 영어로 DVD를 보는 아이들이 금방 대사를 알아들어 엄마가 당황해하게 된다. 자연스럽게 익히는 영어이기에 엄마보다 아이들의 습득이 더 빠른 것이다. 하지만 나같이 일을 하는 엄마는 전업주부보다 부담감이 배가 되고, 효율도 낮을 수밖에 없다. 그래도 욕심부리지 않고 나의 조건에서 최선을 다할 뿐이다. 오래 걸려도 엄마도 노력하고 있다는 것을 보여주면서 꾸준히 하면 되는 것이다.

나는 여러 아이들을 만나기에 요즘 아이들의 관심사나 고민들을 어느 정도는 알 수 있다. 어떤 아이는 모든 학원에 흥미가 없다. 그저 엄마가 다니라고 해서 다닐 뿐이다. 하지만 핸드폰을 만지는 것은 굉장히 좋아한다. 핸드폰을 가지고 놀던 아이가 뜬금없이 이렇게 말을 한다.

"엄마는 핸드폰으로 쇼핑 사이트 들어가느라 바빠요."

그래서 나는 이 아이의 엄마에 대한 실망감을 회복시켜 줄 겸 이렇게 말을 해 줬다.

"엄마가 요즘 집에 필요한 물건이 있어서겠지."

"아니요. 만날 핸드폰 끼고 사는데요? 그래서 나도 핸드폰 가지고 놀아요."

아이들은 다 알고 있다. 엄마가 신뢰할 만한지 아닌지. 아이들에게 핸드폰 그만 만지라고 말하기 전에 엄마가 먼저 자제하는 모습을 보여줘야 한다.

아이들에게 책 읽으라고 말하는 것도 마찬가지이다. 요즘 엄마들은 얼마나 책을 읽을까. 아이에게 독서를 강조하지만 정작 본인은 책을 잡는 것도 쉽지 않을 것이다. 평소에 독서를 하지 않는 사람들은 책을

꿈이 많은 엄마는 계속 도전 중.

펴 봐도 집중이 되질 않아 몇 페이지 넘기다가 포기하고 만다. 하지만 엄마들은 책 읽으라는 말을 영어학원 보내는 것처럼 필수 과목 정도로 여기고 있다. 물론, 독서는 필수적이다. 하지만 아이에게 독서하는 모습을 보여주지 않고서 하는 훈계는 아이들에게서 부모의 권위를 잃고 반발심만을 키울 뿐이다. 엄마가 책 읽는 모습을 보여주면 아이들이 지금 당장 책을 잡지 않더라도 걱정할 필요가 없다. 그 모습을 보는 아이들은 언젠가는 엄마의 모습을 닮아갈 것이기 때문이다. 엄마는 아이들의 거울이고 아이는 엄마의 거울이다.

그렇게 초등학교 때는 책 읽으라고 잔소리하던 엄마들이 아이가 중학생이 되면 "책 읽을 시간이 어디 있어?"로 바뀌어 버리곤 한다. 책 읽을 시간에 영어 단어 하나라도 더 외워야 하고 수학 문제 하나라도 더 풀어야 하기 때문이다. 아이들은 취미로 책을 읽는 것을 포기하고 대신에 시험에 나올만한 책 속의 문단을 찾아 공부할 뿐이다. 독서를 하지 않는 엄마는 독서의 가치를 알 수가 없다. 공부를 하지 않는 엄마는 공부의 가치가 점수 올리기에만 있을 뿐이다. 공부는 인내심도 기르고 집중력도 기를 수 있다. 그 공부의 이점을 스스로 깨치기 어려운 아이들은 엄마의 잔소리에 맹목적으로 끌려갈 뿐이다. 공부하는 엄마가 공부의 이점을 아이에게 설득시킬 수 있다.

나는 학창시절에 공부다운 공부를 하지 못했다. 늘 하다 말다 하다 말다를 반복했다. 무작정 외우는 것도 힘들었고 수학을 이해하는 것도 쉽지 않았다. 고등학교 때 영어에 조금 흥미를 붙였던 것 말고는 나는 공부 능력은 없어 보였다. 뒤늦게 직장을 다니며 영어공부를 다시 시작했다. 그때 조금 한다고는 했지만 실질적으로 생활에서 사용할 수 있는 회화가 안 되니 헛공부라고 할 수밖에 없었다. 마흔이 넘어서도 영어회화에 대한 아쉬움이 남아 도전하기를 반복했다. 하지만 자꾸만 자신에게 실망하더라도 세계에 대한 관심이 영어의 끈을 놓지 않게 했다. 내가 늘 영어공부를 하는 모습과 그 목적을 지켜보는 아이들은 적어도 영어공부에 대한 억울함을 갖지는 않는다. 이게 바로 내가 잔소리를 줄이고 내 이득을 찾는 방법이다.

책을 쓰고 강연을 준비하면서 공부의 맛을 알았다. 잠깐의 희열이 아닌 꾸준함이 더욱 공부를 맛있게 하는 것 같다. 다음날 기상 시간을 컨디션에 따라 3시로 당겼다가 5시로 늘리기도 하면서 잠자리에 든다. 그러면 계획한 대로 다음 날 새벽에 시간 맞춰 일어나 혼자 조용한 시간을 보낸다. 새벽의 졸림을 이겨내고 아침을 맞을 때 그 뿌듯함이 참 좋다. 이렇게 성취감이 하루하루 쌓이니 나에 대한 신뢰도도 늘어간다. 이런 자신을 보며 뭐든지 할 수 있을 것 같은 자신감이 샘솟는다. 이 맛을 좀 더 일찍 알았더라면, 하는 아쉬움도 있다. 하지만 나보다 더 늦은 나이에 시작한 사람들도 나 같은 고민을 할 것이라는 생각을 하면 나는 시간 부자가 된다.

나는 지금 절실함으로 자투리 시간까지 계획하며 하루를 산다. 나의 가치를 묻어 놓고만 살았다는 아쉬움이 있고 지금이 내 삶을 개혁할 수 있는 마지막 기회라는 절실함이 있다. 그래서 모든 돈과 에너지를 집중 시키고 있다. 이 절실함이 열정을 끌어오고 있고 이 열정이 분명 내 앞에 꿈을 옮겨 놓을 거라 믿는다.

아이들이 조금 더 성장하면 차 한 잔 앞에 놓고 지적인 대화를 하고 싶다. 같이 세계를 여행하며 자연스럽게 공감대화를 할 수 있는 엄마이고 싶다. 서로의 꿈을 이야기하고 응원해 줄 수 있는 성장하는 엄마이고 싶다. 그날을 위해서 나는 항상 공부하는 엄마이다. 공부하라고 잔소리 할 에너지를 엄마 공부에 사용하는 엄마이다.

08 | 엄마의 자존감이 내 아이를
바로 세운다

"왜 자신의 눈 찔러가면서, 내 무덤 파 가면서 어려운 길을 택하냐고 사람들이 묻습니다. 우리 아버지가 일주일에 하루는 남을 위해 사는 것이 진짜 가치 있는 삶을 사는 것이라고 말했듯이, 나는 내가 할 줄 아는 게, 할 수 있는 게 아이들에게 기회를 주는 것 밖에 없었어요. 하고 싶니? 그래, 해! 그래, 최고로 해! 그러고서 우리 아이들이 기적을 만들어 냈고 최고로 하는 사람이 됐습니다."

선천성 무형성 장애로 두 다리와 손가락에 장애를 가지고 태어난 김세진 군의 어머니가 한 말이다. 세진이는 어머니가 마음으로 낳은 아들이다. 그리고 국가대표 수영선수로 활동할 정도로 그야말로 기적을 만들고 있는 대한민국의 멋진 아들이다.

그의 어머니는 남편 없이 홀로 직접 낳은 딸과 마음으로 낳은 아들세진이를 억척스럽게 키웠다. 낮에는 공사장이나 백화점 등에서 청소일을 하고 밤에는 대리운전을 하며 하루에 4시간도 못 자고서 돈을 벌었다. 힘들었지만 아이들이 하고 싶어 하는 건 다 해 줄 정도로 열혈엄마였다. 하지만 스스로 할 수 있을 거라고 생각한 것은 절대 도와주지 않았다.

세진이가 "엄마, 나는 왜 이렇게 태어났어요? 나는 왜 장애인이에요?"라고 물었을 때 그의 어머니는 이렇게 답해줬다.

"너는 수천 가지의 소중한 것들을 가지고 있단다. 단지 그 수천 가지 중에서 너에게 없는 것은 겨우 손과 두 발뿐이야. 나는 네가 어떻게 생겼는지는 중요하지 않아. 어떻게 살아갈지가 중요하다고 생각해. 어디로 갈 것인지 누구와 함께 갈 것인지가 더 중요하다고 생각한단다."

아들을 독하게 대한 본인을 나쁜 엄마라고 표현하는 그녀. 아이들의 모든 것을 대신해 줘야 착한 엄마인 줄 알고 있는 요즘 엄마들에게 김세진 군의 나쁜 엄마는 아들을 통해 이렇게 말한다.

"세진아, 걷는 것? 중요하지 않아. 네가 걷다가 넘어졌을 때 다시 일어날 줄 아는 것이 중요해. 혹여 못 일어날 경우 누군가에게 손을 내밀 줄 아는 것도 용기 있는 사람이야."

그렇다. 아이에게 미리부터 넘어지지 않게 도와주는 것이 아니라 넘어져도 일어설 수 있는 용기를 심어줘야 한다. 지금은 모질 게 느껴질 수도 있다. 하지만 어른의 세상은 엄마 품만큼 따뜻하지만은 않다.

그 세상에서 넘어질 수도 있다는 사실과 그때 스스로 일어서는 방법도 알려줘야 한다.

나는 동네 사람들로부터 눈에 띄지 않게 살려고 노력했다. 엄마표 영어 모임의 팀원들을 만나는 것을 제외하고서는 항상 집에서 혼자 지내는, 그야말로 외톨이형 엄마로 지냈다. 혼자 집에서 책 보는 것을 좋아하고 햇살이 따스하게 들어오는 거실 창가에 앉아서 음악을 듣는 것도 좋았다. 그런 나를 큰 아이가 끌어냈다.

큰 아이가 전학을 하고 3학년 회장이 되자마자 나는 학교 전례에 따라 엄마들을 위한 반대표가 되었다. 드디어 회장이 되었다고 호들갑 떠는 아이를 어떻게 칭찬해 줘야 할지 난감했었다. 분명히 아이를 생각하면 '네가 작년부터 간절히 바라왔었지. 바라던 대로 이루어졌네. 정말, 기쁘겠구나. 축하한다.' 라고 이렇게 해 줘야하지만, 마음속에서는 '아휴, 어쩐담. 은둔생활하던 내가 반 대표를 맡아야 하니?' 라는 생각이 순간 나를 괴롭게 했다.

3학년부터는 대부분 반 모임을 안 하니 크게 신경 쓸 거 없다는 지인들의 조언에 맘 놓고 편히 지냈다. 그랬더니 또 다른 지인으로부터 전화가 걸려왔다. "오늘 제가 환철이랑 같은 반 엄마들을 만났거든요. 그 엄마들이 반 소식을 공유할 수 있는 카톡방이라도 좀 만들어 달라고 전해 달래요." 나는 순간 서운하게 생각했을 엄마들의 모습이 떠올라 다시 자존감이 쪼그라들었다. 일단은 반 카톡방을 만들고서 엄마들을 초대했다.

학부모 총회 날짜가 다가오자 또 다시 고민이 생겼다. 그 날 반 모임을 해야 하는지 말아야 하는지, 지인들에게 물어보며 당일까지 고민을 했는데 반 엄마들은 모두 복도에서 내가 안내하기만을 기다리고 있었다. 나는 생각지 못했던 그들의 기대를 받들고자 넓은 빈자리가 있는 카페를 찾아 열심히 뛰었다. 카페에 모인 엄마들은 하나 같이 오늘을 굉장히 기다리고 있었다. 2차로 점심까지 먹고서 그 다음 주에 또 친목하자며 모임 날짜까지 잡았다. 부담없이 반대표 맡으라는 지인들의 조언을 뒤집는 즐길 줄 아는 엄마들이었다.

은둔형 엄마였던 내가 졸지에 리더가 되니 난감하면서도 아들을 위해 살아남아야겠다는 생각이 들었다. 그다음에도 소원해졌다 싶을 때, 간식꺼리를 사들고서 아이들과 엄마들을 공원에 초대하는 대범함까지 벌였다.

아들이 그리도 바라던 리더가 됐으니 엄마 노릇 하려고 발버둥 친 나는 어느새 엄마로서의 자존감이 높아져 있었다. 아이는 그 기분에 힘입어 종종 친구들을 갑작스럽게 집에 데려오곤 했다. 아들은 놀다 들어와서는 "엄마, 친구들 집에 와도 돼요?", "응. 데려와!" 나의 말이 끝나자마자 현관문 앞에서 "얘들아, 들어와!" 한다. 여러 명의 친구들과 친구의 동생들까지 우르르 들어왔다. 밥을 챙겨주고 간식까지 먹였

더니 또 우르르 몰려 나간다. 엄마 닮아 대범해진 아들. 그 이후로도 아들은 친구들을 종종 데려왔다. 친구들을 좋아하고 밖에서 뛰어노는 것을 좋아하는 아들이다.

"저의 장점은 친구들을 잘 사귄다는 거예요. 전 처음 봐도 금방 친구가 되잖아요. 그리고 친구들이 저를 좋아해요. 항상 저랑 놀고 싶어 해요."

사실이건 아니건, 아이는 자신에 대한 자부심이 대단하다. 엄마가 혼내는 일만 좀 자제한다면 자존감이 하늘 높은 줄 모르고 올라갈 것이다. 아기 때부터 낯가림도 없었고 대범했었다. '엄마를 닮지 않아 정말 다행이다.'라고 생각하기도 했었다. 하지만 나의 자존감을 굳이 폄하할 필요도 없다. 나도 나만의 신념을 고집한 자존감 있는 엄마이다. 장애아라고 무시한 사람들에게 당당하게 맞선 김세진 군의 엄마만큼은 아니다. 하지만 때론 천방지축이라고 걱정하던 시선을 무시하고, 아들의 가능성을 믿어 준 나도 멋진 엄마이다.

나는 우리 아들들의 가치를 믿는다. 엄마를 닮아 고집이 좀 세고 욱하기도 하지만 뭘 하나 붙들면 포기하지 않고 해내는 아들들이 자랑스럽다. 게임 대신에 보드게임을 즐기고 가요 대신에 순수 음악을 가슴으로 감상할 줄 아는 아이들. 만화 프로그램도 좋지만 여행 다큐멘터리를 보며 엄마와 같이 설렐 줄 알고 자연과학 다큐멘터리를 흥미롭게 볼 줄 아는 진지한 모습도 좋다. 나만 알지 않고 어려운 이웃도 생각할 줄 아는 따뜻한 마음을 가진 아이들이 앞으로도 계속 사랑을 나누는 사람으로 커 가길 바란다. 가끔은 형제들끼리 투닥거리더라도 어려울 땐 서로 한마음이 되어서 위로해주고 도와주는 모습을 보면 엄마로서 참 든든하다.

엄마의 자존감은 엄마들의 수다모임에 나가서 인기가 있어야 커지는 건 아니다. 그래야 내 아이의 자존감이 올라가는 것도 아니다. 주변의 어떠한 무시와 눈치가 있더라도 내 신념을 잃지 않는 엄마가 내 아이를 바로 세울 수 있다. 엄마의 자존감을 응원 삼아 나의 가치를 찾고 일주일에 하루쯤은 남을 위해서도 살 줄 아는 그런 삶을 살았으면 좋겠다.

PART
05

자존감 있는 엄마가
아이를 당당하게 키운다

엄마가 작가이니 큰 아이도 작가가 되겠다고
동화를 썼다. 그 모습을 보고
작은 아이도 작가라며 직접 동화를 창작하고 있다.
엄마가 꿈이 있고 성장하면 아이도
그 모습을 보고서 자연스럽게 성장해 간다.

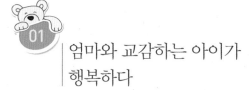

엄마와 교감하는 아이가
행복하다

나는 점심 이후에 일을 시작해서 저녁 7시가 조금 넘으면 일이 끝나 퇴근을 한다. 한 손에는 터질 듯한 장바구니를 들고 다른 쪽 손과 어깨에는 내 가방과 아이들 가방이 주렁주렁 매달려 있다. 낮 동안 수고한 몸이 여기서 쉬면 좋으련만 여느 직장맘처럼 나도 제2의 직장으로 출근을 하는 중이다.

아이들은 놀이터에서 친구들과 놀고 있거나 집에서 숙제하며 엄마를 기다리고 있다. 엄마가 현관문을 열고 들어오면 팔딱팔딱 뛰는 아이들. 그때부터 엄마는 1인 3역, 4역을 해야 한다. 잔소리하는 엄마, 씻기는 엄마, 숙제 봐주는 엄마, 밥하는 엄마 그리고 가장 중요한 수다 들어주는 엄마.

우리 아이들은 수다가 유별나다. 옷 갈아입고 씻으라는 잔소리, 숙제하라는 잔소리도 잊고 엄마 옆만 붙어 다니며 미주알고주알 온종일 있었던 얘기를 풀어대느라 바쁘다.

큰 아이가 다가왔다.

"엄마, 오늘 미술시간에 색종이 접기 했는데, 제가 제일 빨리하고서 다른 친구들까지 도와줬어요."

"엄마, 오늘 수업시간에 하이퍼 루프에 대한 영상을 봤는데 최고 속도는 시속 1280km이고 서울에서 부산까지 15분밖에 안 걸린데."

그날 읽은 책 내용, 친구한테 서운했던 일, 친구가 아파서 학교 안 나온 이야기까지 아이는 하루 동안 있었던 일을 털어낸다.

작은 아이도 질세라 동시에 이야기를 쏟아 놓는다.

"엄마, 이 만화책 봐봐. 이거 진짜 재밌어. 킥킥킥."

"엄마 이따 보면 안 될까?" 나는 열심히 야채를 다듬고 국을 끓이는 중이다.

"아니, 지금 봐야 돼. 여기서 여기까지 읽어봐요. 크크크!"

"어, 재밌네. 하하하"

이러다 보면 몇십 분이 지나있다.

'엄마도 밥 안 하고 너희들하고 앉아서 책도 보고 수다도 떨고 하면 좋으련만, 엄마는 배가 고프다.'

나나 아이들이나 밥 안 먹어도 살 수 있는 신이 아니기에 들어주다가 끝이 없을 것 같으면 소리 한 번 꽥 질러준다.

"어서 씻으러 가!"

"도대체 이 널어놓은 것들은 뭐야? 지금 안 치우면 다 갖다 버린다!"

"엄마가 밥을 해야 저녁을 먹을 거 아니니. 지금은 각자 할 일하자! 어서!"

하지만, 아이들은 아랑곳하지 않는다. 욕실 들어가기 전까지, 또는 씻다가 벗은 몸으로 나와서 그리고 숙제하다가 중간중간, 생각 날 때마다 또 쏟아낸다. 그러다가 아빠가 퇴근하고 오시면 2부가 시작된다. 얼마나 수다에 목말랐으면 저리도 쉴 틈 없이 쏟아낼까. 여느 집처럼 저녁이 되면 자기들 좋아하는 텔레비전 프로그램을 본방 사수할 수 있는 것도 아니고 말하면 일단은 들어주는 엄마가 있으니 오죽하면 엄마한테 달라붙겠는가. 그 심정 이해가 간다.

하지만 나는 아무리 성가셔도 게임하라고 핸드폰을 쥐어주거나 텔레비전을 틀어주지는 않는다. 심심하면 알아서 자기네들끼리 놀 거리를 만든다. 색종이를 바닥에 잔뜩 늘어놓고서 종이접기를 하고 박스를 오려 다양한 모양을 만들기도 한다. 때론 집에 있는 각종 비품을 활용해 나름대로 고안한 과학실험을 하며 아이들은 다양한 상상과 창의의 세계를 펼쳐간다. 그러면 아빠, 엄마와 또 자기네들이 만든 것으로 수다가 이어진다.

그렇다면, 이 수다의 힘은 어디서 나오는 것일까? 바로 교감이다. 우리는 통하고 있는 것이다. 소리도 지르고 혼도 내고 잔소리를 해도 우리는 적게라도 함께 할 수 있는 시간을 확보하고 담아 놓은 이야기들을 풀어내며 교감이라는 것을 하고 있는 것이다. 설령, 설거지를 하고 청소기를 돌리면서 수다를 들어주더라도 엄마는 해야 할 일을 하며 최선을 다하고 있다는 것을 알기에 아이들은 크게 서운해하지 않는다. 아이들은 가장 믿고 의지할 수 있는 부모와의 수다를 통해, 자신의 감정과 정서적인 욕구를 표현하는 기술을 익히고 있는 것이다.

공원이나 음식점에 가면 흔히 볼 수 있는 장면이 있다. 수다 떨고 있는 엄마 옆에서 스마트폰으로 만화영화를 보거나 게임을 하는 아이들을 심심치 않게 보게 된다. 심지어는 돌도 안된 아기에게 스마트폰을 쥐어 주는 부모도 있었다. 뚫어져라 보고 있는 아기를 보며 흐뭇한 미소를 짓고 있다. 아기는 진정 행복할까? 부모의 눈빛과 스킨십 보다 영상물이 더 따뜻하고 교육적일까? 나는 가치의 비교를 거부하고 싶다. 분명히 아이나 아기들은 부모의 관심 속에서 지능과 감성이 발달할 것이기 때문이다. 과학적으로 증명하지 않더라도 나의 자존감은 가족이라는 안정감 안에서 자랐다. 남편의 신뢰와 아이들과의 정서 교감을 통해서 나도 아이들도 자존감을 키웠다.

우리 인간은 슬플 때나 기쁠 때나 누군가와 정서적인 교감을 해야

TV를 끄면 아이들은 생각이라는 것을 하게 된다. 지금은 실험 중.

한다. 인간은 기계와는 다른 사회적 동물이기 때문이다. 어느 동물도 교감하지 않고 행복할 수는 없는 것이다. 모든 동물은 눈빛과 피부로 느끼는 따스한 촉감에서 정서적 안정감을 느낀다. 기계로 교감하는 것은 인간의 사회적 관계를 유지시킬 수 없다. 정서적 교감이 이루어지지 않으면, 탄탄한 사회적 관계가 형성되지 못하고 불안감이 생기게 된다.

엄마와의 정서적 교감을 통해서 사회적 관계의 기술을 익혀야 한다. 엄마가 먼저 모범이 되어, '사랑해', '네가 있어 행복해' 그리고 심지어는 '엄마, 지금 너 때문에 화가 났어', '엄마가 그런 말을 해서 미안해' 라는 부정적인 감정까지 솔직하게 표현할 줄 알아야 한다. 화가 나거나 안 좋은 일이 있을 때, 혼자 꿍하고 담아 놓지 않고 엄마와의 익숙해진 감정 표현을 통해 마음속에 있는 짐을 덜어 낼 수 있어야 한다. 그러므로 엄마와의 교감은 굉장히 중요하다.

나는 우리 아이들에게 항상 다정한 엄마는 아니다. 꾸지람을 하거나 짜증을 낼 때는 격한 냉기가 흐르기도 한다. 그럴 때면 아이들에게 미안하거나 심한 죄책감을 느끼곤 했다. 하지만 이제는 그 이유로 심한 자괴감에 빠지지는 않는다. 아이들이 그런 엄마에 적응을 한 것도 있겠지만 엄마가 자기들을 사랑한다는 것을 항상 잊지 않고 있기 때문이다. 평상시에 많이 안아주고 쓰다듬어 주었고 아이들에게 자주 애정

의 눈빛을 보내주었다. 사랑하는 마음, 미안한 마음을 아낌없이 보여
주었다. 그래서인지 엄마가 민감해 있을 때에도 그 마음으로 버텨 내
고 상황 종료 후 또 아낌없이 표현해 준다. 엄마보다 더 애정표현이 넘
치는 아이들. 그 아이들을 보며 내가 그래도 아이들에게 못난 엄마는
아닌가 보다는 생각에 행복해진다.

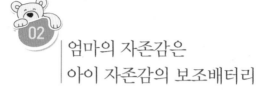

엄마의 자존감은
아이 자존감의 보조배터리

　　큰 아이가 초등학교 1학년 때의 일이다. 대부분의 엄마들에게 자녀의 첫 담임선생님과의 면담은 기대되고 두렵다. 입학한지 한 달하고 보름 정도 밖에 되지 않았고 엄마 마음에 아직은 미숙해 보이기 때문이다. 친구들과 문제는 없는지, 수업시간에 잘 앉아는 있는지 등 선생님 눈에 비친 아이의 모습이 걱정 반, 기대 반으로 궁금해진다.

　　나도 안 그랬다고는 할 수 없지만, 워낙 낯가림 없이 아무하고나 잘 어울리는 아이라 교우관계 면에서는 크게 걱정하지 않았다. 단지, 아이가 초등학교에 다니는 곳에 이사 온 지 얼마 안 되어 엄마의 인맥이 시원찮다는 것 빼고는 말이다.

　　나는 일을 하고 있기에 동네 엄마들과 어울릴 시간이 충분치 않았다. 게다가 그 동네 유치원도 고작 5개월 남짓 다녔기에 일찌감치 조성된 유치원 친목 모임에 불러주는 이는 아무도 없었다. 유치원 하교 후 아파트 단지를 지나다 보면 삼삼오오 모여 있는 엄마들을 만나곤 했다. 매주 정기적으로 아이들을 작은 공원에서 놀리고 있었다. 간식을 싸 들고 나와 아이들 입에 물과 과자 등을 먹여가며 엄마들끼리 유쾌한 수다를 떠는 모습을 자주 보았다. 그리고 그때마다 소외감을 느끼곤 했다.

안타깝게도 우리 집은 바로 공원이 내다보이는 3층에 위치해 있었다. 바람 적당한 날 창문을 열어 놓으면 아이들 뛰어노는 소리에 우리 아이는 화색이 돌았다. "엄마, 친구들 다 나와서 놀아요. 저도 놀러 가도 돼요?" 아, 그 친구들이 대부분 초등학교 들어와서도 같은 반이 되었으니 아이는 더욱 반가울 수밖에 없었다. 아니, 같은 반이 아니어도 길에서 만난 아이와 스스럼없이 말 걸고 친구가 되는 아이이니, 아이의 사교성은 이미 둘째가라면 서러울 판이다.

나는 그 자리에 아이를 내보내는 게 달갑지가 않았다. 다들 간식을 챙겨 왔을 텐데 우리 아이는 눈치 없이 얻어먹을 게 뻔하기 때문이다. 하지만, 집 앞에서 놀고 있는 친구들을 외면할 수 있는 아이가 아님을 알기에 어쩔 수 없이 허락하곤 했다. 아이는 나가서 최고의 목소리로 즐거움을 발산하고 있었다. 우리에 갇혀있던 동물이 풀려나면서 야생성을 되찾듯이 아이는 땀 뻘뻘 흘려가며 다들 들어가는 마지막까지 놀

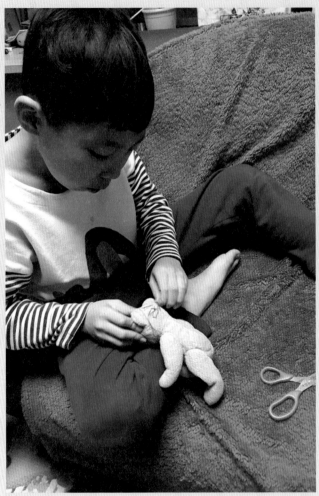

아이는 하고 싶은 게 많다. 여자남자의 영역 가리지 않고 하고 싶은 건 해 봐야 한다. 곰인형의 이름을 바느질로 새기고 있다.

다 들어오곤 했다.

　그런 아이의 초등학교 첫 담임선생님과의 상담이니 크게 걱정하지
는 않았다. 수업에 방해되는 잦은 발표와 선생님 말 끊기가 걱정되긴
했지만, 나는 나름대로 아이의 장점으로 보고자 했다. 그래도 조심스
러운 마음을 갖고 학교로 갔다. 교실을 향해 복도를 걷는 나의 구두 굽
소리가 크게 울렸다. 일하느라 학부모 총회 때 와 보지 못했기에 교실
문을 열고 들어가는 것도 조심스러웠다. 단발머리에 선한 눈빛의 선생
님과 인사를 나누며 자리에 앉았다.

　그다음에 선생님께서 첫 마디를 떼셨다.

　"아이가 참 특이해요!"

　'아, 이건 무슨 뜻일까?' 순간 머리가 복잡해졌다. 좋은 뜻인지, 아
니면 나쁜 뜻인지 감이 잡히질 않았다. 선생님의 이어진 말씀은 이러
했다.

　"막 입학한지 한 달 보름 정도 밖에 지나지 않았잖아요. 그래서 대
부분의 아이들이 학교생활에 얼어있어요. 활동반경이 정해진 장소와
정해진 경로로만 이루어져 있는데 준환이는 다르더라고요. 점심시간
마다 밥을 게눈 감추듯이 먹고서 어딘가로 뛰어가는 거예요. 그래서
뒤쫓아 따라가 봤죠. 아이가 운동장 한편에 우두커니 서 있더군요. 왜
그러나 봤더니 형들 축구 경기하는 걸 지켜보고 있는 거였어요. 그러

다가 자기 쪽으로 공이 날아오면 주워 다 주기도 하고 기회 봐서 살짝 치면서 눈치껏 그 경기에 끼어들고 있었어요. 하하하, 정말 대단했어요."

선생님께 이 이야기를 듣고 나니 아이의 7살 적 일이 생각나 그 마음이 이해가 되었다. 큰 아이는 집안 사정이 어려워 홈스쿨을 핑계로 작은 아이와 함께 유치원을 그만두어야 했다. 어차피 작은 아이는 유치원 두 달 겨우 다니고서 안 다니겠다고 한 달 동안 동네 떠내려가라 울어댄 참이었다. 나는 여기서 무슨 용기가 났는지 큰 아이까지 집에서 키워 보겠노라며 그 해 7월에 유치원을 그만뒀다. 그러고서 오전에는 집에서 동생과 같이 기본적인 학습을 하거나 공원 나들이를 했고 오후에는 피아노와 수영을 다녔다. 그렇게 4달 정도를 집에서 보내고 나니, 아이가 무척 심심해했다. 그 마음을 해소시켜주려 자주 공원 등 바깥나들이를 했지만 아이는 점차 친구들과 더 어울리고 싶어 했다.

오후, 아이들이 하원하는 시간에 놀이터에 나가면 친구들과 형들이 놀고 있었다. 그중에서 가장 아이의 눈길을 끄는 건 형들이 즐기는 축구였다. 하지만 7살이라는 이유로 아이는 옆에서 공만 주워 다 줘야 했고, 기회 봐서 한 번 차면 형들의 핀잔을 듣기 일쑤였다. 그래서 나는 초등학교에 들어가면 운동장에서 실컷 축구를 할 수 있다며, 아이의 아쉬움을 달래주었다. 아이는 엄마의 그 말을 마음속에 담아 두었던 가보다. 초등학교에 들어가기만을 손꼽아 기다렸으리라. 그 오랜 시간을 투정 없이 기다려준 아이가 너무도 고마웠다. 어디서든 자기 생각대로 스스럼없이 어울리고 행동하는 아이가 예뻐 보였다. 그리고 선생님 표현대로, 특이한 내 아이가 자랑스러워 보였다.

가정 형편상 어린이집부터 유치원까지 제대로 나오질 못 했지만 아이는 무척 사교적이었고 생각한 것을 행동으로 옮기는 것에 막힘이 없었다. 이 힘은 과연 어디에서 나오는 것인지 곰곰이 생각해 보았다.

나는 엄마들과 어울리지 못 한 것도 있지만 어울리지 않은 이유가 더 컸다. 육아 초기부터 꾸준히 자녀 양육서를 읽으며 내 육아 신념을 갖고 있었기 때문이다. 이웃집 엄마들과 어울려 가계 수준과 내 아이를 비교하며 얻을 건 아무것도 없다는 것을 알고 있다. 그 시간에 아이에게 관심을 더 쏟을 수 있었고 비교에 의한 스트레스에서 벗어 날 수 있었다. 그때 경제적 상황은 어려웠지만 나의 육아에 대한 자존감만큼은 최대치였다. 단언컨대, 그때 받은 엄마의 충분한 배려와 사랑이 이 아이의 내면에 저장돼 있다가 8살이 되어서도 꺼내 쓰고 있는 것이라 생각해 본다.

하지만 그 이후에 복잡한 여러 가정사로 내 자존감이 바닥을 보인 적이 있었으니 아이의 자존감 배터리가 곧 떨어질 때가 되었다. 지금 다시 찾은 나의 자존감을 고속 충전 모드로 재빠르게 돌려놓는다.

아이는 뱃속에 있을 때부터 엄마와 탯줄로 연결돼 있었다. 엄마가 먹은 음식을 영양분 삼고 엄마의 행동과 마음 상태를 입력받으며 그렇게 하나의 인간으로 자라왔다. 그러다가 준비가 되면 우렁찬 소리를 내 지르며 세상 밖으로 나오는 것이다. 탯줄이 끊겼다고 해서 아이와 엄마의 유대관계가 끊긴 것은 아니다. 아직은 여린 존재이기에 엄마의 사랑을 충전 받고서 낯설고 무서운 세상을 도전하며 살아가는 것이다.

아이에게 충분한 사랑을 주고자 한다면 엄마의 자존감이 먼저 충전되어 있어야 한다. 옆집 말에 흔들리지 않고서, 온전히 내 아이만 볼 수 있는 육아 신념이 있어야 한다. 그 엄마의 자존감을 믿고 아이는 세상 밖을, 겁 없이 활보할 수 있는 것이다.

03 당당한 아이 뒤에는
자존감 높은 엄마가 있다

초등학교는 2학년 때부터 투표를 통해 반
장을 뽑는다. 큰 아이도 반장이 되고 싶어 했다. 선거에 나갔지만 1학
기 때는 큰 표 차로 떨어졌고 2학기 때는 1표 차이였다고 아쉬워했다.
담임선생님도 큰 아이가 간절히 원하고 있는 것을 알고 계셨다. 하지
만 선생님이 해 줄 수 있는 부분이 아니라 아쉽다고 하셨다. 나는 그런
선생님께 이렇게 말씀을 드렸다. "항상 자신감이 넘쳐 있는 아이라 실
패도 경험해 봐야 더 단단해질 겁니다." 아이는 반장선거에 떨어져도
크게 기죽지는 않았다. 오히려 3학년 때는 꼭 반장이 되겠노라며 선거
에 떨어지자마자 3학년 선거를 위한 멘트를 준비했다.

그렇게 2학년을 마치 고서 바로 다른 학교로 전학을 갔다. 3학년이
시작된지 보름 만에 임원 선거를 했다. 이 학교에서는 반장이라는 명

칭을 회장이라고 불렀고 아이는 비장한 각오로 선거에 임했다. 갑 티슈의 휴지를 한 장씩 뽑으면서 각오를 발표했다고 한다.

"저를 회장으로 뽑아주신다면 서로가 배려하고 사이좋게 지내는 반으로 만들겠습니다."

갑 티슈 때문인지 아니면 아이의 바람이 하늘에 닿은 것인지 전학 간 지 보름 만에 그렇게 소원하던 회장이 되었다. 아이는 기분이 좋아 여기저기 노래를 부르고 다녔다.

그런데 회장이 그리 좋은 것만은 아니었다. 회장 역할 똑바로 하라며 비난하는 아이들이 생겨났다. 한 친구가 하자 그 친구와 친한 아이들도 같은 말로 비아냥거렸다. 회장의 말을 무시하는 친구들도 있었고 때리는 친구도 생겨났다. 왕따 비슷한 일이 벌어지고 있어 아이도 나도 속상해했다. 하지만 큰아이는 그 친구들을 그리 원망하지는 않았다. 슬프긴 했지만 아이는 문제를 어떻게 해결할지를 고민했다. 오히려 엄마인 내가 더 흥분했었다. 아이가 겪고 있는 마음의 상처가 걱정이 돼 종일 해결책을 찾느라 고심했다. 그러고서 결국 건넨 나의 답은 이러했다.

"친구들이 한 번만 더 괴롭히면 학교폭력위원회에 알린다고 해."

"아니요. 친구들이 혼나는 게 싫어요."

"그럼, 태권도를 배울까? 방어라도 하게?"

"친구들을 때리기 위해서 배우는 거라면 안 하고 싶어요."

과일가게에서 주워 온 박스가 또 해체 됐다. 아이 스스로가 미술선생님이다.

"그럼, 어떻게 할까?"

아이는 해결책을 위해 엄마와 진지한 대화를 시도했지만 엄마에게서 좋은 답안이 나올 것 같지 않다는 걸 깨달은 것 같았다. 그러고서 잠시 곰곰이 생각하더니 이렇게 말했다.

"엄마, 제게 시간을 줘 봐요. 제가 해결할게요."

결국에 나는 옹졸한 엄마가 돼 버렸고 녀석은 멋진 아들이 돼 있었다.

그래도 나는 정확한 상황 파악을 위해 선생님께 전화를 드렸다. 선생님은 이 사실을 직시하고 계셨고 신기한 점이 있다고 하셨다. "아이들이 수업시간에만 좀 거칠게 대하지 놀 때는 또 아무렇지도 않아요. 다 같이 어울려서 장난치고 신나게 노니 저도 헷갈리고 신기합니다." 정말 내가 봐도 같은 반 친구들과 밖에서 잘 어울려 놀고 있었다.

그래도 다음 해에는 감투를 쓰지 않았으면 하는 바람에 아이에게 이렇게 물었다.

"이렇게 힘든데 4학년이 돼도 회장 선거 나갈 거야?"

"응! 또 나갈 거예요! 이번에는 왕따 없는 반을 만들 거예요!"

역시, 녀석은 계속 멋졌다. 절대 포기하거나 기죽지 않는 이 당당함은 대체 어디서 나오는지.

선생님은 그 이후, 왕따 당하는 친구의 기분을 이해시키기 위해 반 아이들에게 많은 노력을 기울이셨다. 그러더니 진짜 미안하다고 쪽지를 건네는 친구가 생겨났다. '너를 때려서 미안해. 다음부터는 안 그럴게. 우리 사이좋게 지내자.' 직접적으로 사과하는 친구도 있었다. "그동안 못 되게 굴어서 미안해." 학교에서 돌아온 아이는 흥분하며 말을 했다.

그 이후로 아이는 자신의 믿음을 신뢰했다. 자기를 괴롭혔던 아이들과 더욱 친해졌고 그 아이들과 친하게 된 것을 굉장히 뿌듯해했다. 원래도 밝은 아이였지만 이 경험은 아이를 더욱 성장시켰다. 어떤 실패나 좌절도 극복하고 나면 더 큰 선물이 돼서 돌아온다는 것을 아는 것 같았다.

아이의 문제에 옹졸하게 답했던 건 내 여중, 여고 시절이 생각나서일수도 있으리라. 왕따를 당한 건 아니었어도, 친구들에게 쉽게 다가가지 못하는 소심한 아이였으니... 나를 든든하게 받쳐주는 가족이 없다는 생각에 늘 외로웠고, 자신감이 부족했었다. 항상 그런 건 아니었어도 기억의 필름을 넘길 때마다 불쑥 튀어나오는 영상에 진한 우울함이 묻어 있었다.

그 이후로 나는 나만의 살아가는 방법을 터득했고 고수해 왔었다. 나만의 시간에 빠져 지냈다. 그저 그게 편했다. 소심한 나를 인정하고 나만의 시간을 갖는 게 편했다.

하지만, 세상 일이 어찌 혼자서만 돌아가겠는가. 나는 결혼 후 따뜻한 가족을 이루며 어울려 지내는 법을 익혀갔다. 여전히 나만의 시간이 좋았지만 남들과도 시간을 공유해야 한다는 타협을 하기 시작했다. 내 아이들과 같은 또래의 엄마들을 만나면서 육아와 교육에 대한 이야기를 나눴다. 때로는 친목을 위해, 또 때로는 정보를 위해. 하지만 만남이 이어질수록 공감하는 것보다 공감할 수 없는 부분들이 많다는 걸 알았다. 그때 나는 나의 신념을 고수하느냐 따라가느냐로 고민을 했다. 갈팡질팡할 때도 있었지만 결국, 언제나처럼 나는 외로워도 내 방법이 옳다고 결론지었다. 큰 아이가 자신을 신뢰했던 것처럼 나도 나의 신념을 신뢰했다. 단, 나의 세계를 인정하며 세상 사람들에게 벽만 두지 않는 게 나의 방법이었다.

'고생은 사서도 한다.' 라는 말이 있다. 나는 고생을 사서 하며 살진 않았어도 어쩔 수 없이 주어진 시련과 실패에 교훈이라는 것을 얻었고 결국엔 성장했다. 나는 이 진리를 믿고 있기에 나의 아이들이 살면서 맞닥친 시련을 피하지는 않았으면 좋겠다. 실패나 좌절 때문에 하고자 했던 목표를 포기하지 않았으면 좋겠다. 물론, 그렇다고 해서 우리 아이들에게 큰 실패나 좌절이 오는 것을 엄마 마음으로는 바랄 수가 없다. 아이들이 아픈 거를 맘 편하게 지켜 볼 수 있는 엄마는 없을 것이기 때문이다. 단지, 어쩔 수 없이 주어진 거라면 당당하게 맞서기를 바란다. 나는 그때를 대비해 온실의 화초처럼 키우지는 않겠다. 가만히 앉아서 물만 받아먹고 바람을 피하며 자라기를 바라지 않는다.

난초가 귀한 값을 받는 데는 다음과 같은 이유가 있다고 한다. 농부는 온실 안에서 최적의 온도와 습도를 유지시키며 난을 돌본다. 추우면 난로를 틀어주고 더우면 대형 선풍기를 돌려가며 아기 다루듯 애지중지 키운다. 그러다가 어느 날 농부가 변심이라도 한 듯, 정성 들여 돌보기를 멈춰버린다. 물도 주지 않는 날이 며칠, 그때 난은 굉장한 스트레스를 받을 것이다. 왜 주인이 변심을 했는지 원망하면서 말이다. 그렇게 죽을 것 같은 추위와 목마름에 괴로워하는 사이 난은 꽃을 피운다. 그리고 그 귀한 꽃을 기다리는 사람들에게 비싼 몸값을 받으며 세상 밖으로 나가게 되는 것이다. 자기의 가치를 알아주는 세상에.

이 난처럼 적당한 스트레스는 자신을 성장시키는 중요한 요소가 된다. 적당한 고생은 자신의 가치를 꽃피우기 위해서 피할 필요가 없는 귀중한 기회이다. 큰 아이가 친구들로부터 받은 스트레스를 스스로 견뎌내고 다시 친구들과 좋은 관계를 회복했을 때 아이는 자신의 판단이 옳음을 알고 성장했다. 자신이 여전히 사회성이 좋다는 것을 확인했고 자신이 가치 있는 존재라는 것을 인식했을 것이다.

나 또한 견뎌내면 꽃이 필 거라는 가능성을 믿고 산다. 한 번 지고 마는 꽃이 아니다. 피었다 지기를 반복하지만 매번 새로운 아름다움으로 세상 사람들을 기대하게 만드는 그런 꽃으로 존재하기를 바란다. 내 꽃이, 아픔을 겪는 또는 자신을 성장시키기를 원하는 사람들에게 환한 미소를 줄 수 있기를 바란다.

04 아이의 리더십은 엄마의
자존감에서 나온다

"엄마, 컴퓨터로 출력하는 방법 좀 알려주세요."

2학년이던 큰 아이가 학교에서 돌아와 급히 컴퓨터 앞에 앉았다. 파워포인트 프로그램을 띄워 놓고서 뭔가를 열심히 작성했다. 문서에 큼지막한 제목이 있다. 〈클래식 카드 배틀 공지〉. 가로로 된 A4용지에는 이 배틀을 알리는 날짜와 시간, 장소 등이 공지 돼 있고 참여자를 모집한다는 내용도 적혀 있었다.

아이는 요 근래 이 '클래식 카드'라는 종이카드놀이에 빠져 지냈다. 아이들 사이에 유행하는 이 놀이를 아빠와 동생 셋이서 시간 가는 줄 모르고 즐기던 참이었다. 아빠는 퇴근하기 바쁘게 아이들에게 끌려가 이 놀이에 참여해야 했다. 저녁도 미루고서 몇 판 끝나고 나면 식사

후 다시 이어졌다. 심지어 아이들은 다음 날 아침까지 예약을 해 놓고
서 잠이 들었다. 아침이 되었을 때 아빠는 "클래식 카드 할 사람?"이라
고 외쳤다. 이 한 마디에 아이들은 벌떡 일어나 머리맡에 둔 카드를 집
어 들고 자리를 잡았다. 학교 가기 전 또 판이 벌어졌다.

이렇게 좋아하는 놀이를 큰 아이는 친구들과 교실에서 시합으로 하
고 싶었던 것이다. 아이가 문서를 작성하고 있을 때 나는 그저 내용만
눈으로 볼 뿐 아무것도 묻지 않았다. 평상시처럼 대수롭지 않게 생각
하고 넘어갔다. 2학기 담임선생님과의 면담이 있었다. 선생님은 그동
안 잊고 있던 '클래식 카드 배틀 공지' 이야기를 꺼내셨다.

"어느 날, 환철이가 게시판에 뭔가를 붙이더라고요. 봤더니 배틀 공
지였어요. 친구들이 보러 모여들었는데 신청은 많이 하지 않는 것 같
았어요. 환철이가 조금 실망해 하는 것도 같았고. 하지만 그 날이 돼서
보니 베란다 한 켠에 아이들 몇 명이 모여서 신 나게 하더군요. 누가
시키지 않았는데도 자기가 알아서 기획하고 모집하는 걸 보고서 환철
이를 다시 보게 됐습니다."

1학기 때는 불안한 아이였던 환철이가 2학기가 되고서는 자신감이
살아났다. 반장이 되고 싶어 했지만 안 되었으니 자기가 할 수 있는 다
른 방향으로 리더십을 발휘했다. 생각한 것은 바로 실행해야 하는 아
이의 성격을 알기에 아이가 무언가를 하고 있을 땐 엄마인 나는 항상
말없이 지켜봤다. 때론 돈키호테 같고 때론 진지한 전문가 같기도 하

다. 그 이후로도 아이는 아빠 엄마를 위한 이벤트를 열기도 하고 친구들과 함께하는 놀이를 적극 주최하기도 했다. 체구는 작지만 생각과 행동은 언제나 민첩했다.

3학년을 마무리해 가는 시점에 아이는 또 하나의 이벤트를 준비했다. 전과같이 학원 컴퓨터 앞에 앉아 키보드를 두드리고 있었다. 컴퓨터 사용할 일이 거의 없어 여전히 독수리 타법이었지만 그래도 전보다는 나아진 것 같았다. 이제는 출력하는 법을 알고 있으니 나에게 물을 것도 없다. 나는 그저 뒤에서 뭐하나 지켜볼 뿐. 제목을 읽어보니 이번에는 뭔가 뜻깊은 이벤트가 될 것 같았다.

◦ 자선장터 ◦

날짜:2017년12월17일일요일 9:40am~4:00
장소:KCC 2128동 앞 운동시설
＊팔아서 번 것의 2분의1은 기부금으로 됩니다.

〈자선 중고장터〉

날짜와 시간, 준비물 등이 공지 돼 있고 취지와 수익금에 대한 사후 처리까지 꼼꼼히 적혀 있었다. 날짜는 강추위가 예정돼 있는 12월 말이었고 준비물은 각자 집에서 쓰지 않는 물건을 챙겨 오면 되었다. 그런데 취지가 감탄스러웠다. 연말이 다가오니 불우이웃을 돕자는 것이었고 그 수익금의 절반이 기부된다는 내용이었다. 누가 시키지도 않은 일을 아이는 연말의 불우이웃을 생각하며 준비했다는 생각에 기특하기 그지없었다. 평상시에 나는 아이들에게 어려운 이웃을

혼자서라도 중고시장을 열고 싶어 했다. 공원에 자리를 폈지만 인적이 드물다. 하지만 드디어 '해적왕 룰렛'을 판매했다.

도와야 한다는 말은 자주 했었다. 그리고 아이 이름으로 여러 곳에 기부를 하고 있었고 휴게소의 구세 군함을 그냥 지나치지 않았다.

장날까지는 보름 정도의 넉넉한 시간을 두고 있었다. 아이는 한 페이지에 두 부씩 들어가는 전단지를 일일이 칼로 잘라 수십 장을 준비해 놨다. 등교할 때마다 실내화 주머니에 전단지를 챙겨 넣어 갔다. 반 아이들에게 나눠주겠거니 생각하고 아무것도 묻지 않았다. 학교에서 돌아온 아이는 신이 나서 얘길 했다. "반 아이들에게 나눠줬더니 참여하겠다는 친구들이 많았어요." 그리고 또 어떤 날은 더욱 뿌듯함에 들떠 있었다.

"오늘은 좀 늦었네?"

"오는 길에 전단지를 선배들이랑 동네 아주머니들한테도 나눠줬어요. 아주머니들이 기특하다고 장터에 오겠다고 말씀하셨어요."

"너 혼자 전단지 나눠줬어?"

"네, 친구들한테 같이 하자고 하니까 창피하다고 다 멀리 떨어지던데요."

"넌 안 창피했어?"

"난 괜찮았는데."

아이는 돈키호테가 맞다. 생각하면 자기만 보이는. 목표가 있으면 목표만 보이는. 결과가 어찌 됐건 아이는 실행하고 본다. 잘 안 돼도 크게 실망하지 않는다.

전단지는 돌렸으니 이제 아파트 관리사무소의 허락을 받아야 한다고 했다. 매주 서는 어른들의 장터처럼 자기도 장터이니 소장님의 허락이 있어야 한다고 했다. 나는 어린이 장터이니 괜찮다고 했는데도 아이는 전단지를 들고서 관리사무소로 갔다. 다녀온 아이의 입이 만족스럽게 벌어져 있다.

"소장님이 해도 된대요. 거기다가 뭐 도와줄 거 없냐고까지 물어보시던데요."

이런 영업능력은 대체 누굴 닮은 건지. 드디어 장이 서는 날이 하루 앞으로 다가왔다. 보름 전 예보대로 추위가 절정으로 이어지고 있었다. 나는 아이가 추위에 떨 걸 걱정하기 보담, 친구들이 나오지 않아서 실망할 게 더 신경이 쓰였다. 그래서 미리 아이에게 마음의 예방주사를 놔 줘야겠다고 생각했다.

"일요일에 굉장히 추울 거래. 그래서 친구들이 안 나올 수도 있어. 넌 어차피 그래도 할 거잖아. 그치? 그러니까 친구들이 나오지 않더라도 실망하지 않았으면 좋겠어. 진정으로 성공한 사람들은 모두 실패의 경험이 있었대. 그걸 극복했기에 성공할 수 있었던 거야. 너도 그럴 수 있지?"

아이는 알았다고 고개를 끄덕였다. 그날은 내가 바쁜 일이 있어 남편에게 아이를 부탁하고서 아침 일찍 집을 나섰다. 정말 일기예보대로 추운 날씨였다. 아침 공기가 무척 차가웠고 이런 날씨에 친구들이 올까 걱정스러웠다. 낮 동안에 정신없이 일을 하고서 밤늦게 집에 들어 갔다. 그러고서 제일 먼저 아이에게 결과를 물어봤다.

"엄마, 준비해 간 것 거의 다 팔아서 2만 원 벌었어요. 동생이랑 친구들은 추워서 집에 들어갔다 나왔다 했는데 전 끝까지 남아서 팔았어요."

기특해서 꼭 안아줬다. 다행이다. 들락날락했어도 친구들이 참여해서 다행이고 아이가 실망하지 않아서 다행이다. 이제는 기부하는 일만이 남았다. 아이가 어떻게 기부를 할지 궁금하기도 했는데 어느새 나는 잊고 있었다. 퇴근길에 지하철역 안에 있는 도서관에서 책을 보고 있는 아이들을 데리러 갔다. 구세군 냄비가 보이는 걸 보니 연말이 확실하게 느껴졌다. 지하철역 안을 오가는 사람들의 발걸음이 빠르다. 나처럼 구세군 냄비에 관심을 보이는 사람은 보이지 않았다. 아이들을 도서관에서 만나 돌아오는 길이었다. 다시 만난 구세군 냄비. 작은 아이, 큰 아이 둘 다 주머니에서 천 원짜리 지폐를 꺼냈다. 그러고서 그 냄비에 넣었다. 그때, 저번 장터에서 나온 수익금의 처리가 궁금했다.

"저번에 장터에서 번 수익금은?" 하고 물었다.

"그건 저번에 이 도서관에 다녀오면서 냄비에 넣었죠."

'녀석 갈수록 예쁜 짓 하네.' 아이는 시키지 않아도 자기가 해야 할 일을 스스로 찾아서 하고 있었다. 강요하지 않아도 어려운 이웃들과 나누는 법을 알고 있었다. 하고 싶은 걸 하게 했고 세상에는 나만 있는 것이 아니라 다양한 사람들이 있으니 모두 어울려 살아야 한다고 얘기해줬을 뿐이다. 그래야 모두가 행복한 것이라고.

우리 아이들이 살아갈 세상의 리더에 대해서 생각해 본다. 학벌이 좋은 사람, 지위가 높은 사람, 돈이 많은 사람이 리더일까? 지금까지는 그래 왔을지 모르지만 앞으로는 남의 눈치 보지 않고 자기를 표현할 줄 아는 사람이 리더가 되리라고 본다. 남을 이해하고 배려하는 마음으로 다른 이로부터 공감을 끌어낼 수 있는 사람이 진정한 리더가 되리라고 본다.

지금까지는 먹고살기 바빠서 뒤를 돌아볼 겨를이 없었다. 과정은 중요하지 않았고 그저 빨리 결과를 내는 사람이 리더였다. 같은 생각, 같은 공식에 길들여졌지만 그 안에서도 최고의 점수를 내면 리더가 되었다. 하지만 이제는 학벌과 재력 앞에 무릎 꿇는 사람이 아니라 시련과 실패 앞에 무릎 꿇지 않는 사람이 리더가 되어야 한다. 어떠한 어려움 앞에서도 자생력을 발휘할 수 있는 사람, 나도 살고 남도 살릴 수 있는 따뜻한 마음의 소유자가 리더가 되어야 한다고 생각한다. 이를 위해서 엄마는 단단해야 한다. 수시로 바뀌는 입시 정보에 갈팡질팡하거나 우리 아이를 점수에 줄 세우는 일은 그만둬야 한다. 내 아이만의 장점을 보며 마음껏 표현할 수 있도록 도와줘야 한다. 그게 바로 내 아이의 삶을 스스로 리드하는 리더가 된다고 생각한다.

05 | 자존감 있는 엄마는
아이의 실패를
두려워하지 않는다

'왜 그럴까? 왜 저들의 이야기에 내 가슴이
뛰는 걸까?'

도전하는 사람들의 이야기를 듣고 있노라면 매너리즘에 빠져있던
심장이 크게 요동치는 걸 느끼게 된다. 무미건조했던 입 꼬리가 올라
가고, 인상 쓰고 있던 눈매가 살아난다. 살아있는 기분이 든다. 내가
직접 경험하지 않더라도 나는 이미 그들과 함께 있는 것과 같다. 나도
내가 왜 이렇게 도전이나 열정에 민감한지 알 수가 없다.

어렸을 적 나는 산이나 들을 맘껏 뛰어다녔다. 친구들과 뒷산을 아
지트 삼아 땅을 파고 솔가지를 꺾어 집을 지어 놀았다. 봄에는 나물 캐
고 들꽃 꺾어 화관을 만들고 여름에는 뒷산 고목나무에 그네를 걸어
시원한 바람을 가르며 놀았다. 가을이 되면 단풍이 든 아름다운 산길

을 올라 정상에 서 보기도 하고 눈 내린 겨울엔 마을 묘지의 언덕배기에서 비료부대 하나로 눈썰매를 타며 놀았다. 언덕 비탈진 쪽으로 떨어지기라도 하면 잔가지 덤불에 몸이 성하지 않을 수도 있건만, 아이들은 겁도 없이 환호성을 지르며 언덕을 내달렸다. 그렇게 해가 지도록 노는 것에 빠져 있다 보면, 산비탈 아래에서 엄마들 부르는 소리가 들렸다. 저녁 먹을 시간이 됐다는 신호이기도 하고, 옷이 흠뻑 젖어 온 아이들이 꾸지람을 듣는 시간이기도 하다.

뒷일이야 어찌됐건 친구들과 뛰어 노는 사이에 우리의 몸과 마음은 단단해졌다. 노는 동안에는 엄마가 옆에서 간섭할 일도 없고 시간은 놀이에 집중하는 아이들을 마냥 즐겁게 바라볼 뿐. 곰곰이 생각해보면 이렇게 산과 들을 헤집고 다니던 시간들이 지금 내 열정의 씨앗이 되었는지도 모른다.

요즘 들어 더욱 친숙하게 느껴지는 '꿈, 도전, 열정' 이라는 이 세 단어. 나는 이미 이 세계에 발을 들여 놓았다. 그리고 이 단어들 뒤에는 '실패' 라는 게 따라 다닌다는 것을 이미 알고 있다. 꿈이 없으면 도전도 없고 실패를 두려워하면 도전할 용기도 없다. 실패를 무시하는 열정이 도전을 더욱 성공으로 이끈다.

나는 여유가 있을 때 책을 보거나 강연이나 다큐멘터리 영상을 즐겨본다. 내가 즐겨보는 프로그램에 출연하는 사람들은 언제나 기대를 저버리지 않는 감동을 안겨준다. 그 중에 가장 기억에 남는 두 젊은이가 있다. 《부시 파일럿, 나는 길이 없는 곳으로 간다》의 저자이자, 파일럿이고 모험가인 오현호와 《당신은 도전자입니까》의 저자이자 마찬가지로 파일럿이며 모험가이고 영화제작자이기도 한 이동진이다.

오현호 씨는 고등학교 때 수능이 7등급이었다. 되고 싶은 것도, 하고 싶은 것도 없는 저 끝에서 노는 학생이었다. 하지만 해병대를 지원하면서 자신의 삶을 개혁하고자하는 의지가 불끈 솟았다고 한다. 그래서 그 이후로 육해공을 넘나드는 도전을 통해 그 동안 숨겨져 있던 자신의 가능성을 파헤쳐 왔다고 했다. 다음과 같은 그의 말이 가슴에 와 닿는다.

"세상을 살면서 반드시 피해야 하는 것이 경험해 보지 않은 사람들의 조언이다. 내가 앞으로 나아가는데 아무런 도움이 되지 않을뿐더러 오히려 장애물이 될 가능성이 높다. 무언가를 시작하려 할 때 가장 중요한 것은 '내가 얼마나 하고 싶은가' 이지 '남이 어떻게 평가 하는가' 가 아니다. 남의 말에 너무 신경 쓸 필요는 없다."

또 한 젊은이, 이동진. '사람은 선택을 하고 선택은 길을 만든다.'라는 좌우명으로 스스로의 삶을 개척해 왔다. 마라톤, 미국이나 몽골 등의 횡단, 그리고 파일럿에 대한 도전 등, 그는 없던 규정까지 만들며 자신의 선택을 믿었다. 그리고 그 선택을 움직이게 했고 결국엔 현실로 만들었다. 그는 그의 도전에 대해 이렇게 말했다. "어려운 순간도 있었지만 꿈을 생각하는 것으로만 그치지 않고 움직이는 것으로 정의했기에 도전하는 삶을 살 수 있었다."

내가 지금 하고 있는 도전은 시작에 불과하다. 매일 새벽 4,5시에 일어나는 습관은 이제 몸에 익숙해졌고 그 시간을 조용히 혼자서 보내고 나면 희열을 느낀다. 꿈이 없을 때는 아침 8시에 일어나도 하루가 피곤했었다. 그때도 지금처럼 낮에 운전을 했고 똑같이 아이들 돌보면서 하루를 보냈다. 지금은 그 일에 더해 잠을 줄여서 시간을 만들고, 자투리 시간은 모조리 글을 쓰고 아이디어를 구상하며 보내는 데 사용한다. 그렇지만 지금이 전보다 덜 피곤하고 만족감은 더욱 크다. 오히려 피부에 생기가 돌고 미소가 밝아졌다. 오랜만에 보는 사람들은 내가 말로 설명하지 않아도 나의 변화를 내 얼굴에서 먼저 읽는다.

꿈꾸기 전에도 삶은 도전의 연속이었고, 꿈이 많은 지금도 도전의 연속이지만 그때와 지금이 다른 건 '의지'가 있느냐 없느냐이다. 전에는 의지 없이 도전을 해야만 살아갈 수 있는 것이었고 지금은 극복하고자 하는 의지가 강한 도전인 것이다. 그 동안 많은 실패를 경험해 왔기에 앞으로의 실패는 두렵지 않다. '성공하는 비결은 포기하지 않고 될 때까지 노력하면 된다'는 말이 있다. 이 단순한 진리가 지금에 와서야 가슴에 와 닿는다.

엄마의 생각을 읽어서인지 우리 아이들은 실패에 대한 면역력이 강한 편이다. 나는 아이들이 어렸을 때부터 넘어져도 일으켜 세워준 적이 없다. 기다려주면 툭툭 털고 일어나서 아무렇지 않은 듯 다시 뛰어놀았다. 그래서인지 작은 아이는 치과치료 하나는 끝내주게 잘 받는다. 아무리 힘든 충치치료도 '아' 소리 한 번 내지르지 않고 잘 받아서 엄마보다 낫다고 칭찬받는다. 성적에 크게 연연해하지 않으니 어떠한 테스트에도 긴장하는 법이 없다. 자기가 생각하고 익힌 대로 표현하고 나오면 되는 것이다. 그러니 예상 이외의 성적을 거두기도 한다. 실패는 있을 수도 있는 것이라는 열린 마음을 갖고 있으면, 도전은 언제든 할 수 있는 것이 된다.

엄마의 기대치가 너무 커 테스트에서 제대로 실력발휘를 못 하는 아이들을 많이 봐왔다. 시험을 보러 들어가는 아이에게, "잘 봐! 파이팅!"이라고 말하는 엄마의 말에는 실수를 기대하지 않는다는 강압적인 의미가 내포 돼 있을 수도 있다. 아이는 그 말에 잘 봐야 한다는 긴장감을 갖게 된다. 그저 긴장을 풀라는 의미로 등 한 번 가볍게 쳐주고 미소 한 번 지어주면 어떨까?

우리 학원의 원생 중에는 바둑을 둘 때마다 손톱을 물어뜯거나 두는 것 자체를 거부하는 아이들이 있다. 또는 '나는 어차피 질 거야!'라는 주문을 외운 것처럼 두기 전부터 얼굴에 울상을 짓는 아이들도 있다. 실패에 대한 면역력이 아직 형성되지 않아서 생기는 모습들이다. 물론, 집에서 먼저 길들여진 아이들은 학원에 와서도 겁 없이 덤벼

든다. 하지만 이 아이들이 마음속 가득한 두려움을 이겨내는 방법은 반복되는 실수를 확인하면서 그 실수를 수정해 가는 것이다. 그러다보면 어느새 실력이 늘어있게 된다.

나는 우리 아이들이 실패를 두려워하지 않고 도전하는 삶을 살았으면 좋겠다. 그래서 여행 다큐멘터리나 감명 깊었던 동영상을 자주 보여주곤 한다. 내 바람을 주입하는 것일 수도 있겠고, 엄마의 바람에 동의해 도전을 즐기는 삶을 살 수도 있겠다. 나는 적어도 자신의 삶을 개척하며 사는 사람이 살아있는 삶을 사는 사람이라고 생각한다. 도전하기에 앞서 실패의 존재를 인정하자. 그런 다음에 발생한 실패에 대해서는 담담하게 받아들이자. 그러면 결국엔 우리 앞에 더 큰 선물이 준비 돼 있을지도 모른다.

자존감 있는 엄마가
영혼이 강한 아이를 키워낸다

요즘 시대는 아이들을 유혹하는 것들이 너무도 많다. TV 방송에선 연예인들이 화려한 성공을 부추기고, 웹 동영상 사이트에서는 일시적인 호기심을 자극하는 영상들이 시선을 잡아끈다. 디지털 게임은 내 어릴 적 놀이를 획기적으로 개혁시킨 대단한 걸작품이다. 어떤 사람들은 요즘 엄마들 애 키우기 편해졌다 말하기도 하고, 애 망치기 쉽다고 걱정이 가득하기도 하다. 요리재료를 손질 하지 않고도 바로 해 먹을 수 있는 레토르트 식품처럼 아이들은 밖에 나가지 않고도 집에서 간단하고도 편하게 놀이를 즐길 수 있어 정말 편한 세상에 살고 있다.

아이들은 아기 때부터 노는 것도 참 편하다. 문화센터에 가면 선생님이 알아서 놀아주기 때문이다. 재미있는 것도 많고 배울 것도 참 많다. 그 아이들을 교육시키느라 쫓아다니는 엄마들은 얼마나 피곤하겠는가. 이렇게 피곤해도 경제력과 시간만 허락한다면 아이들을 위해서 원하는 건 다 해주고 싶은 게 엄마 마음이다.

초등학교에 들어가면 아이들은 더 바빠진다. 이제 엄마 보호 없이도 잘 놀 수 있을 것 같은데 놀 시간이 없다. 학교가 끝나면 교문 앞에 학원차가 대기하고 있어 바로 승차해야 한다. 아이들은 바쁜 스케줄에 살아남기 위해 놀 거리를 찾을 수밖에 없다. 그렇지 않으면 몸이 근질거려서 학원 스케줄을 소화해 낼 수가 없다. 10분의 자투리 시간이면 핸드폰으로 게임 몇 판은 할 수 있다. 학원으로 걸어가는 아이들은 횡단보도를 걸으면서도 핸드폰에 두 눈을 팔고 있다. 심지어는 핸드폰을 보면서 자전거를 타고 횡단보도를 건너는 아이들도 있다. 모두가 바쁘다. 지금 하지 않으면 학원에서도 집에서도 할 수 없기 때문에 그 이외의 장소에서 절실하게 핸드폰 게임에 매달린다.

아이들의 이러한 마음도 이해가 간다. 나가서 놀 시간도 없고 놀 친구도 없으니 오죽하겠는가. 자투리 시간이 얼마나 소중하겠는가. 우리 어른들은 아이들에게 '게임하지 마라, 영상물 보지 마라' 라고 말하면서 머리 식힐 시간은 주지 않는다. 공장의 기계가 돌아가듯 단계별로 옮겨 다니는 기계가 아닐진대.

내가 어릴 적에는 마당에 풀어 놓은 닭 마냥 간섭 없이 자유롭게 보냈다. 마당에 그림을 그리고 비가 오면 흙냄새를 맡았다. 질퍽이는 흙

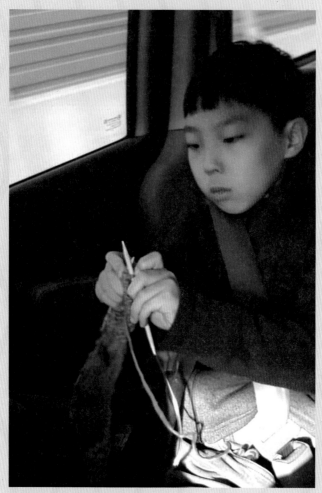

새해 첫 날부터 뜨개질 삼매경.

위를 맨발로 걸으며 감촉을 느껴보기도 하고 넓은 토란잎에 모인 은빛 빗방울을 구슬 굴리듯 굴리며 신기해했다. 깨진 사기 그릇 조각에 각종 풀을 뜯어 올려놓고 친구와 여보당신하며 소꿉놀이를 했다. 그러면서 각종 풀의 종류를 익히고 냄새를 맡았다. 꽃잎은 어떻게 생겼는지, 어떤 계절에 어떤 식물들이 자라는지 자연스럽게 배웠다. 서로 다른 풀들이 모였지만 그 모습들이 어찌 그리 아름다운지. 다름을 인정하며 서로 어우러진 그들의 모습에서 혼자서 **빼**어나려고 필사적으로 아등바등하는 우리 인간의 모습이 떠올라 씁쓸하게 느껴진다.

엄마가 따라 다니지 않아도 집 밖에 나가면 스스로 놀 것들을 찾을 수 있었다. 종이 낙엽을 만들어 뿌리며 놀이 감각을 익히지 않아도 산에 가면 진짜 낙엽이 많아 맘껏 뿌리고 뒹굴고 놀 수 있었다. 각종 플라스틱 악기를 놓고 두드려 보지 않아도 바위며 나무, 땅 등을 두드려서 자연의 소리를 익힐 수 있었다. TV만화가 아니어도 눈에 담을 것들이 많았고 게임을 하지 않아도 놀 친구가 많았던 그 시절, 돈 안 들이고 엄마의 시간 **빼**지 않고 자연의 감각을 느끼고 온화한 감성을 느낄 수 있었던 그때 그 시절이 참 그립다.

요즘 아이들은 자유의지가 결여 돼 있다. 엄마의 밀착 보호에 좌절할 시간도 없고 극복할 시간도 없다. 좌절은 떨어진 성적에서나 느낄 수 있고, 극복은 학원선생님의 강의로 회복시킬 수 있다. 아이들은 과정보다 우수한 결과에 칭찬을 받는다. 그러므로 친구가 경쟁 상대가 되고 천천히 알아가는 과정을 무시한 채 빨리 가는 공식외우기에 혈안이 돼 있다. 이미 선진국들은 시험 점수로 아이들을 평가하지 않고 가능성으로 평가를 한다. 학생의 최종 성적이 낮더라도 그 동안 발전해 왔다면 가능성을 높이 쳐 우수로 평가를 한다. 그리고 성적이 높더라도 그 동안의 과정에 발전이 없거나 하향하고 있었다면 노력이나 의지 면에서 낮은 점수를 받게 될 수도 있다. 모든 아이들은 배워가고 발전하는 과정에 있다는 것을 인정해 줄 때 스스로 극복하고자 하는 의지가 생긴다.

요즘은 자녀가 하나 둘뿐이니 세상의 중심에 나만 있는 아이들도 많다. 자신으로 인해 다른 사람이 불편할 건 생각 못하고 자신이 불편을 겪는 것에 대해서만 말을 한다. 학원차를 운행하다보면 제 시간에 나오지 않는 아이 때문에 다음에 타는 친구들이 길거리에서 기다려야 하는 경우가 있다. 그런데 일전에 늦었던 아이가 역으로 기다리는 상황이 되면 늦게 온 친구에게 짜증을 내거나 기다리지 말고 가자고 말을 한다. 그런 아이들은 대부분 부모로부터 자신만 아는 귀한 아이로 대접받으며 큰 경우가 많다. 부모는 아이들에게 나와 타인이 모두 소중하다는 것을 가르쳐야 한다. 나 혼자서 잘 된다고 행복할 수 없으며 모두가 조화로 울 때 나도 행복하다는 것을 가르쳐야 한다.

요즘은 사람들에게 '결정 장애' 라는 질병 아닌 질병이 회자되기도 한다. 그래서 식당엔 '아무거나' 라는 메뉴가 있고, 그런 사람들을 위해 편의를 제공하는 서비스도 생겨나고 있다. 아이가 대학에 들어가도 수강 과목을 선택해주고 영어학원을 등록해 주는 엄마가 있다. 심지어는 회사 다니는 자녀가 아파서 출근을 못할 때나, 출장에 관한보고 도 엄마가 나서서 하는 웃지 못 할 해프닝도 많다. 어렸을 때부터 스스로 선택하고 책임질 수 있는 기회를 만들어 줘야 이런 질병 아닌 질병을 막을 수 있는 것이다. 자기가 선택한 것은 싫어도 해야 하고, 하고 싶은 것이 있어도 하지 말아야 할 것은 자제 할 수 있는 능력이 우리 아이들을 영혼이 강한 아이로 키울 수 있다.

불편함도 느껴 봐야 문제를 해결하고자 하는 의지가 생긴다. 불편함을 엄마가 해결해줘 버리면 아이는 혼자가 됐을 때 행동하려 하지 않을 것이다. 학원 원생들 중에 엄마가 챙겨버릇 해 준 아이들은 초등학교에 입학해서도 엄마가 신발을 벗겨주고 신겨주기를 기다린다. 화장실을 혼자 못 가서 엄마와 함께 같이 가는 아이, 겉옷도 엄마가 입혀 줘야 입는 아이도 있다. 그 아이들은 엄마가 곁에 있는 한 불편이라는 것을 전혀 느끼지 못 하고 자랄 것이다. 하지만 엄마의 도움 없는 세상은 공포이지 않을까.

요즘은 부모의 권위가 땅에 떨어졌다고들 한다. 오냐오냐 키워서 자신을 하늘로 아는 아이들은 부모의 권위를 무시할 수도 있겠다. 하지만 그러기 전에 부모가 모범을 보이지 않아서 아이들이 무시하는 경우도 많다는 것을 이해 할 필요도 있다. 내가 길거리에서 가장 심각하게 목격하는 것은 아이 손을 잡고서 무단 횡단을 하는 모습이다. 차가 붐벼서 서서히 눈치작전으로 움직이는 도로 위에서도 차 사이를 이리 저리 뚫고 지나가는 아이 엄마들도 있다. 심지어는 직업이 교사인 부모조차도 아이의 손을 잡고 무단횡단 하는 것을 너무도 아무렇지 않게 한다. 과연 아이들이 유치원과 학교에서 배운 교통질서와 부모의 상반된 모습을 보고 뭐라 생각 할지 한 번 고려 해 볼 문제이다.

자존감 있는 엄마는 당당하다. 그 당당함은 남들 앞에 강하게 보이는 엄마가 아니다. 자존감 있는 엄마는 남들에게 인정받기 전에 자신과 아이들에게 먼저 인정받는 엄마이다. 무단횡단을 하지 않는 도덕적인 엄마는 자존감 있는 엄마이다. 아이를 위해서 모든 것을 대신 해 줌으로써 인정받는 엄마가 아닌, 스스로 할 수 있다는 자신감을 심어줌으로써 존경받는 엄마가 당당한 엄마이다. 남의 감정도 나의 감정만큼 소중하다는 것을 아는 엄마는 내 아이만 소중하다고 가르치지 않는다. 남도 배려할 수 있는 눈을 키워주고 서로 돕는 것이 곧 자신을 돕는 것이라는 것을 깨우쳐줄 줄 안다. 우리 아이의 영혼을 강하게 키우려한다면 엄마의 당당한 자존감부터 키워야 한다.

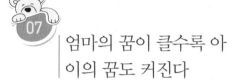

07 | 엄마의 꿈이 클수록 아이의 꿈도 커진다

"엄마, 나 꿈 바꿨어요. 베스트셀러 작가가 될 거야."

꿈이 수시로 바뀌고 무척 많기도 한 큰 아이의 이야기이다. 작가가 되겠다는 꿈은 엄마가 작가의 꿈을 선언한 다음 날 나왔다. 작가 모임에도 같이 다녀오고 출판사 대표의 설명회에도 다녀왔다. 동화책을 쓴 작가의 사인도 받아왔으니 아이는 더욱 신이 날 수 밖에 없다. 그리고 이어서 아이만의 책을 쓰기 시작했다. 끝까지 완성하진 않았지만 초등학교 3학년이 시도한 것 치고는 제법 괜찮은 이야기가 돼 있었다. 며칠 지나서 다시 물어봤다.

"지금은 꿈이 뭐야?"

"응, 작가! 베스트셀러 작가!"

그저 하루하루 먹고 사느라 바쁠 땐, 현실의 경제적 어려움에서 벗어나는 게 꿈인 적도 있었다. 가난 앞에서 그 많던 꿈을 묻어버리는 희망 없는 삶을 살았다. 당장 아이들이 사달라고 할 간식 값을 걱정해야 하는 판에 꿈을 생각할 마음의 여유가 없었다. 그렇게 생각하니 하루가 너무도 비참하게 느껴졌다. 하지만 다행이도 지금은 그 동안 묻어 놓은 꿈들을 하나씩 다시 꺼내고 있다.

나는 책을 쓰면서 그 동안 숨어있던 열정이 새롭게 솟고 있음을 느낀다. 열정적인 사람들을 보며 부러워만 하던 내가, 이제는 그 안에서 매일매일 희열을 느낀다. 새벽 일찍 깨어있는 고요함은 아파했던 나를 버리고 희망을 가진 새로운 나를 만나는 시간이다. 어두운 거실 한가운데에 주황색 램프 빛이 나를 감싸고 있다. 은은한 커피 향이 코와 혀를 타고 온몸에 영감으로 퍼진다.

그 중에 하나씩 꺼내 쓰는 작업은 힘들고도 상쾌한 일이다. 아픈 기억들을 다시 끄집어 낼 때는 그때 그 감정이 다시 살아나 가슴이 울먹해진다. 아이들과 나와 남편에게 미안했던 일과 미워했던 일을 하나하나 새기다 보면 어느새 그 감정은 감사함으로 변해 있다. 또한 감사했던 일들을 새기다 보면 어느새 또 다른 희망을 상상한다. 그래서 책을 쓴다는 것은 나를 성장시키는 일이고 또 다른 꿈을 이어가는 일이 된다. 나는 이 느낌을 잃고 싶지 않다. 힘들고 고된 작업이지만 앞으로도 책 쓰는 일을 즐길 것이다.

또 다른 나의 꿈, 강연 가. 사실, 바라오던 것들을 도전해봐야겠다고 생각했을 때 처음으로 든 생각이 강연가가 되는 것이었다. 내가 좋은 강연들로부터 많은 감동을 받아왔기에 나도 누군가에게 감동을 주는 사람이 되고 싶다는 열망이 있었다. 청중석에 앉아 있는 나를 무대 위로 올리는 상상을 한다. 그리고 청중들의 눈시울을 적시고 웃음을 찾아주는 상상을 한다. 감동하고 있는 한 사람 한 사람의 청중들을 보며 내가 전에 느꼈던 그 감동을 다시금 되새겨 보고 싶다. 나의 경험과 깨달음이 그들 마음속에 반성과 위로와 희망으로 다가갔으면 좋겠다.

이렇게 다른 사람들과 호흡하면서도 나의 취미를 계발하는 일은 내 삶에 여유를 주는 일이다. 이십대 때부터 바라왔던 재즈 보컬 트레이닝을 받아 봐야겠다. 물론, 이것은 재즈를 제대로 배우고 무대에 서기 위한 노력이다. 재즈의 매력이 나를 더욱 끌어당긴다면 해외유학을 가보고 싶다. 재즈의 단상을 기록하고 다른 사람들과 공유하는 일도 멋진 일이겠다. 전에는 이 번 생에서는 이룰 수 없는 일이라고 생각했었다. 하지만, 우연히 문화센터에서 재즈보컬 강좌가 개설된다는 소식에 깜짝 놀랐었다. 이렇게 가까이에서 기회가 왔다는 생각에 바로 강좌를 신청했는데 이사 날짜가 잡히고 준비하는 과정이 복잡하게 돼서 포기하고 말았다. 아쉽게도 그 강좌는 일회성으로 끝났지만 내가 꿈꾸던 것이 현생에서도 가능한 일이겠구나 하는 희망이 생겼다.

무엇인가 하나에 푹 빠진다는 것은 매력적인 일이다. 그 동안 매력적인 사람들을 보며 감탄만 해 왔던 내가 나만의 매력을 발산하는 사람이 된다는 것은 정말 행복한 일일 것이다. 그 동안 별다른 취미가 없던 나는 항상 나의 정체성에 허전함을 느꼈었다. 나라는 사람을 달리 표현할 특징적인 게 없었다. 그래서 내가 지금 더욱 꿈에 매달리고 있는지도 모른다.

내가 지금 꿈꾸고 있는 것 중에 가장 행복한 상상은 세상 곳곳에서 아침을 맞는 것이다. 세상을 향한 호기심은 예나 지금이나 사그라들지 않는다. 오히려 요즘 더 강하게 나를 끌어당기고 있다. 다른 나라의 문화와 환경이 궁금하고 그 사람들의 생각이 궁금하다. 그래서 내가 더욱 영어에 집착하는 이유이기도 하다.

나는 우리 아이들이 어른이 돼서 우리나라의 고된 직장인으로 사는 걸 상상해 본 적이 없다. 좋은 직장을 얻기 위해 대학에서부터 고군분투하기를 원하지 않는다. 좋은 대학에 입학하는 것이 삶의 목적이 돼 버리는 그런 십대를 보내는 것도 원하지 않는다. 어차피 인간으로 태어난 거, 우리나라만 알고 죽는다는 건 너무 아까운 일이 아닐 수 없다. 지구 곳곳을 경험하고, 그러고서도 욕심이 생기면 우주까지 가 보기를 바란다. 여러 나라를 경험하다 보면 마음도 더 크게 열리고 더 많은 지혜가 생겨나지 않을까.

그래서 나는 아이들에게 영어의 필요성을 강조한다. 성적을 위해서, 좋은 대학에 가고 좋은 직장에 취직하기 위해서가 아닌, 세계의 다양한 경험을 위해서 영어가 필요하다고. 그러면 아이들은 말귀를 잘 알아듣고 영어의 흥미를 놓지 않는다. 그리고 세계지도를 아이 방 한 쪽 면 가득 차게 걸어 놓고서, 내가 읽은 세계여행지 곳곳에 관한 이야 기를 들려준다. 여행다큐멘터리를 같이 보며 흥미를 불러 일으켜주고 원어로 DVD 영화를 보며 그들의 언어와 문화를 간접체험하게 해 주 고 있다.

우리나라의 공교육이 세계화 된다고는 하지만, 아직은 대한민국이 라는 좁은 곳에서 성적 줄 세우기를 벗어나지 못하고 있다. 성적으로 만 사람의 가치를 판단하고 실패는 인정하지 않는 학교와 부모의 인식 전환이 시급하다고 생각한다. 상위 1%만 선생님의 관심을 받고 나머 지 99%는 인간대접을 못 받는다고 아이들은 분계하고 있다. 긍정적인 사고를 갖고서 한참 꿈을 꿔야 할 아이들에게 꿈이 없다는 게 어른으 로서 너무도 미안한 일이고 걱정이 아닐 수 없다.

나는 서서히 성공적인 삶에 대한 인식 변화가 있어야 한다고 생각 한다. 더 이상 결과에 집착하지 않고 과정도 계획할 줄 알아야 한다. 실패도 그 과정 안에 있을 수 있음을 인정하고, 실패에 대한 부담도 같 이 짊어질 수 있는 포용력이 있어야 한다. 경쟁이 아닌 서로의 가치를 인정해 주는 그런 사회가 어서 빨리 왔으면 좋겠다.

다름을 인정하기 위해 우리 아이들이 넓은 세상에서 많은 것을 경험하게 하고 싶다. 우물 안 개구리가 아닌, 넓은 바다에서 큰 꿈을 꾸고 큰 생각을 하며 살고 싶다. 넓은 세상에서 자신의 가치를 찾고 그 가치가 세상의 가치가 되는 사람이고 싶다.

아이들의 꿈은 엄마 꿈의 크기만큼 자란다. 엄마들이 집안에 갇힌 사고에서 벗어나 책을 보고 강연을 듣고 다양한 경험을 하며, 사고력을 넓히고 꿈도 키우길 바란다. 엄마의 꿈이 크면, 강요하지 않아도 자연스럽게 아이들의 꿈도 커질 것이다.

08 | 성장하는 엄마가
성장하는 아이를 만든다

나는 열정이라는 단어를 좋아한다. 다른 사람들의 무용담을 들을 때면 항상 가슴이 뛴다. 하지만 정작 나는 한 번도 열정을 다해 무엇인가를 해 본적이 없다. 날을 새서 놀아 본적도 없고, 흥미 있는 책을 발견해도 날을 새서 다 읽어 본 적이 없다. 항상 다음날의 컨디션을 생각해서 읽는 중간에 끊곤 했다. 그러니 내가 하는 일은 죽도 밥도 안 되었다. 내게는 성장이 없었다. 무엇인가 다른 사람의 성장을 물끄러미 바라보며 부러워만 했었다.

적어도 나의 열정의 부재는 나를 사랑하지 않는 것에서부터 시작된 것 같다. 나의 가치를 외소 평가했고, 부정적인 생각들로 가득했다. 나를 그다지 신뢰하지도 않았고 내 자신과 삶에 만족하지도 않았다. 이 사실을 알기까지 너무 오랜 시간이 걸렸다. 마흔이 넘어서야 내 정체성에 대한 심각한 고민을 했다. 나는 특별한 사람이라는 생각이 저 밑바닥에 있는데 좀체 올라 올 생각을 하지 않고 있었다. 그러니 나는 평균 이하를 기고 있었다. 노력도 안 했으면서 이뤄 놓은 것이 없다는 생각에 세상을 탓하기도 하고 때론 부끄럽기도 했다.

세상의 흉흉한 기사를 볼 때마다 불안해하는 내게 남편은 말했다.

"기사 보는 것을 중단하는 건 어때? 좋은 기사 하나도 안 나오잖아. 그게 당신을 더 불안하게 하는 것 같아."

들어보니 맞는 말이었다. 사건 사고들이 넘쳐났다. 그 기사들을 읽을 때마다 내게 일어날 일인 냥 불안에 떨고 있었다. 그래서 온통 부정적인 사건으로만 도배된 기사를 보는 것부터 중단했다. 그리고 나를 부정적으로 대하는 모든 사람들로부터 철저하게 방어막을 쳤다. 연락도 안하고 생각도 안하고 만나지도 않으려고 노력했다. 이렇게 의식적으로 부정적인 것들을 내 주위로부터 멀리하고 나니, 서서히 불안감이 사라지기 시작했다. 그리고 그 자리에 나를 채우고 싶다는 열망이 생겨났다. 내가 진정 하고 싶은 게 무엇인지 진지하게 고민을 했다. 길을 걸으면서도 운전을 하다가도 내게 자꾸 질문을 했다.

'넌 열정적인 사람들을 보면 가슴이 뛰지. 하지만 지금껏 열심히만 살았지 네가 좋아하는 일을 하며 열정적으로 살아 본 적 없지? 그럼, 한 번 생각해봐. 네가 가슴 뛰어하는 그게 뭔지. 무엇을 하고 싶은지.

너희 가족을 위한 것 말고 너 자신을 위한 것. 네가 먼저 행복해야 하잖아. 저 밑에 가라앉은 너를 끌어올려. 넌 지금 너 자신을 너무 보고 싶어 해.'

이런 질문이 자꾸 들자 몸이 움직이기 시작했다. 그 동안 되고 싶고 하고 싶은 것을 찾아보자는 생각에 버킷리스트를 작성했다.

- 나의 가치를 깨닫고 그 경험으로 다른 사람들의 가치도 깨우쳐 주는 강연가 되기
- 나의 삶의 이야기가 누군가를 감동시킬 수 있는 작가 되기
- 나의 육아와 엄마성장의 도전과 경험으로 다른 사람을 돕는 멘토 되기
- 자유로운 영어회화 구사하기
- 스페인 산티아고 순례길 완주하기
- 체력이 될 때까지 배낭여행 하며 여행기 출간하고 북 콘서트 열기
- 재즈 무대 서보기
- 해외 유학하기
- 1인 사업가로 우뚝 서기
- 평생 책 쓰며 살기

우선, 간절히 바라는 것부터 써 나갔다. 강연가와 작가, 그리고 육아 멘토 로서의 역할은 이미 나의 생활에 깊숙이 들어와 있다. 나의 인

생 2막을 이끌어 주는 리더로서 활동하고 있다. 영어회화는 이제 더욱 적극적으로 실현시켜야 할 목표가 됐다. 작은 아이가 4학년이 되는 2020년 4월에 우리 가족은 스페인 산티아고 순례길 개척에 나설 것이다. 물론, 자유로운 영어구사가 되지 않더라도 큰 지장은 없을 것이라고 생각한다. 하지만, 나는 그곳에서 나처럼 사서 고생하며 삶의 깨달음을 얻고자 온 사람들과 친구가 되고 싶다. 프랑스 국경에서부터 피레네 산맥을 넘으며, 스페인 서부로 횡단하는 800km의 여정은 나와 내 가족에게 분명히 대단한 도전이 될 것이다. 이 도전을 완수하고 나면 나는 세상 어떠한 도전도, 두려움이 아닌 즐거움으로 받아드릴 수 있을 것 같다. 그리고 우리 아이들도 책상 앞에서만이 아닌 길고도 먼 길 위에서 새로운 가치를 배우기를 원한다.

살다보면, 아무리 긍정적인 사람이라도 세웠던 목표 앞에 두려움이 생길 때가 있을 것이다. '내가 과연 나이가 많이 들어서 까지 배낭여행을 할 수 있을까? 내가 과연 재즈 무대에 설 수 있을까? 해외 유학? 1인 사업가?…'

나는 단지, 하고 싶고 되고 싶은 것을 종이에 적고 상상하기만 할 것이다. 차근차근 하나씩 이루다 보면 어느새 다음 목표를 도전하고 있겠지. 지금 내가 실현된 상태에 있다면 어떤 느낌일지를 생생하게 상상하며 기쁨을 만끽한다. 이렇게 하다보면 하나하나에 우연을 가장한 기회가 올 거라고 믿는다. '상상하면 꿈이 현실이 된다.' 는 말이 있다. 정말 나의 꿈은 실현 가능한 것이 되고 그 자리에 또 다른 것들이 계속 채워질 것이다. 현재에 머물러 있지 않는다는 생각을 하면 계속 성장해 갈 수 있다. 몇 달 전까지만 해도 한계에 부딪히는 삶을 살아왔던 내가 지금은 한계를 깨면서 살고 있다니, 나를 오랜만에 보는 사람들은 나의 성장에 놀라움을 표현한다.

'달걀을 남이 깨면 프라이가 되지만, 내가 깨면 병아리가 된다.'는 말도 생각난다. 남이 나를 깨 주기를 기다리면 살아있는 내가 될 수 없다. 내가 나의 틀을 깨고 나와야만 살아있는 삶을 살 수 있는 것이다. 나는 지금 내 껍질을 한 부분씩 깨고 있는 중이다. 신선한 공기와 빛이 들어오고 가뿐한 숨을 쉴 수 있어 기쁘다.

성장으로 가는 과정에서 실패도 있을 수 있고, 잠시 정체해 있을 수도 있다. 하지만 실패를 일시적인 사건이라고 생각해야지 그 순간 포기해 버리면 영원한 실패가 되고 만다. 실패에서 지혜를 얻고 정체에서 성실함을 잃지 않으면, 어느 순간 한 단계 성장해 있는 자신을 만나게 될 것이다. 성공한 사람들은 하나 같이, 성공할 때까지 포기하지 않고 노력했기 때문에 성공한 것이라고 한다. 그리고 그 포기하지 않는 힘은 절실함에서 나온 것이다. 성공하고자 하는 절실함이 포기하려고 하는 나를 자꾸만 일으켜 세워준다.

일하고 육아와 살림까지 하면서 자기계발을 한다는 것은 시간과 체력의 한계를 느끼게 한다. 아이들 밥을 제대로 챙겨주지 못할 때도 있고 오랜만에 청소를 할 때도 있다. 아이들 공부를 돌봐주지 못하기도 하고 남편을 수고스럽게 할 때도 많다. 하지만 목표를 설정한 이상 잠을 줄여서 시간을 만들고 긍정적인 마인드로 체력 소모를 줄인다. 정말, 밝고 긍정적인 생각은 스트레스를 줄여 초인적인 체력을 만들 때도 있다. 목표한 것의 데드라인을 정하고 계획표를 세워 매일매일 해야 할 일들을 체크해 가다보면 어느새 성공지점에 도착해 있다.

무기력하고 부정적인 삶에서 벗어나고자 하는 나의 절실함이 이렇게 나를 움직이게 한다. 나의 아이들에게 실패를 실패로 받아들이고 정체된 모습을 한 엄마를 보여준다면 우리 아이들도 그러한 삶을 살 것이다. 나는 나의 아이들을 위해서라도 그 동안의 실패에서 지혜를 찾는 법을 보여주고, 정체된 상황에서 성실함을 보여주며 성장하는 엄마이고 싶다. 그래야 우리 아이들이 커 가면서 수없이 부딪힐 시련과 실패를 완전한 실패라고 착가하지 않고 극복할 수 있기 때문이다. 아이가 올바른 길로 성장하길 원한다면 성장하는 엄마의 모습을 보여줘야 한다.

엄마들의 꿈을 찾아주는 강연

● ● ●

나는 평범한 엄마들이 육아와

경제적 문제로 자신의 가치를 묻어버리고

살지 않기를 바란다.

나의 고군분투한 육아와 삶의 이야기를 통해,

꿈을 찾기를 바란다.